Kit De Waal

Née à Birmingham, d'une mère irlandaise et d'un père antillais, Kit de Waal a travaillé pendant quinze ans dans le domaine du droit, dont plusieurs années comme magistrate, et s'est beaucoup impliquée dans le domaine de l'adoption et du placement d'enfant. Ses nouvelles ont été récompensées par plusieurs prix. Son premier roman, *Je m'appelle Leon*, a paru aux éditions Kero en 2016.

JE M'APPELLE LEON

KIT DE WAAL

JE M'APPELLE LEON

*Traduit de l'anglais
par Isabelle Chapman*

Titre original :
MY NAME IS LEON

Pocket, une marque d'Univers Poche,
est un éditeur qui s'engage pour la préservation
de l'environnement et qui utilise du papier fabriqué
à partir de bois provenant de forêts gérées
de manière responsable.

Le Code de la propriété intellectuelle n'autorisant, aux termes de l'article L. 122-5, 2° et 3° a, d'une part, que les « copies ou reproductions strictement réservées à l'usage privé du copiste et non destinées à une utilisation collective » et, d'autre part, que les analyses et les courtes citations dans un but d'exemple et d'illustration, « toute représentation ou reproduction intégrale ou partielle faite sans le consentement de l'auteur ou de ses ayants droit ou ayants cause est illicite » (art. L. 122-4).
Cette représentation ou reproduction, par quelque procédé que ce soit, constituerait donc une contrefaçon, sanctionnée par les articles L. 335-2 et suivants du Code de la propriété intellectuelle.

© Kit de Waal, 2016
© Éditions Kero, 2016, pour la traduction française
ISBN 978-2-266-26431-0
Dépôt légal : janvier 2019

À Bethany et Luke

1

2 avril 1980

Personne n'a besoin de dire à Leon qu'il vit un moment important. La maternité est devenue silencieuse, comme si rien d'autre n'existait plus. L'infirmière lui demande de se laver les mains puis de s'asseoir le dos droit.

— Attention, dit-elle. Il est fragile.

Mais Leon le sait déjà. L'infirmière lui pose le nouveau-né dans les bras, son petit visage face au sien de manière qu'ils puissent se regarder.

— Tu as un petit frère maintenant. Tu vas pouvoir t'occuper de lui. Tu as quel âge ? Dix ans ?

— Presque neuf, répond la maman de Leon en se tournant vers eux. Huit ans et neuf mois. Presque.

La maman de Leon raconte à Tina l'accouchement, le temps que ça a pris et à quel point elle a eu mal.

— Eh bien, dit l'infirmière en arrangeant la couverture du bébé, tu es grand et fort pour ton âge. Un vrai petit homme.

Elle tapote la tête de Leon et lui caresse la joue d'un doigt.

— Il est beau, tu trouves pas ? Vous êtes beaux tous les deux.

Elle sourit. Leon la trouve gentille : il peut compter sur elle pour bien s'occuper du bébé quand il n'est pas là. Le bébé a les doigts les plus petits qu'il ait jamais vus. Quand il a les yeux fermés, il ressemble à une poupée. Il a une touffe de cheveux blancs très doux sur le sommet du crâne et sa bouche n'arrête pas de s'ouvrir et de se fermer. À travers les petits trous de sa couverture, le bébé chauffe le ventre et les cuisses de Leon. Tout d'un coup, il se met à se tortiller.

— J'espère que tu fais un beau rêve, bébé, chuchote Leon.

Au bout d'un moment, Leon a mal au bras. Pile quand cela devient trop pénible, l'infirmière revient, prend le bébé et veut le donner à la maman de Leon.

— C'est bientôt l'heure de la tétée.

Mais la maman de Leon a son sac à main sur les genoux.

— Ça peut attendre une minute ? Désolée, j'allais au fumoir.

En se tenant au bras de Tina, elle se lève précautionneusement.

— Leon, surveille-le, tu veux bien ? dit-elle avant de sortir de la chambre en traînant les pieds.

Leon regarde l'infirmière qui suit des yeux sa mère, mais quand elle se tourne vers Leon, elle a de nouveau le sourire.

— Tu sais ce qu'on va faire ? dit-elle en couchant le bébé dans le berceau à côté du lit. Tu vas rester ici et raconter des histoires sur toi à ton petit frère, pour qu'il te connaisse mieux. Quand ta maman reviendra, ce sera l'heure de sa tétée et tu devras rentrer à la maison. Entendu, trésor ?

Leon fait oui de la tête.

— Il faut que je relave mes mains ? demande-t-il en lui présentant ses paumes.

— Non, ça va aller. Reste juste ici et s'il se met à pleurer, appelle-moi. D'accord ?

— Oui.

Leon dresse une liste dans sa tête et commence par le début.

— Mon nom c'est Leon. Mon anniversaire c'est le 5 juillet 1971. Toi, ton anniversaire c'est aujourd'hui. L'école, c'est bien sauf qu'il faut y aller tous les jours et puis Mlle Sheldon nous laisse pas jouer au foot dans la cour. On n'a pas le droit de faire de vélo non plus, de toute façon le mien est trop petit maintenant. J'ai reçu deux œufs de Pâques. Dans le deuxième, il y a des jouets. Je crois pas que tu peux déjà manger du chocolat. Ma série préférée c'est *Shérif, fais-moi peur* mais il y a aussi des émissions pour les bébés. Moi je les regarde plus. Maman dit que tu peux pas dormir dans ma chambre avant d'être plus grand, vers trois ans. Elle a acheté un panier à provisions avec du tissu dedans. Elle dit que Moïse avait le même, pourtant il a l'air neuf. Mon papa a une voiture sans toit et m'a emmené faire un tour un jour. Mais après il l'a vendue.

Leon ne sait pas quoi dire sur le papa du bébé pour la simple raison qu'il ne l'a jamais vu, alors il lui parle de leur mère.

— Tu pourras l'appeler Carol si tu veux, quand tu auras appris à parler. Tu le sais sûrement pas, mais elle est très belle. Tout le monde le dit. Je trouve que tu lui ressembles. Moi, non. Je ressemble à mon papa. Maman dit qu'il est de couleur mais papa dit qu'il est noir, moi je dis qu'ils se trompent tous les deux : il est marron foncé et moi je suis marron clair. Je t'apprendrai les couleurs et aussi à compter. Je suis le meilleur en classe. Au début, il faut te servir de tes doigts.

Leon caresse la touffe soyeuse sur la tête du bébé.

— Tu as les cheveux blonds et elle a les cheveux blonds. On a tous les deux des sourcils fins et des longs doigts. Regarde.

Leon lève la main. Le bébé ouvre les yeux. Bleus avec un point au milieu, comme un gros point final. Le bébé bat lentement des paupières et sa bouche fait des petits bruits de baiser.

— Quelquefois elle m'emmène chez tata Tina. Je peux monter tout seul mais si tu viens aussi, il faudra que je te porte dans ton panier.

Comme le bébé n'est pas près de savoir parler, Leon continue.

— Je te laisserai pas tomber. Je suis grand pour mon âge.

Il regarde le bébé qui lui fait des bisous avec sa bouche, se penche au-dessus du berceau et pose le bout du doigt sur ses lèvres minuscules.

Sa maman, Tina et l'infirmière reviennent toutes les trois en même temps. La maman de Leon fonce sur le berceau et passe un bras autour de Leon. Elle l'embrasse sur les joues et le front.

— Deux garçons, dit-elle. J'ai deux beaux, deux magnifiques garçons.

Leon enlace des deux bras la taille de sa maman. Elle a un ventre presque aussi rond que si le bébé était encore dedans et elle n'a plus la même odeur. C'est peut-être à cause de l'hôpital. Quand elle avait le bébé dans le ventre, elle était toute gonflée et avait le visage rouge, mais maintenant elle est presque redevenue comme avant. Sauf pour le ventre. Il la touche avec précaution à travers sa chemise de nuit à fleurs.

— T'en as encore un dedans ? dit-il.

L'infirmière, Tina et sa mère éclatent de rire.

— Voilà bien les hommes, dit l'infirmière. Toujours le mot qu'il faut.

La maman de Leon se penche pour rapprocher son visage du sien.

— Il n'y en a plus, dit-elle. On est juste toi, moi et lui. Pour toujours.

Tina enfile son manteau et pose dix cigarettes sur le lit à l'intention de Carol.

— Merci, Tina, dit Carol, et merci de t'occuper encore une fois de Leon. En principe, je devrais être sortie mardi.

Carol se hisse dans son lit et l'infirmière dépose le bébé dans ses bras. Il respire bizarrement comme s'il allait pleurer. La maman de Leon déboutonne le haut de son cardigan.

— Tu le trouves pas beau, Leon ? Tu seras bien sage, promis ?

Elle l'embrasse de nouveau.

La tête entière du bébé tient dans le creux de la main de sa maman.

— Viens faire un câlin à maman, chuchote-t-elle en le serrant très fort contre sa poitrine.

L'appartement de Tina est tout à fait différent de celui de Leon et pourtant il est exactement pareil : ils ont chacun deux chambres et une salle de bains à l'étage, plus une cuisine et un séjour en bas.

Celui de Leon se trouve au rez-de-chaussée du bâtiment situé au bord de la voie rapide, celui de Tina est au deuxième. Sur la route à trois voies qui va dans les deux sens, les voitures roulent tellement vite qu'ils ont installé des barrières côté trottoir. Maintenant, quand Leon et Carol veulent traverser, il faut qu'ils marchent des kilomètres jusqu'au passage piéton, qu'ils appuient sur un bouton et qu'ils attendent que ça fasse bip. La première fois, c'était amusant mais après c'était juste plus long pour aller à l'école le matin.

Tina permet à Leon de dormir dans la même chambre que son bébé. Elle lui fabrique un lit confortable et bien moelleux. Elle retire deux coussins du canapé qu'elle enroule dans une couverture et pose dessus un petit édredon de bébé. Une fois qu'il est couché, elle jette sur lui des manteaux puis elle étale un couvre-lit sur le tout. C'est comme un petit nid ou un terrier camouflé dans la jungle. Personne ne sait qu'il est là. Son lit ressemble à un banal tas de vêtements dans un coin mais quand il rugit « AAAGGGH », il y a un monstre dessous qui surgit et qui vous tue. Tina laisse toujours la lumière du couloir allumée mais elle lui demande de ne pas faire de bruit à cause du bébé.

Son bébé est grand et tient mal sur ses jambes. Son nom lui va bien. Bobby. Bobby le bout'chou. Il a une tête trop grosse pour son corps et lorsque Leon joue avec lui, il finit toujours par avoir de la bave sur les mains. Bobby le bout'chou baveux. Le frère de Leon ne sera pas comme ça, à sucer ses jouets en plastique et à mouiller son bavoir. Il ne basculera pas sur le canapé à cause de sa grosse tête trop lourde jusqu'à ce qu'on le relève. Leon redresse toujours Bobby, mais Bobby pense que c'est un jeu, alors il recommence.

Bobby adore Leon. Il ne parle pas, de toute façon il a toujours sa totote dans la bouche, mais dès que Leon entre dans la pièce, il crapahute jusqu'à lui et s'accroche à ses jambes. Puis il ouvre les bras pour que Leon le soulève. Lorsque son petit frère sera plus grand, Leon jouera aux soldats et à Action Man avec lui. Ils auront tous les deux des mitraillettes et ils courront partout en tirant sur des cibles. Bobby pourra regarder.

Chez Tina, la fenêtre est toujours ouverte et ça sent la lotion pour bébé. Tina ressemble un peu à un bébé elle aussi avec son visage rond, ses grosses joues et ses yeux globuleux. Elle change tout le temps de couleur de cheveux et elle n'est jamais contente du résultat. Carol n'arrête pas de lui répéter qu'elle devrait se teindre en blonde.

Tina lui répond : « Si j'avais un visage comme le tien, Carol, ça n'aurait pas autant d'importance. » Leon pense qu'elle a raison.

Tina a un canapé en cuir froid sur lequel les jambes de Leon dérapent, une peau de mouton devant le poêle à gaz et une énorme télé. Elle ne permet pas à Leon de l'appeler Tina comme il appelle sa maman Carol. Elle veut qu'il dise « tata Tina » et pour Carol « maman », parce que les enfants doivent le respect. Elle ne permet pas à Leon de manger devant la télé. Il doit s'asseoir à une table de bois à la cuisine où il n'y a pas beaucoup de place à cause du frigo-congélateur géant où elle garde la glace. Bobby assis dans sa chaise haute sourit à Leon. Tina met deux cuillerées de glace dans le bol de Leon, une seule dans celui de Bobby. Le frère de Leon étant le plus petit, il aura sans doute droit seulement à une moitié de cuillerée.

Le petit ami de Tina vient parfois lui rendre visite. Quand il voit Leon, il dit toujours « Encore ? » et Tina répond « Je sais ».

2

Le jour où Carol ramène le bébé à la maison, Tina, Leon et Bobby attendent à la porte. Carol entre en portant le panier à deux mains et murmure :

— Il vient de s'endormir.

Elle pose le panier par terre dans le séjour. Leon s'approche sur la pointe des pieds. Le bébé est plus grand, sa figure est différente. Il a une nouvelle grenouillère bleu pâle assortie à son bonnet et une couverture jaune duveteuse sur les jambes. Tina et Bobby rentrent chez eux. Carol et Leon s'assoient sur le tapis et regardent le bébé. Le bébé tourne la tête et ouvre la bouche. Il lève sa main minuscule et, quand il bâille, ils l'imitent et bâillent tous les deux en même temps que lui.

Carol penche la tête sur le côté.

— Il est beau, non ? dit-elle.

— Oui.

Leon et Carol s'adossent au canapé et se prennent par la main.

— On a de la chance, tu trouves pas ? ajoute-t-elle.

Ce jour-là et le lendemain, le bébé remplace la télévision. Leon ne peut pas s'arrêter d'observer ses moindres gestes. Il ne pleure presque jamais et, quand il pleure, il fait des petits bruits de chaton ou de chiot. Leon regarde Carol changer ses couches sur un matelas en plastique imprimé de chevaux à bascule. Le bébé a un tout petit zizi mais des grosses coucougnettes. Leon espère que son zizi rattrapera ses coucougnettes. Le caca du bébé est d'une drôle de couleur, pas marron, plutôt jaune verdâtre. Carol lui essuie les fesses avec une lotion pour bébé. Carol et Leon lui donnent son bain ensemble. Carol le tient dans quelques centimètres d'eau. Leon lui éclabousse le ventre et le derrière. Le bébé a sa propre serviette blanche. Quand il est emmailloté dedans, Leon le compare au petit Jésus dans sa mangeoire. C'est peut-être pour ça que sa maman lui a acheté le panier de Moïse, parce qu'il est venu de Dieu.

Le bébé bat lentement des paupières et fixe Leon comme s'il se demandait qui il était.

— Je suis ton frère, dit Leon. Ton grand frère.

Le bébé ne répond rien.

— Grand. Frère. Mon. Nom. Est. Leon. J'ai huit ans trois quarts. Je suis un garçon.

Le bébé s'étire pour lui montrer qu'il comprend.

Leon raconte à tout le monde à l'école qu'il a un petit frère. La maîtresse lui dit qu'il peut l'annoncer à toute la classe. Leon se lève.

— J'ai un nouveau petit frère. Il est vraiment très petit et il dort presque tout le temps. C'est normal, il faut qu'il emploie ses forces à grandir. Maman dit que les bébés sont tous différents, certains dorment, d'autres pleurent. Elle dit que quand j'étais bébé j'étais sage comme une image sauf quand j'avais faim. C'est moi qui m'occupe de lui quand maman n'est pas là. À sa naissance, son crâne avait une drôle de forme, mais maintenant il a la tête toute ronde.

Tout le monde l'applaudit. En classe, Leon fait un dessin et l'emporte à la maison. Sa maman affiche le dessin sur le frigo au moyen d'un aimant à côté de la photo que Tina a prise à la maternité.

Quelques semaines se passent. Un matin, Carol dit que Leon ne peut pas aller à l'école : le temps est trop pluvieux. Leon peut passer sa journée à jouer, à regarder la télé et à se faire griller des tartines s'il a faim. Carol lui confie le bébé le temps de faire un saut à la cabine téléphonique. À son retour, elle est essoufflée et lui demande si tout va bien. Leon ne permettrait pas qu'il arrive quoi que ce soit au bébé, elle s'inquiète pour rien.

Tina frappe toujours avant d'ouvrir la porte dont elle a pourtant la clé. Chaque fois elle dit la même chose : « Cal ? C'est moi, Tina. Seulement Tina. » Quand il était petit, Leon était persuadé qu'elle s'appelait Seulementina. Elle a les bras chargés de vieux vêtements de Bobby et d'un sac de jouets. Il y en a qui sont pas mal même s'ils sont pour les petits. Leon emporte les plus beaux pour les cacher dans sa chambre.

Tina et sa maman sont à la cuisine.

— T'as toujours l'air fatiguée, Cal. Le bébé t'empêche de dormir ?

Tina parle sur le même ton que l'infirmière à la maternité, d'une voix ferme et autoritaire. Carol se met à pleurer. Elle pleure tout le temps depuis quelque temps.

— C'est pas comme la dernière fois. Un peu de cafard, voilà tout. Sinon ça va, c'est juste un peu trop pour moi, tu vois.

Tina fait « Chhhhh » tout le temps. Ensuite il l'entend qui prépare du thé. Quelquefois Tina fait aussi la vaisselle et des toasts aux haricots blancs pour Leon.

— Va voir le docteur, Cal. C'est moi qui te le dis.
— J'irai, j'irai.
— Tu dois penser aussi à Leon en plus du bébé.
— Leon va très bien, dit Carol en reniflant. C'est un gentil garçon, il se prend pas la tête. Il aime le bébé, vraiment, mais le reste lui passe au-dessus. Il y a que deux choses qui l'intéressent : les fusils et les voitures.
— Tu manges, au moins ?
— Byron passait tous les jours quand Leon était petit. Il faisait la cuisine. Il était génial avec Leon. Ça me permettait de souffler.

Leon entend Tina ouvrir le robinet et remuer la vaisselle dans l'évier.

— À ta place, Cal, j'irais au docteur.
— Après, quand il a été sous les verrous, j'ai commencé à déprimer et ils ont voulu que j'aille dans un centre deux fois par semaine. Alors que j'étais toute seule à la maison avec mon bébé et que je me sentais comme une merde. Comme maintenant, quoi.
— Je t'accompagne, si tu veux. Bobby est à la garderie le matin maintenant. On pourrait y aller tôt.
— Leurs médocs me donnent des cauchemars, en plus.
— Tu peux pas rester comme ça, Cal.
— Je sais.

Plus tard, quand Leon est couché, Carol entre dans sa chambre.

— Je viens de l'endormir, dit-elle en s'asseyant au bord du lit. Il t'a réveillé ?

— J'arrive pas à dormir, maman.

— Essaye, dit-elle.

— Je peux pas. Tu peux me raconter une histoire ?

Carol garde un long moment le silence. Leon se dit qu'elle va refuser ou prétexter qu'elle est trop fatiguée. Finalement, elle prend une inspiration.

— C'est une histoire que me racontait mon papa.

— Elle fait peur ?

— Peur ?...

Carol secoue la tête en souriant.

— ... Non, écoute. Il était une fois une femme qui avait deux fils, dont un était un bébé. Le plus grand faisait beaucoup de bruit. Il parlait très fort, il criait et tapait sur son tambour et donnait des coups de pied dans la porte. Quand il chantait, c'était à tue-tête. Sa mère le grondait. « Chut, qu'elle lui disait, tu vas réveiller le bébé. » À l'école, la maîtresse lui disait : « Chut, on ne s'entend pas travailler. » À l'église, le pasteur lui disait : « Chut. Tu es dans un lieu sacré. » Résultat, le petit garçon se sentait très seul et avait l'impression que personne ne l'aimait. Il décida donc de s'enfuir. Mais à la sortie du village, il vit s'approcher un grand méchant loup venu manger tout le monde. Comme il était déjà trop loin pour rebrousser chemin et prévenir les autres, il ouvrit la bouche le plus grand possible et hurla « AU LOUP ! » Et voilà comment il sauva les villageois, sa mère et son frère. Depuis, personne n'a plus jamais osé le prier de se taire.

— C'est la fin ?
— Oui. Et ils vécurent heureux jusqu'à la fin des temps. Maintenant, c'est l'heure de faire dodo. Coucouche panier. Demain t'as école, mon loulou, dit-elle en lui caressant le front.
— Je suis malade ? Je suis peut-être malade.
— Non, t'es pas malade. Demain, école, c'est sûr.
Carol répète la même chose tous les soirs depuis cinq jours et pourtant depuis cinq jours Leon n'est pas retourné à l'école.
— Si tu vas pas à l'école, t'apprendras jamais rien, Leon. Et si t'apprends rien, t'auras pas un bon travail ni de maison sympa ni de jouets... Tu aimes les jouets, pas vrai ? Je t'ai vu ! Je t'ai vu en piquer pour les cacher dans ta chambre ! Hein ? Hein ?
Carol le chatouille. Il rit.
— De toute façon, tu t'embêtes à la maison et tu me rends chèvre.
— Je peux t'aider à t'occuper du bébé, dit Leon.
— Jake. Il s'appelle Jake.
— Tu as dit...
— C'est le deuxième prénom de son papa. Bon, j'ai changé Jack en Jake parce que je préfère Jake. Pas toi ?
Elle l'embrasse avant d'éteindre mais Leon ne lui rend pas son baiser. Elle lui avait promis qu'il pourrait appeler le bébé Bo comme le Bo de *Shérif, fais-moi peur*. Bo a une voiture rouge et des cheveux blonds. Son vrai nom est Beauregard Duke et c'est le meilleur personnage de la série. Jakeregard Duke en comparaison ça paraît idiot. Personne dans l'école de Leon ne s'appelle Jake, personne à la télé ne s'appelle Jake. Bon, il y a un magasin de l'autre côté de la voie

rapide. Jake's Bakes. On y vend des quiches et des frites. Quand le bébé ira à l'école, il va se faire charrier à cause de son nom. Leon se demande comment faire pour convaincre sa mère de changer d'avis. Elle n'aurait pas pu trouver pire que Jake.

3

Leon se met à remarquer ce qui fait pleurer sa maman : quand Jake fait du vacarme ; quand elle n'a plus d'argent ; quand elle revient de la cabine téléphonique ; quand Leon pose trop de questions et quand elle regarde trop longtemps Jake.

C'est la troisième nuit d'affilée que Leon et Jake passent chez Tina. C'est de plus en plus fréquent. Carol les dépose chez Tina et ne revient plus pendant quelques jours. La semaine dernière, elle les a laissés deux jours. Avant cela, trois. Il arrive à Leon d'avoir l'impression qu'elle ne reviendra plus jamais. Le panier de Jake est placé à côté de son lit-terrier. Il observe Jake qui fait un curieux sifflement en respirant et tient ses petits poings serrés à la Mohamed Ali. Jake ouvre les yeux mais ne pleure même pas. Le bleu de ses yeux est devenu foncé et brillant mais le point au milieu est toujours noir, une goutte d'encre dans la mer. Leon et Jake aiment bien se regarder. Puis Leon lui chante une berceuse ou lui chuchote des choses du style :

— Ça boume, Jake ? C'est l'heure du dodo. Ferme

tes petits yeux. Tout va bien, Jake. Tout va bien. Dors, mon petit Jaky.

Il est comme un coq en pâte avec Jake dans la chambre de Bobby le bout'chou. Sous le poids douillet des manteaux, il étudie la tache de lumière sur le mur et écoute les bébés respirer avec le bruit de fond des voitures qui roulent sur la chaussée mouillée.

Le lendemain, Carol vient les chercher. Elle a l'air de très bonne humeur. Elle passe des heures à la cuisine à parler à Tina. Leon se poste dans le couloir.

— Je l'ai trouvé. Ouais, je suis allée chez son pote et j'ai frappé comme une dingue. Je savais qu'il y avait quelqu'un. J'ai crié par la fente du courrier que je voulais juste lui transmettre un message. Finalement, il a ouvert. Tony. Tout d'un coup. J'en revenais pas. Lui non plus d'ailleurs. Je t'avais bien dit qu'il cherchait pas à m'éviter. Il s'était pas rendu compte que j'étais sur le point d'accoucher, c'est tout. Bah, je lui avais dit, mais il avait oublié. Il dit qu'il était débordé de boulot. Et de toute façon, il s'embrouille toujours dans les dates.

Tina, qui d'habitude la bombarde de questions, se tait. Carol continue.

— Il a dit qu'il ne pouvait pas parler longtemps, qu'il devait rentrer chez lui. Il vit toujours chez cette grosse conne, je sais pas ce qu'il fout encore avec elle. Lui non plus d'ailleurs. Je lui ai dit qu'il pouvait venir vivre avec nous. Il a très envie de voir Jake mais il faut qu'il fasse gaffe : si jamais elle l'apprenait, elle l'empêcherait de voir sa fille qu'il adore. Elle lui a déjà fait le coup, elle se sert de sa fille pour le coincer. Jamais je ferais un truc pareil.

Tina propose un biscuit à Carol. La boîte à biscuits

de Tina est toujours archipleine. Quelquefois, quand il y en a beaucoup de cassés, elle autorise Leon à manger les morceaux.

— Non, merci. Bref, il dit qu'il va déménager. Elle est pas encore au courant et il ne lui annoncera qu'à la dernière minute. À son âge, il veut se poser pour de bon.

— Il a quel âge ?

— Trente-neuf ans. Mais on le croirait pas à le voir. Il fait pas vieux du tout.

— Il va sur ses quarante.

— Trente-neuf. Je te jure, il les fait pas. Il fait notre âge.

— Vingt-cinq ?

— Bah, la trentaine. Bon, voilà, il dit que ça marche pas entre eux depuis des années. Tu me connais, Tina. J'ai jamais voulu faire de la peine à personne, mais il était déjà pas heureux avant que je le rencontre. S'il l'avait été, il m'aurait même pas regardée, hein ? Il a dit un jour qu'il avait de la famille à Bristol et Wolverhampton. Il sait pas encore où il va aller, mais quand il y sera, ce sera juste lui et moi.

— Et les gosses, ajoute Tina.

— Oui, bien sûr. C'est ce qu'il veut dire. Lui, moi et les gosses.

— Et sa fille ?

— Elle viendra avec nous.

Il y a un silence, puis Tina reprend :

— Parfait. Et il t'a dit ça ?

— On a parlé que quelques minutes, mais, ouais.

Leon retourne dans le séjour voir comment va Jake. Il a presque quatre mois et devient grand pour le panier. Il se cogne contre les côtés et essaye de sortir.

Quand il se met en rogne, il miaule comme un chat. Leon s'est fait gronder pour avoir essayé de l'aider à se mettre debout, alors il se contente de le regarder et de l'informer de choses qu'il estime que son petit frère devrait savoir, par exemple, qui est le plus grand footballeur. Sauf que là, il n'a pas tellement envie de lui dire qu'ils vont aller vivre avec une petite fille et une grosse conne à Bristol parce qu'il risque de le faire pleurer.

4

Leon grignote un toast assis sur le tapis devant la porte du patio. C'est l'été, mais on ne dirait pas : le ciel est de la même couleur grisâtre que les dalles du sol, ou que le chemin de l'école, le raccourci du commissariat, ou l'allée crasseuse entre les barres de la cité et son lotissement.

Il y a un tas de bois dans un coin comme si quelqu'un avait eu l'intention de réparer la palissade puis qu'il avait tout laissé en plan. Les voisins ont bouché le trou avec du fil de fer barbelé à cause de leur chien et de l'engueulade avec le papa de Leon à l'époque où il habitait chez eux. Le papa de Leon avait menacé le voisin de l'index et avait dit (Leon aurait pu répéter ses paroles mot pour mot) : « Si ce putain de clébard s'avise de rentrer chez moi et de mordre mon gamin, je lui arrache le cœur, tu captes, Phil ? »

Le chien s'appelle Samson. Sur sa poitrine, à la place des poils, il a une grosse médaille de peau rose, à cause d'une bagarre. Leon imagine son cœur de petit chien qui bat dessous et les mains de son père s'emparant des pattes avant de Samson et les écartant jusqu'à ce qu'il hurle à la mort.

Leon connaît ce hurlement et, quand il aperçoit Samson dans le patio des voisins, il se lève. Le chien et lui se regardent à travers les barbelés rouillés.

Mais aujourd'hui, Samson n'est pas là. Maintenant Leon est assis sur la marche devant la porte avec ses deux Action Man, l'ancien et le nouveau. Carol lui a acheté le nouveau pour son anniversaire début juillet. Tina lui a offert la tenue. Son papa lui a envoyé une carte cadeau. Avec, Leon s'est payé une tenue encore mieux, avec des rangers et un fusil. Pour Noël, Leon va commander deux autres Action Man avec des uniformes de combat. Ça lui en fera quatre en tout et bientôt, il aura une armée entière.

Leon entend sonner à la porte, puis une voix d'homme. Il ramasse son nouvel Action Man et tous les deux rampent sur les coudes au bord du tapis derrière le canapé. Par l'entrebâillement de la porte, il voit un type sur le seuil, la porte ouverte aux courants d'air. Un grand type costaud en manteau de cuir noir sur un costume, on dirait le méchant dans un James Bond. Il a les mains dans les poches, peut-être est-il armé.

S'il dégaine un pistolet, Leon défoncera la porte d'un coup de pied et lui sautera dessus avant qu'il puisse appuyer sur la détente. Leon a vu comment ils font dans les westerns quand ils s'apprêtent à tirer, les deux mains sur les côtés. Ou bien, si Tina est là-haut, il pourrait passer à toute allure sous le nez du type et appeler Tina à l'aide. Ou la police. Si seulement il n'avait pas toujours envie de courir au petit coin dès qu'il s'énervait ou qu'il avait peur. Il empoigne sa braguette et presse son entrejambe contre le tapis pour se retenir. Le type parle lentement, la tête penchée de côté, comme si la maman de Leon était un bébé ou une débile mentale.

— Ne déforme pas tout, Carol.

Carol pleure et répète sans arrêt « Tony ». Le type ne l'écoute pas.

— Je suis marié. Enfin, c'est du pareil au même. Je ne voulais pas d'autre enfant à la base et je veux sûrement pas une autre femme dans ma vie. Je veux pas qu'on téléphone tout le temps à la maison et je veux pas d'histoires chez mes amis.

Carol fait des petits bruits de déglutition.

— J'ai pas été assez clair la première fois ? ajoute le type, toujours la tête penchée et la main sur son pistolet invisible. T'avise pas non plus de laisser des messages à mes potes. Ça me fout en rogne. Laisse tomber, Carol, j'te dis.

Elle essaye de répliquer mais elle est très essoufflée et parvient à peine à bredouiller :

— Tu l'as même pas encore vu, Tony. Qu'est-ce que tu veux que je fasse ? Qu'est-ce que je dois penser d'un mec qui est même pas capable de lui acheter un hochet ?

— Arrête, arrête. Tu parles de fric, là ?

Carol fait non de la tête, énergiquement.

— Non, reprend-il, dis plutôt que c'est par rapport aux histoires que tu te racontes depuis qu'on a passé deux mois à tirer notre coup dans ma bagnole ?

Carol se tait.

— Je sais pas ce que t'as, Carol. Même la morve

au nez t'es une belle poulette, mais t'as un moteur rouillé à la place du cerveau, j'te jure.

Le type sort sa main de sa poche et se frappe le côté de la tête.

— Ouais, superrouillé. En panne. Ça passe pas le contrôle technique. Ça peut t'amener nulle part. Et le comble, c'est que ça fait Un. Boucan. Énorme.

Leon et Carol l'entendent tous les deux en même temps, la voix du type qui se durcit d'un coup. La tête de Carol a un mouvement de recul, comme si le type lui avait flanqué une gifle. Leon se lève et tient à deux mains son Action Man.

— Écoute, je suis pas une ordure. D'accord ? Mais il faut que tu te calmes, merde. Arrête de me harceler au téléphone, p'tain. Tiens.

Le type remet sa main dans la poche de son veston.

— Prends ça pour le gamin et ressaisis-toi. Trouve-toi un gentil mec qui vend des aspirateurs ou des pneus d'occase. Quelqu'un qui termine à cinq heures et t'emmène au bingo. D'accord ? Moi je suis pas comme ça, ma poulette. Pas du tout.

Il tend quelque chose à Carol mais au lieu de le prendre elle lui tourne le dos, passe devant Leon en courant, ramasse Jake dans son panier et retourne au galop dans l'entrée.

— C'est le tien, Tony, et toi tu t'en fous. Rentre au moins ! Passe un peu de temps avec lui.

Le type fait un pas de côté et aperçoit Leon. Il lui fait un clin d'œil, mime un pistolet avec deux doigts et tire sur Action Man. « Pouf. » Leon sourit. Puis le type penche de nouveau la tête de côté.

— Stop, Carol, dit-il. Y a rien à ajouter.

Il recule d'un pas et ferme la porte. Carol se retourne et hurle à l'adresse de Leon :

— Pourquoi tu écoutes aux portes, toi ? Si t'avais pas été là, il serait entré deux minutes voir son gamin. Son seul fils. De quoi je me mêle, hein, Leon ? Toujours à fouiner... l'oreille qui traîne dans tous les coins. Maintenant ouste au lit et restes-y !

Leon monte sur la pointe des pieds et fait pipi sur la paroi de la cuvette pour ne pas faire de bruit. Il ne tire pas la chasse et ne se lave pas les mains non plus. Il essaye de compter tous les triangles du papier peint dans sa chambre mais il y en a beaucoup trop. Il les divise en triangles bleu foncé et en triangles bleu pâle puis, en serrant les paupières et en regardant à travers ses cils, il visualise un char d'assaut. Avant, Carol lui demandait pardon quand elle lui criait dessus, mais depuis quelque temps elle oublie. Alors demain, il prendra vingt pence dans son sac. Il s'achètera un Twix en revenant de l'école et il jettera le papier par terre : il s'en fiche.

Leon regrette d'avoir souri au type qui a fait pleurer Carol, mais s'il revient ils pourront peut-être tous les deux jouer aux cow-boys. D'un autre côté, il espère que Jake ne ressemblera pas à son papa quand il sera grand, qu'il ne prononcera pas des paroles dangereuses d'une voix calme. Si Leon lui a souri, c'était par politesse. Si le type revient, Leon ne lui sourira pas une deuxième fois. Il se tiendra sur ses gardes et protégera Carol et Jake. Comme ça, on ne lui criera pas dessus.

Le lendemain, sa maman se lève de bonne heure et déclare que tout va changer. Elle est désolée et va faire d'énormes efforts. Elle prépare un petit déjeuner monstrueux, des pancakes au sirop qui ont l'air de sortir d'un livre de recettes. Sauf que ce n'est pas bon et qu'elle fond en larmes en voyant que Leon refuse d'y toucher. Elle réduit en purée une des grosses crêpes et rajoute du lait pour Jake. Dès qu'elle lui met la cuillère dans la bouche, il régurgite et en fiche partout sur lui. Elle fait jurer à Leon qu'il travaillera bien à l'école pour devenir intelligent et ne pas finir comme elle.

— Je veux que mes fils aient une meilleure vie que la mienne, dit-elle alors que Leon lui fait un câlin sur le petit canapé. Je veux que vous ayez tous les deux de belles choses. Je veux que vous habitiez une grande maison avec un vrai jardin et que vous vous aimiez. Je ne veux pas que vous vous disputiez. J'en ai tellement marre des disputes. Et je veux que vous sortiez de cette merde. Fuyez, fuyez, n'arrêtez jamais de courir. Regardez pas en arrière. Voilà pourquoi il faut travailler à l'école et avoir de l'instruction. Faut pas être comme moi ou ton papa. T'es tellement malin, Leon. Promets-moi quelque chose, mon loulou ?

— Oui, maman.

— Veille bien sur lui et veille bien sur toi. Profite vraiment de la vie.

— OK, maman.

— Tous les deux. Fais-le pour tous les deux.

Elle serre Leon si fort qu'il doit la repousser un peu pour ne pas étouffer.

— Je vais monter maintenant. Occupe-toi de Jake pour moi.

Certains jours, Leon ne va pas à l'école du tout, il reste à la maison avec Jake pendant que leur mère dort. Les jours où il y va, il est obligé de la réveiller pour lui rappeler que Jake a besoin d'elle. Parfois, elle le chasse et il passe la journée à se demander ce que Jake va manger et à quelle heure est sa sieste. D'autres fois, quand il joue au foot par exemple, il oublie carrément ce qui se passe à la maison. Comme la fois où un nouveau est arrivé en classe. L'institutrice a demandé à Leon de lui servir de guide au réfectoire. Le nouveau était beaucoup plus petit que Leon et il semblait avoir peur. Leon lui a indiqué où étaient les choses puis ils ont fait la queue ensemble. Le nouveau s'appelait Adam et il avait des cheveux longs. Il a dit que son père était prof dans une autre école. Il a dit qu'il avait un chien.

— Quel genre de chien ? lui avait demandé Leon. Un berger allemand ou un doberman ?

— Un caniche. Il est à maman. Elle l'appelle Candy.

— Oh, un caniche.

— Ouais, mais je l'ai dressé pour qu'il morde les gens.

— C'est vrai ?

— Ouais. Je pourrais l'amener ici et il mordrait toute la classe.

— Tu pourrais vraiment ?

— Oui, si je voulais.

Ils avaient passé l'après-midi entière à discuter, quels chiens sont les plus faciles à dresser, lesquels ont les crocs les plus pointus, lesquels sont les champions. Les caniches n'entraient dans aucune de ces catégories.

En rentrant chez lui, Leon réfléchit à la façon de présenter son projet à Carol. Il le dresserait à mordre le papa de Jake. Il le dresserait à mordre la vieille voisine qui n'arrête pas de le regarder en hochant la tête. Il le dresserait à mordre le petit ami de Tina et le facteur. Plus tard, quand Jake serait grand, ils deviendraient célèbres. Les meilleurs dresseurs de chiens au monde.

5

Dès que les grandes vacances commencent, tout va à vau-l'eau. Leon peut aller se coucher à l'heure qui lui plaît et quelquefois il dort même sur le sofa, sa mère ne s'aperçoit de rien. Il peut manger ce qu'il veut, mais quand il n'y a rien ni dans le frigo ni dans le placard, ça ne compte pas vraiment. Il doit garder Jake presque tous les jours. Carol pleure sans cesse et descend à la cabine téléphonique en laissant Leon seul avec le bébé. Une fois il l'a pris dans ses bras et Jake s'est tellement tortillé qu'il est tombé sur le tapis. Il s'était arrêté de pleurer quand Carol est remontée mais Leon était en colère contre elle et a volé vingt pence de plus. Il aurait aussi bien pu tout rafler, vu qu'elle ne sait pas combien elle a dans son porte-monnaie.

Tôt le matin, quand il se met à faire plus clair dehors, Jake pleure et Leon doit se lever. Sa couche est lourde et mouillée. Dès que Leon a fini de le changer, Jake sourit et rigole. Jake veut toujours la même chose pour son petit déjeuner. Leon a trouvé un système. Il lui a fallu quelques semaines pour le mettre au point mais maintenant il pourrait expliquer comment on s'occupe d'un bébé au réveil.

Le changer (ne pas oublier d'appliquer de la pommade blanche si on veut éviter que le bébé ait les fesses rouges). Se dépêcher de lui donner à manger mais attention en descendant l'escalier : les bébés gigotent dans les bras et quelquefois ils sont trop lourds. Si tu n'as pas préparé assez vite le biberon, ils se remettent à pleurer. Verser six dosettes de lait en poudre dans le biberon et le remplir avec l'eau chaude. Ne pas oublier de goûter au cas où ce serait trop chaud. Si le bébé a vraiment très faim, rajouter un peu de poudre et une cuillerée de sucre. Le pire, c'est quand il vomit. Il y en a partout et ça prend des heures à nettoyer.

Même Carol ne sait pas toujours ce qu'il faut faire. Il lui arrive d'oublier Jake dans sa chaise haute. C'est Leon qui est alors obligé de le sortir de là. Comme elle passe son temps dans son lit, Leon doit se débrouiller. Il entre parfois dans sa chambre. Elle est cachée sous les couvertures, ses comprimés à côté d'elle sur sa table de chevet, des blancs dans un flacon blanc et des roses dans une boîte argentée plate. Il a appuyé une fois sur la boîte pour voir. Il en est sorti un bonbon sauf qu'après l'avoir léché il l'a jeté dans le cabinet.

Il y a des jours où Carol sort et le laisse devant la télé. Elle installe Jake dans la poussette et s'en va pendant des heures. À son retour, elle est fatiguée et Jake pleure. Elle abandonne la poussette dans l'entrée et monte l'escalier en parlant toute seule. Leon doit alors détacher Jake, lui enlever sa combinaison et lui donner son biberon. Il y a des fois où Leon en a assez de devoir faire tout ça et où ça le rend furieux.

Leon a l'impression que Jake pleure depuis des jours et des jours. Si ça continue comme ça, Leon devra monter demander de l'argent à Tina. Si Tina n'est pas là, il ira chez la voisine qui ne l'aime pas. Il a bien sûr regardé dans le sac de Carol mais il n'y a pas assez pour acheter du lait en poudre pour Jake, des couches pour Jake et des bonbons pour lui. En fait, il n'y a plus un sou, juste quelques tickets de caisse, une vieille photo et une boucle d'oreille. Leon a renversé le sac. Il a cherché entre les coussins du canapé, dans les tiroirs de la cuisine, dans les poches du manteau de Carol et dans tous les endroits auxquels il a pensé.

Jake ne porte plus de couche. Ça sentait trop mauvais et, de toute façon, il n'y en a plus une seule de propre. Il a dû asseoir Jake sur une serviette dans son panier avec des jouets. Sauf que maintenant il sait en sortir et marcher à quatre pattes. Garder le bébé est devenu beaucoup plus compliqué. Et puis ils ont tous les deux faim. Jake a passé la matinée à pleurer. Carol ne fait toujours rien.

Le matin, c'est Leon qui prend Jake dans ses bras et le promène jusqu'à ce qu'il cesse de pleurer. À voir comment elle se comporte, on pourrait penser que sa maman est sourde.

Leon l'a secouée, il l'a suppliée, il l'a prise par les mains pour essayer de la tirer de son lit. Elle est réveillée mais elle refuse de parler, de manger, de se lever. Ça c'était hier et avant-hier. Aujourd'hui, Leon doit trouver une solution. Il monte dans la chambre de sa mère. Une lumière rose filtre à travers les minces rideaux. Le silence est pesant, comme quand quelqu'un retient son souffle. Une des mains de Carol est posée sur le drap. Leon la touche du bout du doigt. Elle ne bouge pas mais ses lèvres parcheminées imitent le poisson rouge dans son bocal.

— M'man ?

Carol tourne la tête vers le mur.

— J'ai faim, maman.

En fait, la pièce a la même odeur que la couche de Jake. Sa maman a mouillé son lit, encore une fois. Il ouvre la fenêtre mais seulement un petit peu de crainte que Carol prenne froid.

Si Leon parvient à obtenir de l'argent de Tina, personne ne saura que Carol est de nouveau malade. Si quelqu'un veut bien lui donner de quoi faire des courses, il la guérira. La dernière fois, il avait été obligé d'aller habiter avec une dame, son mari et leur chat. Ils voulaient tout le temps l'emmener à l'église et l'obligeaient à se tenir tranquille. C'était horrible. Il s'occupera de Carol et de Jake, il préparera du thé et des tartines grillées à sa maman. Il l'aidera à s'asseoir et à avaler ses médicaments. Il mettra des draps propres sur son lit. Il fera semblant. Comme Jake se remet à pleurer en bas, Leon descend l'embrasser.

— Toi tu restes ici avec tes jouets. Arrête de pleurer, Jake.

Il laisse la porte entrouverte et monte à l'étage. Il sonne chez Tina.

— Ça va, mon chou ? demande-t-elle.

— Maman demande si tu as un peu de sous.

Tina inspecte la galerie puis regarde par-dessus la rambarde.

— Où elle est, Leon ?

— Elle dort mais elle m'envoie faire des courses.

— T'as été à l'école aujourd'hui ?

— Non, on est en vacances depuis la semaine dernière. Elle demande si tu peux lui passer une livre ?

Tina continue à le dévisager puis rentre dans son appartement. Elle revient avec Bobby le bout'chou et son sac à main. Elle ferme la porte.

— Je vais descendre vous voir.

Leon espère que sa mère est levée et habillée. Il espère que Jake a cessé de pleurer. Mais dès qu'il entend le bruit que fait Tina en entrant, il comprend que c'est fichu.

À la cuisine, elle hoche la tête.

— Bon Dieu, dit-elle.

Dans le séjour, elle met sa main devant sa bouche. Elle voit combien Leon a été sale : il a mangé ses céréales dans la boîte devant la télé. Elle voit qu'il n'a pas jeté les couches de Jake dans la poubelle. Il aurait dû ouvrir la fenêtre comme Tina le fait chez elle où ça sent partout la lotion pour bébé. Leon voit à travers les yeux de Tina. Pourquoi n'a-t-il pas nettoyé avant de lui demander de l'argent ? Tina retourne dans le couloir.

— Carol ? Carol ?

Elle pose Bobby dans le parc de Jake et monte l'escalier en courant, Leon sur ses talons.

— Ah, merde, merde !

Tina secoue Carol et la tire par le bras.

— Cal ! Cal !

Elle regarde Leon.

— Elle a pris quelque chose ? Ça fait combien de temps qu'elle est dans cet état ? Cal ?

Soudain, Carol se met à geindre.

— Fous-moi la paix ! Fous-moi la paix enfin !

Tina donne à Carol des petites claques sur les

joues. Elle ne se défend pas, elle n'ouvre même pas les yeux. Leon n'est pas étonné : ça fait des jours qu'il essaye. Tina prend Leon par la main et sort de la chambre à reculons en hochant la tête et en répétant :

— Bon Dieu de bon Dieu...

Ils redescendent ensemble. Tina ramasse Jake dans son panier et l'enveloppe d'une serviette. Elle soulève aussi Bobby. Avec les deux bébés dans les bras, elle est essoufflée.

— Va chercher mon sac, Leon. Viens.

Ils vont à la cabine téléphonique au coin de la rue. Elle passe Jake à Leon et lui demande d'attendre dehors. Mais la porte n'est pas bien fermée, il entend tout.

— Une ambulance, à mon avis.

Elle patiente une minute, puis indique l'adresse de sa maman. Elle ajoute qu'il faudra aussi quelqu'un de l'aide à l'enfance.

Elle raccroche en répétant sans arrêt les mêmes chiffres. Elle compose un numéro.

— L'aide à l'enfance ?

Tina essaye de fermer la porte, mais celle-ci résiste.

— Je voudrais vous signaler deux enfants seuls depuis deux jours au moins. Oui. Oui. Non, ça fait un bout de temps que ça dure. Oui. L'ambulance est en route. Oui. À l'étage au-dessus, 164E. Je sais pas, neuf ans et je dirais quatre ou cinq mois. Carol Rycroft. Oui. Leon et Jake. Jake, c'est le bébé. Je sais pas. Non. C'est terrible. Je sais pas.

Elle se tait pendant une éternité pour écouter, puis elle ajoute :

— Je les emmène chez moi mais ils peuvent pas rester. Non, désolée. Vous pouvez pas envoyer quelqu'un ? Quand ça ? Bien, juste pour la nuit alors. J'ai pas le téléphone. Non. Ouais. 164E. Premier étage. Je serai là.

Lorsqu'elle sort de la cabine, elle halète comme si elle avait couru.

— Tu peux le porter, Leon ? Si on marche lentement ?

Bobby pleure. Jake n'arrête pas de se tortiller. Leon fait de son mieux pour rester derrière Tina qui ne marche pas si lentement que ça. Une fois chez elle, elle plonge tout de suite Jake dans un bain avec Bobby et l'habille avec les vêtements de Bobby. Il pleure toujours mais quand elle lui donne le biberon, il s'endort à la moitié.

Tina dit tout le temps qu'elle est désolée mais qu'elle n'a pas le choix. Une ambulancière se présente à la porte. Tina l'invite à entrer.

— On a quelqu'un en bas avec la maman. Les petits sont là ?

— Ils vont tous les deux bien, dit Tina en désignant Jake profondément endormi puis Leon debout à côté d'elle.

— Il a neuf ans. Jake environ quatre mois. Je lui ai donné son biberon et j'allais faire manger Leon. Il a sûrement faim, pas vrai, mon chou ?

Leon s'essuie le visage.

— Et t'es inquiet pour ta maman, hein ? dit l'ambulancière.

Elle s'accroupit devant Leon, lui palpe un bras, puis l'autre.

— Ça fait un bout de temps que t'as faim, je parie.

Leon fait non de la tête.

— Non, j'ai bien mangé.

Elles chuchotent des choses à propos de sa maman. Il a envie de leur dire qu'elle est très gentille, mais elles ne l'écouteront pas. L'ambulancière se penche sur Jake. Le voyant endormi, elle dit qu'elle redescend.

Après son départ, Tina prépare à Leon des toasts avec des haricots blancs, puis il prend un bain. Il enfile un tee-shirt de Tina et s'assied devant la télé avec des chips. Il est au milieu de *Shérif, fais-moi peur* quand Jake se remet à pleurer. Tina l'installe sur les genoux de Leon pour qu'il puisse lui donner le biberon.

— T'es un bon p'tit gars, tu sais, Leon, tu mérites pas ça.

— Où est maman ?

— On l'a emmenée à l'hôpital. Tu as vu qu'elle est malade. Tu aurais dû venir me le dire. Elle était déjà dans cet état la semaine dernière, pas vrai ? Je l'ai vu dans ses yeux quand elle est passée devant moi. Ça fait combien de temps que ça dure ?

Leon l'ignore.

— C'est pire cette fois, mon chou. Pire que je l'aie jamais vue. Je sais pas ce qui va se passer.

Leon, si.

Les assistantes sociales ne débarquent que le lendemain en fin d'après-midi. Elles sont deux ; il y en a une qui a des cheveux noirs avec du blanc en dessous comme un zèbre. Elles restent très longtemps dans la cuisine à parler de sa maman. Tina leur raconte tout.

— ... des semaines, depuis la naissance du bébé, quand j'y pense. Elle a été déprimée pour Leon mais je la connaissais pas à l'époque. Je crois qu'elle a été hospitalisée deux fois. Avant le bébé, ça avait l'air d'aller, mais en fait... ça va pas. Je veux dire, elle fait des trucs... Elle laisse ses gosses pour un oui ou pour un non. Avec moi, en général. Et elle fait garder le bébé par Leon, vous voyez, cinq minutes par-ci, cinq minutes par-là. Il va plus à l'école.

Les autres se taisent. Tina reprend la même chanson. Elle dit du mal de Carol et ment en expliquant que Leon ne s'est pas bien occupé de Jake.

— Ça a dû empirer sans que je m'en aperçoive. On s'est un peu disputées toutes les deux il y a quelques semaines, elle veut tout le temps que je lui prête du fric. Elle me le rend jamais. Et j'ai gardé ces deux-là je ne sais combien de fois. Ce sont des gosses adorables, mais quand même. Et comme je viens de vous le dire, il y a des limites à tout. Elle m'a engueulée. Alors j'ai laissé tomber et j'ai plus rien fait pour eux. J'ai ma propre famille à m'occuper. Là où ça a vraiment déraillé, c'est quand le papa du bébé l'a plaquée. Tony, je crois qu'il s'appelle. Je connais pas son nom de famille. Elle a flippé grave. Vraiment grave.

— Et le père de Leon ? Il est dans les parages ?

— Lui ? Byron ? Oh non, il s'est tiré. Carol dit qu'il était convoqué au tribunal et qu'il a pas eu le courage d'y aller. Mais même quand il était là, il servait à rien. Il restait jamais longtemps. Deux semaines et il se refaisait la malle. Il a goûté un peu à la taule. Quand il est sorti, ils arrêtaient pas de s'engueuler. Et je vous dis pas l'alcool. Tous les deux. De toute façon, quand elle est tombée enceinte de Tony, ç'a été fini.

Leon remarque le sac à main de Tina sur le canapé. Il s'écarte de la porte sans la fermer et prend cinquante pence dans le porte-monnaie. Il glisse la pièce dans sa poche et remet tout à sa place. Il retourne sur la pointe des pieds écouter à la porte.

— ... Comme je vous le disais, j'ai fait tout ce que j'ai pu. Je les ai gardés tous les deux pendant des mois mais à un moment donné, ça peut plus durer. Je veux dire, c'est une vraie dépression, pas vrai ?

Leon ouvre la porte en grand. Elles se tournent toutes les trois vers lui. Les assistantes sociales ont des faux visages : visage content ou visage triste. On leur interdit de se mettre en colère, alors elles transforment la colère en tristesse. Cette fois-ci, elles font semblant de s'inquiéter pour lui, sa maman et Jake.

— Je veux récupérer mes affaires, dit-il.

Elles échangent un regard.

La « zèbre » l'accompagne chez lui. Tina lui a donné les clés. Elle furète dans la cuisine et ouvre le frigo. Elle ouvre la porte du patio et voit les couches sales que Leon a jetées dehors. Elle monte lentement dans la chambre et l'aide à rassembler quelques affaires pour Jake et pour lui-même, mais il n'a droit qu'à un seul sac de jouets.

— Tout ce que tu arrives à caser dans ton sac à dos. On reviendra chercher le reste un autre jour.

Leon doit abandonner un Action Man parce qu'avec les jouets de Jake, tout ne tient pas dans son sac à dos rouge. Quand la zèbre a fermé la valise, ils retournent chez Tina. Elle prend Jake dans ses bras et l'enroule dans une couverture. Tina essaye de faire un bisou à Leon.

— Ça va aller, tu vas voir. Je suis désolée, mon petit Leon.

Elle se baisse mais il tourne la tête vers le mur. Il tient son sac à dos devant lui. Elle renifle. Elle pleure.

Il pense aux cinquante pence dans sa poche et aux bonbons qu'il va pouvoir s'acheter.

En chemin vers la maison de la dame qui sera leur famille d'accueil, la zèbre est un vrai moulin à paroles. Leon assis sur la banquette arrière à côté de Jake tient son sac à dos sur les genoux et fait semblant de ne pas entendre. Jake s'est endormi dans un siège spécial pour les bébés. Leon est content qu'il n'ait pas compris les mensonges de Tina. La zèbre continue à lui poser plein de questions, elle cherche à lui faire dire des choses méchantes sur sa maman.

6

Le matin, Leon ouvre les yeux et tend l'oreille. Il n'entend pas Jake pleurer. Tout d'un coup il se rappelle. Il est dans une famille d'accueil. Hier soir quand ils sont arrivés avec la zèbre, la dame qui a ouvert la porte a pris Jake dans ses bras et lui a fait un bisou alors qu'elle ne le connaissait même pas.

« Le petit chéri », a-t-elle dit.

La dame d'accueil a conduit Leon dans une pièce avec une télé et lui a dit de s'asseoir.

« Tu peux regarder ce que tu veux », lui a-t-elle dit mais il n'y avait que les infos.

La voix de la zèbre lui parvenait de la cuisine et même s'il n'en avait pas vraiment envie, il n'avait pas pu s'empêcher d'écouter. La zèbre chuchotait fort.

« ... lui qui s'en est occupé... du bébé et de la mère, oui, de tous les deux... mal nourris... retard de croissance... droguée aux médicaments... ambulance... »

La dame faisait des « hum » et des « je vois » pendant que la zèbre parlait, parlait, parlait.

« ... dépression... placement en urgence... décision judiciaire... négligence... insalubre... appartement dans un état... »

La dame avait coupé la parole à la zèbre et lui avait dit de rentrer chez elle. Leon avait entendu la porte d'entrée s'ouvrir et la dame soupirer : « D'accord, Judy, j'ai pigé. Maintenant ouste. On verra tout ça demain. Très bien, d'accord. Allez, bonne soirée. »

La dame avait tiré d'une boîte dorée un biscuit rond avec de la confiture au milieu. Puis elle lui en avait proposé un deuxième. Leon en avait mangé trois en tout, plus du chocolat chaud. Après, quand il s'était couché, il n'avait même pas fait de rêve.

Des odeurs de petit déjeuner chatouillent les narines de Leon et lui donnent des gargouillis dans le ventre. Il ne veut pas faire de bruit. Jake dort toujours, il est forcément endormi puisqu'il ne pleure pas. Le lit de Leon est chaud et douillet. Son duvet est décoré de ballons de foot noir et blanc. Des avions en bois suspendus au plafond tournoient dans la brise fraîche qui souffle par la fenêtre ouverte. Les mêmes ballons de foot grimpent sur les rideaux. Sur le papier peint, il y a des soldats en tunique rouge avec des fusils noirs. Mais le plus beau, c'est que Jake ne pleure pas. L'odeur de nourriture l'attire comme un aimant. La dame chante une comptine et Jake rigole. Tintements de vaisselle et de couverts. Il s'approche sur la pointe des pieds de la cuisine pour mieux écouter mais la dame l'a sans doute entendu.

— Entre donc, ma petite marmotte. Tu veux un sandwich au bacon avec du ketchup ? Tu peux en avoir autant que tu veux.

Leon s'assied à la table jaune. La dame pose sur l'assiette un énorme sandwich qu'elle coupe en deux, puis à côté une bouteille de ketchup.

— Vas-y, mon poussin, mange.

Jake a un dinosaure sur son bavoir. Il a l'air propre et rose. La dame s'approche de la chaise haute installée devant la fenêtre et lui montre des choses dans le jardin.

— Oiseau. Oiseau. Mignon p'tit oiseau.

Elle continue à parler bébé à Jake qui répond par des babillements, alors Leon peut manger en paix. Il n'a jamais rien mangé d'aussi délicieux que ce pain de mie fourré de bacon frit avec la sauce qui goutte sur l'assiette. Il boit un grand verre de jus d'orange, qui a meilleur goût que le Coca, et alterne une bouchée de bacon salé et une gorgée de jus jusqu'à ce que tout ait disparu.

La dame dépose un deuxième sandwich sur son assiette.

— Un garçon comme toi en pleine croissance. Je parie que tu peux pas avaler tout ça.

Mais Leon y arrive, et descend un deuxième verre de jus d'orange. Cette fois-ci, cependant, il prête plus d'attention à ce que dit la dame. Il attend le moment où elle va lui poser des questions sur sa maman.

— Bon, tout le monde ne serait pas capable de voir la ressemblance entre vous deux, dit-elle en croisant les bras sur sa grosse poitrine. Mais Maureen, si.

Elle sourit et pointe son index sur son front.

— C'est moi, Maureen, et j'ai l'œil quand il s'agit d'enfants.

Leon lèche la sauce sur ses doigts et regarde autour de lui. La maison de Maureen sent le bonbon et le pain grillé. Elle est debout devant la fenêtre avec le soleil derrière elle, ses cheveux roux frisés font un halo rouge autour de sa tête. Elle a des biscoteaux de boxeur et un gros ventre comme le père Noël. Sur une cuillère géante accrochée au mur Leon lit : *Meilleure Maman*. À côté, il y a un tableau de Jésus qui montre à ses disciples le sang sur ses paumes de main.

— Alors tu as neuf ans, dit Maureen en prenant son assiette et en remplissant son verre de jus.

Leon fait oui de la tête.

— Et lui, il a bientôt cinq mois.

Nouveau hochement de tête.

— Toi tu es le moins bavard.

— Oui.

— Mais c'est lui le chef.

Elle lui sourit, Leon lui rend son sourire.

— Je commence à comprendre, dit-elle. Je suis sûre qu'il te mène par le bout du nez. S'il savait parler, il te donnerait des ordres, c'est ça ?

Elle passe à Jake une longue cuillère en plastique. Jake tape sur le plateau de sa chaise haute. Leon et Maureen se bouchent les oreilles.

— Je n'aurais peut-être pas dû ? dit-elle.

Leon rit.

— Tu peux me dire un peu quel est son rythme pour éviter que je me trompe ?

Elle s'assied en face de lui à la table jaune et prend un bloc-notes et un crayon. *Jake* écrit-elle en haut de la page.

— Dis-moi d'abord ce qu'il aime et ce qu'il aime pas, ça limitera les erreurs.

— Il se réveille trop tôt.

Elle note.

— Et si je suis en train de manger et qu'il veut ce que je mange, il a le droit d'en avoir mais seulement quand c'est bon pour lui parce que quelquefois c'est du chewing-gum.

Pas de chewing-gum, écrit-elle.

— Il adore *La Panthère rose* mais il comprend rien. Moi, si, alors je lui raconte l'histoire.

— *La Panthère rose* avec Leon, répète-t-elle en même temps qu'elle écrit.

— Quand tu lui enfiles son body, si il se coince sur sa tête il crie très fort et après ça devient impossible de lui mettre et il faut attendre qu'il oublie. Mais quelquefois si tu dois l'asseoir dans sa poussette, tu as pas le temps d'attendre alors t'es obligé de...

Leon ne sait pas s'il devrait lui avouer qu'il lui arrive de perdre patience et de lui crier dessus.

— De lui dire qu'il faut pas pleurer ?
— Oui, opine Leon.
— Je vois.

Elle écrit : *capricieux*.

Leon lui dit tout. Qu'il faut lui caresser la tête ou le côté de la joue pour l'endormir. Que Jake porte tout à sa bouche et qu'il faut le surveiller tout le temps et que du coup, quelquefois on ne peut même pas regarder la télé. Et que quelquefois aussi c'est trop dur.

Une fois que Maureen a rempli deux pages, elle se redresse et s'appuie contre le dossier de sa chaise.

— Merci de ton aide. J'aurai peut-être encore une ou deux choses à te demander mais je crois que j'ai l'essentiel. Maintenant, si tu veux bien me laisser voir si je peux me débrouiller avec Son Altesse pendant que tu prends un bain.

Elle soulève Jake de sa chaise haute et l'embrasse.

— Quels beaux yeux !

Elle tourne le visage de Jake vers Leon pour qu'il le voie.

— Il te dit merci, Leon. Merci de t'être aussi bien occupé de moi. C'est ce qu'il dirait s'il savait parler.

Ils montent tous à l'étage. Maureen verse un truc bleu dans la baignoire et la mousse gonfle, si épaisse que Leon ne peut même plus voir l'eau. Il reste dans le bain à écouter Jake pousser des cris de joie et rire aux éclats chaque fois que Maureen lui dit le nom des choses.

7

Quelquefois, même si c'est vraiment sympa chez Maureen, Leon n'arrive pas à dormir. Jake et lui partagent la même chambre. Jake va se coucher en premier et Leon le rejoint après avoir regardé un peu la télé en compagnie de Maureen ou après avoir joué avec ses jouets. Il prend toujours un bain avec de la mousse. Ensuite il mange un biscuit et enfin il se brosse les dents. Il n'a jamais faim mais parfois il n'arrive pas à dormir. Jake respire doucement dans son petit lit à barreaux. Leon suit au plafond les mouvements lumineux. Il est de plus en plus tard. Finalement, il entend Maureen qui monte se coucher après les infos. Il entre dans sa chambre sur la pointe des pieds.

— Qu'est-ce qu'il y a ? lui demande-t-elle. Tu n'arrives pas à dormir ?

Leon fait signe que non.

— Cinq minutes, dit-elle en tapotant le lit.

Leon se pelotonne à côté d'elle et lui demande de lui raconter une histoire.

— Je crois pas que c'est une bonne idée. Je suis nulle en histoires. Je vois pas à quoi ça sert, tous ces loups et ces géants et ces machins qui n'existent pas. Je préfère les souvenirs. Les histoires vraies.

Leon se tait. Maureen lui donne un coup de coude.

— Allez, raconte à tata Maureen quelque chose qui s'est vraiment passé.

Leon lui raconte le jour où son papa a appris pour Jake et n'est jamais revenu.

Il fait noir et son papa l'a bordé dans son lit. Alors qu'il fait un rêve merveilleux, il n'arrête pas d'entendre le mot « pute ».

Leon se cramponne à son rêve pour empêcher les mots de l'atteindre. Il rêve qu'il est un soldat. Il a deux médailles pour acte de courage et une autre de tireur d'élite. Il est grand et fort, plus grand que son papa. Il porte un bandana, un pantalon de treillis plein de poches et une cartouchière en travers de la poitrine. Il ouvre la marche devant ses hommes, il avance dans la jungle armé d'un fusil, d'un pistolet et d'un couteau caché dans sa chaussette. Il saurait s'en servir s'il le fallait. Une brindille craque sous son pied. Lui et ses hommes s'aplatissent tous au sol en même temps. Quelqu'un hurle « pute ! » et « bordel de merde ! ». Leon a compris qu'il devait rester sur place et laisser ses hommes partir devant. Cela s'est déjà produit au cours d'un de ses bons rêves.

Les mots cherchent toujours à se frayer un passage jusqu'à lui. Leon essaye d'avancer pour rattraper ses hommes. Il est leur commandant et il doit les empêcher d'entrer dans la clairière où il sait qu'ils vont être abattus les uns après les autres. Il doit leur dire de se parler par gestes. Mais les mots s'obstinent à se glisser sous la porte et à voleter autour de sa chambre comme des chauves-souris furieuses.

« Putain, Carol ! » C'est le genre de chose qui risque de coûter la vie à ses hommes. Leon n'arrive pas à décider s'il doit se réveiller ou rester avec sa section. S'il reste, il entendra quand même les mots et finira par mouiller son lit. S'il se réveille et se lève pour aller au petit coin, il sera obligé d'entendre ce que son père dit et la dernière fois qu'il a été surpris à écouter, il a reçu des claques sur les jambes.

Les soldats ennemis se planquent dans la jungle. Ils marchent en terrain familier, ils connaissent les meilleures cachettes, sous les feuillages et entre les rochers. L'un d'eux sort en hurlant et lance une grenade. Les hommes de Leon sautent tous en l'air en même temps. Morts. Leon est tué lui aussi. Il regarde son treillis vert, sa figure en sueur à cause de la chaleur et le filet de sang poisseux qui lui dégouline au coin de la bouche, il enjambe son corps et se lève de son lit.

Il va le plus silencieusement possible aux toilettes. Il ne tire pas la chasse de crainte que son père l'entende. Il revient dans sa chambre et pousse à moitié la porte. Il y a des fois où c'est Carol qui crie, et d'autres fois où c'est son papa. Au beau milieu de la dispute, son papa éclate de rire et traite sa maman de folle. Son papa répète dix fois des mots comme « folle, folle, folle, folle... » avant de parler très vite en créole, une langue que personne d'autre que lui ne comprend.

Un jour, chez Tina, Leon a entendu Carol dire : « S'il n'y avait pas Leon, je le foutrais dehors. » Puis elle a pleuré. Leon a eu envie de la rassurer en lui disant qu'il avait souvent entendu des gros mots et qu'elle pouvait dire « foutre » si elle voulait.

Le lendemain matin, le soleil rayonnait à travers les rideaux, le bruit de la radio montait d'en bas et c'était un jour d'école. Tout allait peut-être s'arranger.

Il a ouvert la porte de sa chambre. Carol chantait. Il a descendu l'escalier aux aguets au cas où son papa serait là. Il a jeté un coup d'œil dans la cuisine : personne. Il a ouvert la porte du séjour.

Les stores étaient baissés et la pièce était remplie de fumée. Son papa était parti. Carol debout devant le poêle se regardait dans le miroir en chantant d'une voix cassée. Ses cheveux blonds étaient aplatis à l'endroit où elle avait dormi dessus et ses boucles s'étaient défaites. Tout était trop fort, la musique, sa voix, les sentiments qui flottaient dans l'air. Carol avait une joue rouge vif, ses yeux étaient gonflés et à moitié fermés. C'était comme elle disait souvent : c'est pas parce qu'elle chante qu'elle est heureuse.

En le voyant, elle a agité sa cigarette.

« Va p'tit-déjeuner, Leon, et habille-toi. Je suis crevée. »

Leon ne se rappelle plus ce qui s'est passé ensuite. Il s'arrête de raconter l'histoire à Maureen. Il est bien au chaud sur le lit de Maureen et il sent le sommeil le gagner.

— Allez, debout, lui dit-elle.

Elle le reconduit dans sa chambre. Elle lui caresse le front et remonte les couvertures sur ses oreilles.

— Tu feras des beaux rêves cette nuit, mon petit Leon. Chhh... de beaux rêves. Promis.

8

Impossible de choisir ce qu'on préfère manger chez Maureen. Les plats ont un drôle de nom comme « tourte du berger » ou « crapaud dans le trou », et elle sert à chaque fois des sauces différentes, à la menthe, à la pomme ou à la mie de pain, sauf que Leon n'aime pas la sauce à la mie de pain qui lui rappelle trop la fois où il a vu un chat vomir. Maureen encourage Leon à grignoter entre les repas. S'il n'est pas en train de jouer ou de regarder la télé, elle entre dans sa chambre avec un sandwich et deux biscuits sur une assiette en plastique, ou un donut et une saucisse froide coupée en petits morceaux. Elle dit toujours : « Tiens, pour toi, mon poussin, pour t'aider à tenir le coup. »

Noël approchant, les en-cas se multiplient de façon démentielle. Leon n'arrive plus à suivre. Maureen prépare à tour de bras des gâteaux et des puddings. Elle entasse encore plus de provisions dans les placards qui, du coup, débordent. Il y a des boîtes à biscuits et des boîtes de chocolat partout. Maureen ne remarque même pas quand l'une d'elles disparaît. Au réveillon de Noël, Maureen s'assied en face de Leon à la table de la cuisine pendant qu'il prend son dîner. Elle pose à côté de lui deux tartines beurrées.

— Pour ta *potée*, dit-elle. Tu en auras besoin pour saucer.

Leon ne dit rien : il a la bouche pleine et Maureen est à cheval sur les bonnes manières.

— Tu sais quel jour c'est demain ?

Leon fait oui de la tête.

— Tu as écrit ta lettre au père Noël ?

Maureen pense qu'il a encore l'âge de Jake et qu'il croit à ces balivernes. Tout le monde sait que c'est les parents qui achètent les cadeaux. Leon sait que Carol a disparu : l'assistante sociale parle d'elle parfois avec Maureen à la cuisine. Elle dit des choses comme « toujours pas fait signe » ou « on n'a aucune nouvelle ». Une fois elle a dit : « Légalement, c'est un abandon. » Leon sait ce que cela signifie. L'assistante sociale ne cite jamais le papa de Leon. Elle se borne à dire : « Quand ils vont l'attraper, il va rester un moment à l'ombre. Au moins on ne l'aura pas dans les pattes. » C'est pourquoi Leon se doute qu'il ne recevra pas de cadeau de ses parents cette année. Demain, à son réveil, il n'aura pas de paquet à défaire. Il pose sa cuillère sur la table, s'essuie la bouche avec le papier essuie-tout et repousse son assiette.

— Eh ? Qu'est-ce que c'est que ça ? T'aimes pas ?
— J'ai pas faim.
— Depuis quand ?
— Je suis pas obligé de manger.
— Non. Et ce n'est pas la peine non plus d'être mal élevé.

Leon se tait. La nourriture de Maureen fait comme

une grosse boule dans son ventre. Il commence à se sentir énervé contre elle.

— Tu veux pas de dessert alors ?
— Non.
— Non ?
— Non, merci.
— Même pas de bagatelle aux fraises ?
— Oui.
— Oui tu en veux ou non t'en veux pas ?

Au bout d'un moment, Leon prend l'essuie-tout pour se tamponner les yeux.

— Il faut que je devine ou tu vas me dire ?
— Je m'en fiche des cadeaux.
— Ah, je vois.
— Et tu me prends pour un bébé. Tu penses que je crois encore au père Noël. J'y crois pas. Tout le monde sait que c'est les parents qui sont obligés de les acheter. Je suis pas idiot.

Maureen recule sa chaise et hausse les sourcils : elle est étonnée qu'il sache que le père Noël n'existe pas. Comme elle ne lui a pas permis de se lever de table, il reste assis et attend. Au lieu de parler, elle mange ses tartines beurrées. Puis elle croise les bras sur son ventre et respire fort.

— Alors, dit-elle, tu sais pour le père Noël. Je me demandais quand ça arriverait. Qu'est-ce qu'on va faire pour Jake ?
— Qu'est-ce que tu veux dire ?
— Bon, on va lui annoncer la nouvelle... qu'il n'aura rien pour Noël ?
— Mais si ! s'exclame Leon. Je lui ai acheté un cadeau avec mon argent de poche. Un tambour.
— C'est vrai. Même si je t'ai prévenu que tu allais

le regretter. Tu as insisté mais je te donne pas deux jours avant de t'en mordre les doigts. Qu'est-ce que tu crois qu'il va recevoir d'autre ?

— Je sais pas.

— Et moi ? Tu crois que j'ai acheté un cadeau à Jake ? Et son assistante sociale ? Tu crois qu'elle lui a acheté quelque chose ?

Leon la regarde en faisant oui de la tête.

— Bien. Finis ton assiette et demain matin on sera fixé.

Le lendemain matin, vraiment très tôt, Maureen l'appelle. Jake aussi l'appelle :

— Yuuiiiiiiiii ! Yuuiiiiiiiii !

Leon se précipite en bas. Maureen tient dans ses bras Jake qui tient dans ses bras un grand paquet emballé dans du papier argenté.

— Dis merci, Leon.

— Merci, Jake.

Leon s'assied en tailleur par terre et l'ouvre, mais avant même d'avoir enlevé tout le papier il est sûr et certain que c'est un Action Man, sauf qu'il ne sait pas lequel exactement.

— C'est Sharpshooter ! Regarde !

Maureen tourne Jake face à elle.

— Jake ! Espèce de petit futé.. Comment tu as deviné ?

Ensuite ils ouvrent le cadeau de Jake de la part de Maureen : un Bisounours jaune avec un soleil sur le ventre. Après quoi, c'est au tour de Maureen. Elle soulève une grosse boîte décorée de timbres qui est

arrivée par la poste. Un cadeau d'un de ses enfants.
Un livre de recettes de gâteaux.

— Merveilleux, dit-elle en embrassant le livre.

Leon ouvre le cadeau de la part de Maureen : un circuit *Shérif, fais-moi peur*. Il y a encore un cadeau pour Jake de la part de Gill la voisine : un piano qui marche à piles. Maureen jure qu'elle n'en achètera pas. Gill la voisine a acheté à Leon un pull rouge décoré d'une bande bleue sur la poitrine. Maureen reçoit un deuxième livre de cuisine de la part de quelqu'un d'autre, cette fois c'est pour la cuisson à basse température. Leon ouvre le cadeau de son assistante sociale, une boîte de Meccano, puis une deuxième boîte de Meccano différente de la part de « l'équipe tout entière du centre d'aide sociale à l'enfance Highfield ». Et quand il croit qu'il en a terminé, Maureen sort quelque chose de derrière le canapé.

— Ton dernier, dit-elle.

C'est la Jeep amphibie Cherilea pour Action Man, avec une remorque. Comme celle de la publicité. Exactement pareille ! En sautant pour faire un câlin à Maureen il manque de la faire tomber.

— Pas si fort, chouchou, dit-elle en l'embrassant sur la joue. Joyeux Noël, mon petit Leon chéri.

9

À la base de sa nuque, là où les bosses de sa colonne vertébrale grimpent vers son cerveau, Leon sent un petit creux entre deux os et ce petit creux, c'est Maureen qui l'a fait.

Au bout de six mois, il faut bien qu'elle ait laissé sa marque. C'est là qu'elle pose ses gros doigts quand elle le pousse pour qu'il aille quelque part, pour qu'il ramasse quelque chose, pour qu'il fasse attention à ce qu'il fabrique. « Va te coucher. » Elle ne le pousse jamais fort mais appuie toujours au même endroit. Le papa de Leon se servait souvent de mots rigolos. Il aurait dit « le cou du dos » par exemple, comme ça on n'aurait pas eu de doute sur l'endroit où c'était. Mais Leon n'a pas vu son papa depuis tellement longtemps qu'il a presque oublié ce qu'il disait et sa drôle de façon de prononcer les mots. Le papa de Leon disait « Kiarelle » au lieu de « Carol » et puis chaque fois qu'il sortait, il disait « vite-vite ». Sa maman s'énervait parce qu'il ne revenait jamais vite et jamais à l'heure qu'il disait. Maintenant, c'est elle qui a disparu.

Leon est installé sur le canapé avec Jake endormi sur ses jambes. Jake a chaud quand il dort, il transpire, sur son front des gouttes de sueur brillent dans la lumière de la télé. Ses boucles blondes deviennent plus foncées, deux ronds rouges se dessinent sur son visage crémeux.

Leon aime regarder Jake respirer. Il inspire par ses minuscules narines parfaites et lâche son air d'un côté ou de l'autre de sa tototte. Pile au moment où elle est sur le point de tomber, Jake, dans son sommeil, la ramène dans sa bouche en la suçant trois fois, et le manège recommence. Inspirer. Expirer. Rattraper la tototte. Sucer trois fois. Inspirer. Expirer.

Il arrive, quand il rêve peut-être, que Jake babille ou pousse un cri. Alors la tototte roule sur sa grenouillère et Leon doit la lui remettre dans la bouche pour les trois suçons avant que Jake s'aperçoive de son absence et se réveille. Car si par malheur Jake se réveille, finie la tranquillité. Surtout pour Leon : Jake lui gâche ses jeux et Maureen prend toujours son parti contre lui.

— Viens avec moi, mon petit chéri.

Maureen détache le bébé moite des jambes nues de Leon. Dès qu'elle tient Jake dans le creux de son coude, elle pousse Leon vers l'escalier. Elle appuie sur son cou du dos. Leon se rend compte que ses jouets ont été rangés et les coussins redressés pendant que son frère et lui étaient sur le canapé.

Ils ont de la visite. Leon sait de qui il s'agit. L'ambiance dans la maison a changé. Et puis il y a eu des conversations téléphoniques. Sally ou un nom comme ça est venue, elle a fait sauter Jake sur ses genoux et dit qu'il était mignon et qu'il méritait d'avoir une chance. Carol va peut-être revenir. Elle va peut-être mieux. Sally a fait des tas de sourires tristes à Leon comme s'il était malade ou qu'il s'était ouvert le genou en tombant. Et sa tristesse n'était pas un faux visage. Maureen hoche la tête en répétant que c'est pas bien. Maureen n'est plus très bavarde et elle le regarde tout le temps en disant : « Je sais pas, vraiment pas. Le monde est moche, vraiment moche. »

L'atmosphère dans la maison n'est plus la même depuis hier.

— Monte donc, mon poussin. Tu vas te débarbouiller et passer un tee-shirt propre. Allez. Vite fait et bien fait. Et n'oublie pas les mains.

Elle regonfle les coussins sur lesquels il était assis et s'installe sur le même bout du canapé, le plus près possible de la porte d'entrée afin de pouvoir répondre sans attendre au coup de sonnette de l'assistante sociale. Leon l'observe de l'escalier. Elle frotte son nez contre Jake. Il sait ce qu'elle fait : elle respire son odeur de bébé. Sa vie de bébé. Sa perfection.

Le dos large de Maureen lui cache Jake. Ses cheveux roux qu'elle vient de laver ondulent à la manière de serpents mouillés sur sa peau éclaboussée de taches de rousseur. Il fait chaud à l'intérieur et Maureen porte une robe rose en denim sans manches avec une immense poche à l'avant, on dirait une sorte de gros kangourou. Leon redescend la figure aussi propre que le tee-shirt. Il s'assied à côté de l'assistante sociale pour la simple raison qu'elles disent toujours toutes : « Viens t'asseoir près de moi. » Elle n'aura pas à se donner cette peine.

— Tu te souviens de moi ? lui demande-t-elle. Salma ? Je suis venue hier parler avec toi et Jake. Tu te rappelles, Leon ?

Étant donné que c'était seulement hier et que depuis

rien n'est plus pareil, il ne peut pas avoir oublié. Elle a retrouvé son sourire triste et il voit aussi qu'elle a peur. Maureen ne fait pas la même tête non plus. Leon se doute que si l'assistante n'était pas là, elle aurait téléphoné à sa sœur pour pester : « Tu sais quoi, Sylvia ? Ils me dégoûtent une fois de plus, c'est vrai. Les services sociaux ? Si tu veux mon avis, ils servent à que dalle, cette bande de cons. » Mais elle ne dit jamais de gros mots en leur présence. Leon non plus, d'ailleurs.

Salma se met à parler. Maureen fait sauter Jake sur ses genoux. Elle hoche la tête comme si elle voulait dire *non, non, non*, mais elle ne dit rien du tout. Leon acquiesce à tout ce que dit Salma.

— Jake est encore un tout petit bébé.
— Oui, dit Leon.
— Il a besoin de faire partie d'une famille.
— Oui, dit Leon.
— Il y a beaucoup de familles qui désirent avoir un bébé.
— Oui, dit Leon.
— Tu aimes Jake, pas vrai, Leon ?
— Oui.
— On sait tous combien tu aimes ton petit frère. Même si vous ne vous ressemblez pas, on voit que vous êtes frères et que vous vous aimez. Maureen m'a raconté que tu l'autorisais à jouer avec tes jouets et qu'il ne voulait dormir que sur tes genoux. C'est beau ça.

Leon opine.

— Tu ne voudrais pas que Jake ait une famille ? Une maman et un papa à lui ?
— Si.

— C'est ce que nous voulons aussi. Nous voulons ce qu'il y a de mieux pour chaque enfant. Jake et toi et tous les autres dont les familles d'origine ne peuvent pas s'occuper.

Salma prend la main de Leon sur ses genoux. Il se félicite de se les être lavées.

— Tu n'es pas un petit garçon, toi, Leon. Tu as neuf ans. En plus tu es tellement grand qu'on t'en donne facilement onze ou douze, pas vrai ? Ou même treize. Beaucoup de gens te croient plus vieux que tu ne l'es en vérité. En plus tu es très raisonnable. Ça fait longtemps que tu t'occupes des autres, et ça, ça fait grandir vite. Oh, je sais que tu aimes tes jouets et jouer en général, mais quand même.

Salma baisse les yeux sur la main de Leon et la remet sur les genoux du garçon. Elle croise les siennes et tousse. Leon la voit regarder Jake. Puis dévisage Maureen. Leon se demande si elle a posé une question, parce que personne ne parle plus.

Alors Leon dit :
— Oui.
— Leon, nous avons trouvé une famille qui désirerait s'occuper de Jake. Ils veulent être les nouveaux parents de Jake. C'est pas génial, Leon ? Jake va avoir une nouvelle maman et un nouveau papa.
— Oui.
— Et bientôt, un jour, on trouvera une famille qui voudra bien s'occuper de toi.

Leon opine.

— Tu comprends ce que je dis, Leon ? Jake va être adopté. Cela signifie qu'il aura une nouvelle famille pour toujours. Mais même s'il n'habite plus avec toi, tu pourras recevoir des lettres de lui et avoir de ses nouvelles.

Leon se tourne vers Maureen avant de répliquer :

— Jake sait pas écrire.

Salma rit aux éclats. Leon sait qu'elle fait semblant.

— Bien sûr que non ! Il n'a que dix mois ! Non. Sa nouvelle maman et son nouveau papa t'écriront des lettres et t'enverront sans doute une photo. Tu vois !

Elle lui prend une deuxième fois la main.

— Je sais que c'est dur pour toi, Leon. Très dur. Nous aimerions que les choses se passent autrement mais si nous voulons que Jake puisse avoir une chance…

Maureen s'est levée.

— Merci, Salma. Il comprend, hein, mon poussin ?

Maureen tapote son cou du dos et penche la tête vers la cuisine.

— Un Raider ?

Leon va à la cuisine. Ce n'est pourtant pas samedi. Ce n'est pas Noël et sa chambre n'est pas rangée du tout. Alors qu'est-ce qui lui vaut une faveur pareille ? Mystère. Bon, c'est vrai, il s'est montré très poli. Il n'a pas coupé la parole, il n'a pas répondu ni essayé de faire le malin. Il y a trois autres barres chocolatées dans le placard et comme il est le seul à la maison à en manger, Leon sourit. Peut-être en aura-t-il une à chaque visite de Salma. Avant qu'il ait tout mangé, Maureen le rappelle pour qu'il dise au revoir à Salma pendant qu'elle change Jake dans la salle de bains. Salma pose sa main sur son épaule et lui fait de nouveau son sourire triste.

— Tu es un gentil garçon, Leon. Je sais que c'est

dur et que tu es un bon frère mais il faut penser à l'avenir de Jake.

— Oui.

Plus tard, alors que Jake dort et que Leon regarde la télé, Maureen lui demande ce que Salma lui a dit.

— C'est sérieux, tu sais, mon petit. Tu as compris, Leon ? Jake va être adopté.

— C'est quoi adopté ?

— Jake va avoir de nouveaux parents.

— Pourquoi ?

— Parce que, mon poussin... Parce que c'est comme ça. C'est un bébé, un bébé blanc. Et toi, tu n'es ni l'un ni l'autre. Apparemment. Parce que les gens sont horribles et que la vie est injuste. Injuste. Si tu veux mon avis, c'est mal et...

Elle se tait et lui fait un clin d'œil.

— Tu sais quoi ? Maintenant que Son Altesse est endormie, si on sortait tous les deux la boîte à biscuits ?

Elle revient avec un énorme mug de café et la boîte dorée, normalement interdite dans le séjour. Mais étant donné qu'aujourd'hui il y a déjà eu le visage triste de l'assistante sociale et un Raider tombé du ciel, Leon ne fait aucun commentaire. En calant un coussin dans son dos, Maureen laisse échapper un soupir qui chevrote. Leon a l'impression qu'elle a quelque chose de coincé dans la gorge quand elle prononce :

— Tu vas rester ici auprès de tata Maureen, mon poussin. Hein ? On est heureux tous les deux, pas vrai ? Tu restes ici.

10

Il est évident que Salma se trompe et qu'il n'y a pas des tas de familles qui cherchent des bébés étant donné qu'après les vacances de février, Jake règne toujours sur le 43 Allcroft Avenue. Leon doit toujours partager ses jouets et Jake insiste toujours pour s'endormir sur les jambes de Leon. La seule chose qui a changé, c'est que Jake a deux dents du bas qui poussent et qu'il bave tellement que son menton est tout rouge. Leon fait attention de l'essuyer avec des mouvements très doux, sinon Jake crie pendant des heures et il est impossible d'avoir la paix.

Un jour, Maureen vient le chercher à l'école, seule.

— Où est Jake ? demande-t-il.

— Salma et une gentille dame et son mari le gardent pendant une demi-heure. On est tous les deux. C'est génial, non ?

Leon sait qu'elle joue la comédie. Maureen le prend par la main pour traverser, ce qui n'est pas arrivé depuis très longtemps. Elle rentre à la maison par le chemin le plus long, en passant sous la ligne de métro et en coupant à travers le parc. Elle marche très lentement et s'arrête tous les trois pas pour regarder les maisons et les plantes. Elle pose des questions à Leon sur l'école. Puis elle sort de sa poche un petit paquet de chewing-gums.

— Tiens, mon poussin. C'est pour toi, mais il faudra le recracher avant d'entrer à la maison. J'en veux pas sur ma moquette.

À leur retour, ils trouvent Jake seul en compagnie de Salma. Leon surprend le signe de tête que Salma adresse à Maureen dès qu'ils ont passé la porte. Un signe de tête qui met tout de suite Maureen de mauvaise humeur, tout de suite et pour le reste de la journée. Le lendemain, c'est samedi. Leon joue avec Jake le plus silencieusement possible. Ils regardent des émissions pour tout-petits à la télé. L'après-midi, Leon se dit que Maureen est de meilleure humeur. À l'heure de la sieste de Jake, elle l'appelle dans la cuisine et tire deux chaises côte à côte. Elle s'assied sur la première et le fait asseoir sur la seconde.

— Tu sais que Jake a eu de la visite cette semaine, hein ? Pendant que tu étais à l'école, il y a eu un gentil monsieur et une gentille dame qui sont venus jouer avec lui et qui l'ont emmené se promener au parc.

Leon se tait.

— Eh bien, ces personnes reviennent aujourd'hui et ils vont emmener Jake avec eux, mon poussin.

Elle l'attire vers elle et se met à se balancer d'avant en arrière. Ce mouvement de bascule donne mal au cœur à Leon. En plus il a dû se tromper de chemise parce qu'il se sent tout d'un coup à l'étroit dans ses vêtements. Il est gêné d'être assis aussi près de Maureen.

— On va dire au revoir à Jake et ensuite toi et moi on pourra pleurer un bon coup.

Elle a très chaud. Leon essaye de se lever. Il se retient de poser une question, la même qu'il s'est déjà retenu trois fois de poser à Salma. Il a peur qu'en obtenant une réponse, ce soit encore pire. Tant qu'il ne l'a pas posée, rien n'aura changé. Mais vu que ces gens vont venir prendre Jake, il ne lui reste plus beaucoup de temps. Il parvient à s'écarter assez de Maureen pour voir son visage. Rose tacheté de rouge. Sa poitrine monte et descend trop vite. Elle pleure maintenant, elle ne l'a pas attendu.

— Je vais avec lui ?

Maureen ne répond pas tout de suite. Elle a l'air d'avoir du mal à avaler quelque chose. Quand elle se met à parler, elle a une drôle de voix. Elle a la lèvre du bas qui pendouille toute mouillée.

— Non, mon poussin. Toi tu restes avec tata Maureen.

Elle n'a pas plus tôt prononcé ces mots qu'on sonne à la porte. Maureen se lève. Elle pose la main sur l'épaule de Leon et serre très fort.

Salma et deux autres personnes entrent. Ils lui sourient et parlent tous en même temps comme si c'était un concours de qui lui dirait la chose la plus gentille. Étant donné que Jake dort en haut, ils font beaucoup trop de bruit. Maureen descend d'abord la petite valise écossaise bleue et la donne à la dame qui la passe au monsieur qui dit qu'il va la mettre dans la voiture. Maureen remonte ensuite chercher Jake qui vient de se réveiller. Si on le laisse dormir tant qu'il veut sans le déranger, il se réveille de super bonne humeur. Il sourit avant même d'ouvrir les yeux et le bleu de ses yeux est éclatant, le point au milieu est tout noir et brillant. Il fait des moulins avec les bras et pousse des cris de joie. Même si sa plaque rouge au menton lui fait mal, il rigole tout le temps pour rien. Dès qu'il voit Jake, Leon se dirige droit vers lui et Jake se penche dans les bras de Maureen pour tirer les cheveux de son frère.

— Attention, Jake ! s'écrie la dame.

— Il fait pas mal, dit Leon. Il fait toujours ça. Il veut jouer.

La dame ne regarde pas Leon, seulement Jake. Elle aussi a les yeux bleus qui brillent très fort : elle essaye de ne pas faire comme Maureen, elle essaye de ne pas pleurer.

Leon déplie le poing de son frère et pique un baiser sur sa paume. Jake se tortille : il voudrait que Maureen le pose par terre. Leon sait que Jake a repéré le camion jaune sur la moquette. Tout d'un coup, Leon a l'impression que son pantalon est trop serré, il a envie de faire pipi, il a les jambes en coton, et il est énervé contre Maureen. Il ramasse le camion jaune, le donne à Jake et fait de son mieux pour ne pas bouger. Une force à l'intérieur de lui le pousse à se sauver ou à taper la dame, mais il tient bon. Il y a un silence. Maureen passe Jake à la dame. Salma caresse le dos de Maureen. Le monsieur n'arrête pas de dire merci et de toucher la tête de Jake. Personne ne remarque que Leon est parti à la cuisine. Personne ne le voit sortir la boîte dorée dans le jardin, ni jeter les biscuits pas bons par-dessus la clôture ni fourrer sept biscuits au chocolat dans sa poche. Quand il rentre, Salma et Maureen sont sur le pas de la porte.

— Viens dire au revoir, mon poussin, lui lance Maureen.

Leon passe devant elle et monte l'escalier. Dans sa

chambre, il sort les biscuits de sa poche et les fracasse contre sa commode. Il voudrait bien les manger, l'un après l'autre ou même tous à la fois, mais il n'y a pas de place dans son gosier, ni dans sa poitrine, ni dans son ventre.

Leon se met à fredonner. Il ferme la bouche et laisse le son se faufiler par ses narines et entre ses lèvres. Il fredonne la musique de *Shérif, fais-moi peur* et en même temps arrache les draps de son lit. Il fredonne l'air de l'émission pour bébé de Jake et en même temps ouvre d'un coup de pied la penderie et jette tout ce qu'il y a dedans sur le sol. La dame qui l'a pris va être bien étonnée si sa tototte tombe. Comme Leon connaît les paroles de la chanson de l'émission pour bébé, il se met à chanter. Il chante le plus fort possible. Il pousse son matelas et doit s'y reprendre à plusieurs fois pour le faire glisser par terre. Il chante jusqu'à en avoir mal à la gorge. Il extirpe les vêtements de la commode et les lance à travers la pièce en chantant à tue-tête. Il se couvre d'une couverture, s'assied sur le tas de bazar et continue à chanter jusqu'à ce que tous les mots sortent et que l'air retrouve le chemin de sa poitrine, jusqu'à ce qu'il ne soit plus en colère contre Maureen, pour que lorsqu'elle ouvre la porte il n'ait pas envie de la taper.

Elle reste un moment muette, puis elle enjambe le matelas et ferme les rideaux.

— Tu viens dîner, mon poussin ?

Il sait qu'elle a vu les miettes éparpillées sur le tapis. Si elle le gronde, il faudra de nouveau qu'il s'énerve. Mais elle se fraye un chemin à travers le désordre, ramasse les biscuits et les pose sur sa table de chevet à côté d'une photo dont il vient de remarquer la présence : Jake et lui sur un tapis à longs poils crème avant que Jake n'ait sa plaque rouge au menton. Maureen a installé le Bisounours de Jake près du cadre.

— Il te faut quelque chose pour te souvenir de ton frère. Jake n'aura pas besoin de son Bisounours là où il va. Il en aura plein d'autres.

Maureen prend la peluche avec son ruban de satin bleu pâle autour du cou et tente de la blottir contre Leon.

Elle fait comme si l'ours pouvait parler et le fait se balancer sur son derrière.

— C'est l'heure de manger, dit Maureen presque sans bouger les lèvres.

— J'ai pas faim.

— Moi non plus, dit-elle.

Maureen dépose un baiser sur le haut de sa tête. Jusqu'à ce jour, elle n'a fait ça qu'une seule fois, quand il avait fait ce cauchemar où il se noyait. Elle le touche tendrement sur son cou du dos.

— Allez, viens, dit-elle en reprenant sa voix normale. On n'a qu'à sauter le dîner pour aujourd'hui et passer directement à la glace. On rangera tout ça plus tard.

Leon se lève de son fourbi et suit Maureen au rez-de-chaussée.

11

Au début, Leon croit qu'il se bat contre un dragon en rêve. Maureen le secoue. Les yeux de Leon refusent de s'ouvrir.

— Leon ! Leon !

Que fait-elle assise à côté de lui sur le lit ? Lorsqu'il parvient à décoller ses paupières, il voit sur son visage que quelque chose ne va pas.

— Tu grinces des dents, Leon ! Il est quatre heures du matin. Réveille-toi !

Il a mal à une joue. C'est comme s'il n'avait pas dormi de la nuit. Il se battait contre un monstre maléfique qui attrapait les gens dans ses serres et les dévorait. Du sang dégoulinait de sa gueule et éclaboussait Leon. Le monstre l'a vu et s'est lancé à sa poursuite. Leon a couru, couru, couru, et quand il n'a plus eu la force de courir, il s'est retourné et juste au moment où il allait poignarder le monstre, Maureen l'a réveillé.

— Franchement, Leon. Tu fais un de ces boucans. J'ai jamais rien entendu de pareil. C'est terrible. Non ! Leon ! Te rendors pas !

Elle l'oblige à aller faire pipi alors qu'il n'a pas envie. Elle attend debout sur le seuil. Le sol de la salle de bains est froid sous les pieds de Leon. Elle lui conseille de s'asseoir sur la cuvette, elle dit qu'il est trop fatigué pour faire pipi debout. Il a du mal à se concentrer mais elle ne le laissera pas retourner se coucher avant. En équilibre au bord de la cuvette, il se retient d'une main au lavabo. En descendant l'escalier, il a l'impression que les marches sont gélatineuses. Maureen lui dit gentiment de s'asseoir à la table et de manger un biscuit.

— Qu'est-ce qui t'arrive ? lui demande-t-elle.

Elle remplit d'eau bouillante son mug à pois et ajoute :

— Comme si je le savais pas.

Leon veut poser le front sur la table mais elle est intraitable. Elle le force à se tenir droit comme à l'école et à boire son jus. Il grignote un bout de biscuit, mais le biscuit est trop lourd, il roule d'abord sur ses genoux puis sur le sol. Leon est fatigué et énervé contre Maureen.

— Bien, dit Maureen en lui appuyant sur le cou du dos. T'as du chagrin, je sais, mais il faut qu'on cause, toi et moi. Tiens, prends ça et sèche-moi ces larmes.

Elle lui donne un torchon qui sent la purée de pomme de terre.

— Viens, on va t'installer sur le canapé sous la couverture verte. Allez, viens.

Il obéit et tire la couverture verte sur ses jambes en se disant qu'il n'est pas malade. Maureen s'assied à côté de lui et pose sa tasse par terre.

— Bien, monsieur. Tu es réveillé maintenant ? Tu écoutes ?

Leon fait signe que oui.

— Tu vas répondre à une question : combien

d'enfants j'ai eus en tout ? Je sais que tu connais la réponse, je t'ai vu m'espionner l'autre jour quand je parlais avec les nouveaux voisins. Alors, dis-moi. Combien ?

— Vingt-deux.

— En plein dans le mille. Donc j'ai été mère d'accueil pour vingt-deux enfants. Combien j'ai d'enfants à moi ? Sans compter mes beaux-enfants, on y viendra plus tard.

— Robert et Anne.

— Vingt-deux et deux ?

— Vingt-quatre.

— Combien d'enfants ont Robert et Ann à eux deux ?

Leon fronce les sourcils. Il réfléchit.

— Trois. Je les vois pas aussi souvent que je voudrais pour la bonne raison qu'ils vivent à l'étranger, mais on va les compter quand même puisque je m'en suis occupée quand ils étaient ici. Bon, nous sommes donc à vingt-quatre auxquels on ajoute trois.

— Vingt-sept.

— Bien. Combien de beaux-enfants ?

— Deux.

— Vingt-sept plus deux, Leon. Je sais que tu es à moitié endormi mais c'est important, alors fais bien attention.

— Vingt-neuf.

— Vingt-neuf. Trente, si on te compte. Tu es le numéro trente. Alors, Leon, tu me crois quand je te dis que je connais les enfants.

— Oui.

— Tu crois qu'il existe quelqu'un qui les connaît mieux que moi ?

— Une maîtresse d'école ?

— Non, son travail à elle s'arrête au milieu de l'après-midi. Le mien ne s'arrête jamais. Je continue même à me préoccuper de toi quand t'es pas là, je pense à toi, je t'aime, tu vois. Toi et tous les enfants dont je me suis occupée. Tu comprends, Leon ?
— Oui.
— Bien. Maintenant écoute bien, je veux que tu comprennes quelque chose. Je dis pas ça à tous les enfants parce que c'est pas toujours vrai mais avec toi, c'est vrai, et tu dois me croire. Après tu arrêteras de grincer des dents et j'arriverai peut-être à dormir un peu avant que le soleil se lève. D'accord ?
— D'accord.
— Ça va aller.

Maureen essuie les joues de Leon avec le coin de sa robe de chambre, mais comme elle est dans le même genre de tissu soyeux que les coussins, ses joues restent mouillées et commencent à le démanger.
— Ça va aller, Leon. Tu vas t'en tirer.

Leon trouve que le torchon essuie mieux les larmes.
— Un jour, dit-elle, tu reverras ton frère. Il te retrouvera ou tu le retrouveras et tu pourras lui raconter tout ce que tu as fait, le foot, tes jouets, ce que tu as étudié à l'école. Tu l'interrogeras sur ce que lui a fait parce qu'il ne sera pas aussi grand que toi, il jouera encore à des jeux de bébé, tu crois pas ? Tu l'aideras. Ce sera pas avant longtemps, tu seras peut-être une grande personne d'ici là et tu t'intéresseras plus du tout aux jouets, mais tu reverras Jake. Il n'a pas disparu pour toujours.

Elle va dans la cuisine et revient avec un autre biscuit, cette fois nappé de chocolat. Leon se dit qu'il n'a pas entendu le couvercle de la boîte dorée. Donc Maureen a une cachette secrète.

— Je vais te le répéter jusqu'à ce que tu me croies, Leon. Ça va aller pour toi et ça, mon petit monsieur, c'est une promesse. Je sais qu'il te manque, mon poussin, et que l'avenir te paraît très très loin, mais je sais de quoi je parle. Bien, tu peux boire encore une gorgée de ton jus et aller faire un dernier pipi pour éviter de mouiller ton lit.

Dans l'escalier, il pense à une question qu'il aimerait poser mais le temps de se mettre au lit, elle lui est sortie de la tête. Quelque chose à propos de combien de temps il lui faudra attendre l'avenir mais il ne trouve pas les mots pour le dire.

Maureen l'embrasse et, juste avant qu'elle éteigne, il l'entend qui marmonne :

— J'aurais dû lui faire se brosser les dents.

12

— Ça va, Salma ? Entre donc.

Leon est posté en haut des escaliers, à l'abri des regards. Il y a une mince fente dans la balustrade. S'il ne bouge pas la tête, il peut voir qui est à la porte. Quand il est dans sa chambre et que quelqu'un sonne en bas, il lui est très facile de descendre de son lit et de marcher sans faire de bruit sur la moquette marron jusqu'au palier. Il s'accroupit et peut entendre ce qui se dit, sauf si les personnes chuchotent. Il a entendu Maureen dire des gros mots, plusieurs fois, par exemple quand elle a traité Margaret Thatcher de sale connasse à cause de ce qu'elle fait aux mineurs. Une fois elle a dit : « Margaret Thatcher, j'lui dévisse la tête et j'lui chie dans l'cou. » Leon avait ri et s'était fait prendre. Maureen l'avait prévenu que, s'il continuait à écouter aux portes, ses oreilles allaient se friper comme des pruneaux et tomber. Leon s'assure toujours que ses oreilles sont bien en place avant de dormir, au cas où.

Maureen emmène Salma à la cuisine. Elle va lui faire du café et parler avec elle de Leon. Il descend les marches en chaussettes et va s'asseoir devant la télé dans le séjour. Les sacs de Salma sont sur le canapé. Salma a toujours un sac à main et un grand sac en cuir pour ses dossiers. Des chemises en carton dépassent. Le zip du sac à main est ouvert. Il entend Salma dire de sa voix triste :

— C'est vrai que son dernier bulletin est un peu préoccupant.

— Un peu préoccupant ? Il n'a aucun ami. Il est toujours seul à la récréation. Il ne fait pas ses devoirs. Et c'est pas comme s'il était lent. Si tu veux mon avis, il n'arrive pas à s'en remettre.

— Tu verras, tout finira par s'arranger, Maureen. C'est un choc pour lui, c'est certain, mais nous avons fait ce qu'il fallait. Séparément, ils ont une chance, alors qu'ensemble...

Maureen renifle.

— Jake a une chance, tu veux dire. Tu les as séparés, et pour moi, c'est un péché, tu me feras pas changer d'avis là-dessus.

— Qu'est-ce que t'aurais fait, alors, Maureen ? Pas d'adoption, ni pour l'un ni pour l'autre ? Je te rappelle qu'il n'y avait pas d'alternative.

— J'en ai aucune idée, Salma.

Maureen cogne la vaisselle dans l'évier. Elle ajoute :

— C'est pour ça que je suis pas assistante sociale. Au fait, comment il va ?

Leon tire le sac à main vers lui par sa bride. Il glisse la main à l'intérieur et tâtonne à la recherche du porte-monnaie. Les yeux sur la porte. Les oreilles dans la cuisine.

— Bien. Ses nouveaux parents sont ravis, manifestement. Il s'adapte bien. Aussi bien que possible.

C'est encore trop tôt pour être catégorique, mais on dirait que ça colle entre eux.

Leon ouvre le porte-monnaie et y plonge deux doigts. Il palpe le métal froid d'une pièce aux arêtes anguleuses : une pièce de cinquante pence. Il fait passer la pièce dans son autre main et serre le poing. Il remonte le zip du sac. Des gouttes de sueur coulent dans son dos. En le poussant du coude, il remet le sac où il était. Il arrive à peine à respirer.

Salma parle toujours.

— Ils l'ont emmené se promener au parc, ils l'ont présenté à tout leur entourage, ils ont pris des tas de photos. Ils forment une belle famille, Maureen. Ils ont un grand jardin.

— Un grand jardin, hein ? dit Maureen. Comme c'est charmant…

Elle donne un grand coup avec la poêle dans l'évier.

— Et cette lettre qu'il doit recevoir ? Attends, je vais d'abord voir ce que fait Leon, ensuite j'ai quelque chose à te dire, Salma.

La porte de la cuisine s'ouvre à la volée mais Leon ne s'est pas laissé surprendre. Debout devant la télé, il appuie sur le bouton pour changer de chaîne. Il ne se retourne pas.

— Ça va, mon poussin ? dit Maureen.

Elle retourne à la cuisine. La porte se ferme dans un bruit sec.

Leon monte en courant plus vite qu'un guépard. Il glisse la pièce sous son matelas. Il la changera de cachette plus tard. Il redescend à toute allure sur la pointe des pieds. Il est essoufflé. En vingt secondes, il a repris sa place sur les coussins. De la conversation à la cuisine il n'entend plus qu'un bourdonnement.

Il se rapproche du grand sac en cuir de Salma pour être plus près de la porte, mais cela ne change rien. Il n'entend rien. Les dossiers dépassent du sac. Ce sont des chemises en carton marron avec des feuilles blanches à l'intérieur, les mêmes que les assistantes sociales ouvrent chaque fois qu'il leur pose des questions sur sa maman. Elles remuent leurs papiers, elles vérifient les dates et les adresses, mais elles ne lui permettent jamais de regarder. Leon sait lire, très bien même. Il soulève un coin. Il voit son nom et sa date de naissance. Il voit le nom de Jake et sa date de naissance. Il voit le nom de sa maman et sa date de naissance. Il enfonce sa main entre les feuilles et en tire une.

Étant donné l'absence de domicile fixe et les problèmes de déséquilibre mental de Carol Rycroft, il s'avère difficile d'établir une évaluation complète de la situation. Carol a bénéficié d'un droit de visite hebdomadaire afin d'évaluer son aptitude à s'occuper de ses enfants dans de bonnes conditions. Elle n'en a pas profité. Elle ne s'est pas présentée lors des quatre visites organisées dans la famille d'accueil des enfants, sans explication. Carol Rycroft s'est en revanche présentée au centre d'aide sociale à l'enfance sans rendez-vous. Elle y est restée vingt minutes pendant lesquelles elle a parlé à l'assistante sociale de service de sa nouvelle vie et de ses projets pour l'avenir qui ne semblaient inclure ni Leon ni Jake.

L'examen psychiatrique le plus récent (ci-joint) de Carol Rycroft, mené par le Dr Ann Mulroney, conclut à un trouble de la personnalité, une instabilité émotionnelle qui se traduit par un comportement inadapté qui est sans doute la cause de ses problèmes psychologiques. Elle présente un éventail de symptômes comprenant l'anxiété, l'hyperactivité ou au contraire la prostration et un changement rapide de l'humeur. Elle signale plusieurs épisodes passés allant du simple passage à vide à une dépression plus grave lors de la naissance de son premier enfant, Leon, lequel a été placé à plusieurs reprises pour des périodes courtes. Elle indique par ailleurs que sa mère et sa grand-mère maternelle ont toutes les deux été atteintes de troubles psychiques, mais cela n'a pu être vérifié. Elle se montre réticente, par mauvaise volonté ou ignorance, à donner des détails sur les pères biologiques de ses deux enfants quoiqu'on ait pu recueillir quelques informations auprès de Tina Moore (voir pièce jointe).

L'état actuel de Carol Rycroft est en outre compliqué par sa dépendance aux médicaments et à l'alcool. Son trouble de la personnalité transparaît dans sa tendance à rester centrée sur elle-même et à ignorer ses enfants. D'après les conclusions de l'examen, Carol Rycroft ne serait pas apte à s'occuper de ses enfants à moins qu'elle n'accepte de suivre une thérapie pendant une période ne pouvant être inférieure à dix-huit mois.

Il remet la feuille et ouvre la porte de la cuisine.
— Quand est-ce que je vais voir maman ?
Salma approche sa figure tout près de celle de Leon et sourit.
— Tu te rappelles qu'on a déjà parlé de ça, Leon ? Souviens-toi de ce qu'on a dit...
— Pourquoi il faut que j'attende tout le temps ?

— Eh bien, parce que…
— J'ai faim, dit-il.

Salma sourit de nouveau et lui frictionne l'épaule comme s'il venait de se faire mal en tombant.

— Bien sûr que t'as faim.

Salma se remet à boire son café pendant que Maureen ouvre la boîte à biscuits.

— Le dîner est prêt dans une demi-heure, dit-elle.

Leon grignote le biscuit et les regarde tour à tour.

— Qu'est-ce qu'il y a ? demande Maureen en croisant les bras. Tu écoutes encore aux portes ? Un jour tu entendras quelque chose qui te plaira pas.

Elle lui caresse la joue.

— Mais ce sera pas aujourd'hui. Aujourd'hui on est dans un bon jour. Allez, ouste. Une demi-heure de télé et tu auras à manger. Des croquettes de poisson. Allez, allez, file.

Elle referme la porte. Il se rassied à côté des papiers où sont écrites ces choses horribles sur sa maman. Il fait tomber le sac d'un coup de coude. Un tas de feuilles s'éparpillent sur la moquette. Il flanque quelques bons coups de pied dans le tas, histoire de fiche un peu le bordel, puis il se lève et crache une purée de biscuit dessus. Après quoi, il rassemble les papiers et range le tout dans le sac de Salma.

13

Lorsque Leon se réveille le lendemain matin, il n'y a aucun bruit dans la maison. Dehors, un moteur de voiture tourne dans l'avenue tandis qu'on entend un train au loin. Leon n'a jamais pris le train mais il sait que ça vous emmène partout plus vite qu'une voiture. Il a vu une pub à la télé. Un jour, il montera dans un train et il ira retrouver sa maman.

Un oiseau fait des trilles dans l'arbre dehors. Il y en a qui font des trilles et d'autres qui roucoulent. Quelquefois, pour amuser Jake, Leon faisait des bruits d'oiseau et Jake attrapait les lèvres de Leon comme s'il essayait de saisir le son avant qu'il sorte. Jake était toujours en train de tripoter quelque chose, si ce n'était pas Leon, c'étaient ses petites voitures ou ses autres jouets, et quand Jake était sur le point de s'endormir, il s'agrippait aux doigts de Leon. Penser à Jake donne mal au cœur à Leon.

Même avant d'ouvrir les yeux, il sait si Maureen dort encore. La chambre de Leon se trouve pile au-dessus de la cuisine et la première chose qu'elle fait en se levant, c'est du café. Elle l'appelle son « brouet de sorcière ». Un jour elle en a fait goûter à Leon et il a compris ce qu'elle voulait dire. Pour arriver à le boire, elle est obligée de mettre trois morceaux de sucre dans sa tasse.

Si Maureen est encore couchée, c'est qu'elle n'a aucune raison de se lever. Jake les réveillait chaque matin et, sans Jake, Maureen traîne au lit de plus en plus tard. Elle prétend que c'est parce qu'elle a mal dans la poitrine mais Leon sait ce qu'elle a. Le vide dans la maison résonne plus fort que les cris de Jake réclamant son biberon. Plus fort que son rire. Plus fort que son tambour. Leon sait que s'il se tourne vers le petit lit de Jake dans le coin de la chambre, il sera en colère contre Maureen, alors il gratte le papier peint sur le mur et porte les petits bouts à sa bouche. Ça a un goût de croquette de poisson.

Leon descend à la cuisine. Maureen est toujours dans sa chambre. Il se sert des Weetabix et mange devant la télé avec le son très bas. Il a le séjour pour lui tout seul. Il peut regarder ce qu'il veut, il n'est pas forcé de mettre les émissions pour bébés. Jake n'est pas là en train de crier et d'essayer de lui tirer les cheveux. Il se ressert des céréales qu'il saupoudre d'une tonne de sucre. Puis il mange trois yaourts qui étaient à Jake et qui n'ont pas de morceaux dedans. Maureen descend et lui dit de laver sa vaisselle et de ranger, mais quand il entre dans la cuisine, elle le serre dans ses bras avec une tendresse qui lui donne envie de pleurer.

— Bien, mon petit monsieur, lui dit-elle en mettant de l'ordre dans la cuisine, qu'est-ce qu'on va faire, toi et moi, en ce triste samedi ?

Leon hausse les épaules.

— On a la vidéo de *Dumbo* pour plus tard, dit-elle,

et j'ai quelques courses à faire mais ça prendra pas longtemps. Dommage qu'il pleuve.

Maureen se tient sur le pas de la porte du jardin avec son mug à cœurs roses.

— Tu sais quoi, si on allait faire une petite balade en autobus ? On n'a qu'à aller voir Sylvia. Je l'ai pas vue depuis un bail.

La sœur de Maureen habite très loin. Ils doivent changer de bus. Le premier les dépose dans une rue encombrée pleine de boutiques où il y a trop de gens sur les trottoirs. Maureen le tient par la main. Les gens vont croire qu'elle est sa maman. Elle est grosse et ses cheveux sont trop orange. Il ne faudrait pas que les gens pensent que sa maman n'est pas belle. Il essaye de reprendre sa main pour la mettre dans sa poche.

Maureen s'arrête devant les vitrines en répétant que tout est cher. La seule vitrine intéressante est celle d'un magasin de jouets, Leon regarde les figurines Charon et Calibos du *Choc des titans*, mais Maureen s'impatiente : ils ont encore un autobus à prendre. Le trajet prend un temps fou. Ils passent devant des usines, des magasins, d'immenses maisons à moitié démolies aux fenêtres condamnées. Finalement, ils descendent à un arrêt situé au pied d'une pente raide. Maureen lève les yeux vers le sommet de la côte, hoche la tête et respire un grand coup.

— C'est parti, dit-elle.

Elle marche très doucement en marquant des pauses tous les trois pas et en s'accrochant aux barrières et aux haies comme si ça pouvait l'aider à respirer normalement. Elle demande à Leon de lui porter son sac à commissions et avance en traînant des pieds, une main sur la poitrine, l'autre en l'air. Elle fait la même tête que quand elle pleure. Leon espère qu'elle gardera ses larmes pour l'arrivée. Ils mettent encore une plombe à atteindre le sommet puis à descendre le sentier du petit pavillon.

Sylvia leur ouvre et pousse un cri :

— Qu'est-ce qui se passe ? Maureen ! Entre ! Entre !

Elle aide Maureen à faire les derniers pas.

Maureen est trop essoufflée pour parler et lui expliquer ce qui ne va pas. Sylvia court lui chercher un verre d'eau.

— Qu'est-ce qui se passe ? répète Sylvia en calant une cigarette au coin de sa bouche et en tâtant le front de Maureen.

Leon a déjà vu Sylvia, une fois, à Noël. Elle a fumé une cigarette après l'autre et n'a pas adressé la parole à Leon. Elle ne leur a même pas offert de cadeau, à Jake et à lui. Elle ne ressemble pas à Maureen. Elle est très maigre et on dirait que ses cheveux violet foncé ont déteint sur sa peau. Elle a des ongles longs avec un vernis assorti à son rouge à lèvres et elle porte des bas résille avec des petits trous, et les mêmes chaussures que Carol un soir de Noël où elle est sortie avec Tina. Mais même si on additionnait l'âge de Tina à celui de Carol, on n'obtiendrait pas quelqu'un d'aussi vieux que Sylvia. Elle se tourne brusquement et pointe sa cigarette vers Leon.

— T'as vu ce qui s'est passé ?

Leon fait non de la tête et s'assied à côté de Maureen qui lui tapote affectueusement le dos.

— Ça va, Leon, mon poussin, murmure-t-elle. Elle te reproche rien.

— T'as eu un malaise, Mo ?

— J'ai juste la poitrine dans un étau. Chaque fois que je fais un effort, ça siffle quand je respire.

Maureen prend une gorgée d'eau et fait une vilaine grimace.

— Je préférerais du café, Sylvia, si ça te dérange pas. Trois sucres.

— Si tu veux mon avis, c'est tout ce sucre la cause de ton sifflement.

Sylvia va dans la cuisine. Maureen fait un clin d'œil à Leon.

— Elle est sympa, tu sais, quand tu la connais depuis cinquante ans.

Leon joue assis par terre avec son Action Man devant des images de courses de chevaux à la télé. Maureen et Sylvia passent leur journée à rigoler. Quelquefois Maureen n'arrive plus à respirer tellement elle trouve la blague marrante.

— Tu te rappelles Janet ? Janet Blythe ? La scoliose... le drôle de pif ? dit Sylvia.

— Oui.

— Elle a épousé Gordon.

— Gordon, Gordon ? On cause du même ?

— Ouais, le Gordon. Gordon le poisson rouge... la bouche...

— Non.

— Si.

— Non. J'y crois pas.

— T'imagines leurs gosses ?

— Ils sont trop vieux pour avoir encore des gosses, Sylvia.

— Je sais, mais quand même, t'imagines.

Sylvia fait une grimace très laide en retroussant sa lèvre inférieure et en avançant la mâchoire. Maureen rit tellement qu'elle est obligée de s'allonger sur le canapé. Elle crie :

— Arrête ! Pitié !

Leon a beau avoir son Action Man, il s'ennuie. Elles ne font que parler du bon vieux temps de leur jeunesse, des petits amis de Sylvia et des gens qu'elles connaissent : qui est marié, qui est séparé, qui s'envoie en l'air.

Sylvia sort un album de photos et invite Leon à s'asseoir entre elles.

— Attends un peu de voir notre Mo, dit-elle.

L'album pèse lourd sur ses jambes, il est obligé de remonter les genoux et de se mettre sur la pointe des pieds pour l'empêcher de glisser par terre.

Sylvia tourne les pages. Maureen respire bruyamment.

— La voilà !

Sylvia désigne une photo en noir et blanc de deux fillettes en robes à pois avec de drôles de coiffures. Leurs visages sont flous.

— Tu la vois, là. Alors, qu'est-ce que t'en penses ?

Sylvia lui donne des coups de coude pour l'encourager, mais il ne sait pas quoi dire, pour la bonne raison que la photo n'a rien à voir avec Maureen. On dirait plutôt un vieux film datant de la Seconde Guerre mondiale.

— Regarde celle-ci, continue Sylvia en tournant une autre page.

Maureen laisse échapper un petit cri.

— Mon Dieu, je l'avais jamais vue, celle-là. Où tu l'as trouvée ? Où elle a été prise ? À Southend ?

— Pas à Southend, Mo. C'est quand on a été à la plage avec Percy et Bob.

— C'est Southend, Sylv.

Sylvia sort la photo de l'album et la retourne.

— Qu'est-ce qui est écrit au dos ? *Camping de Morton, Hastings, juin 1949*.

— Purée, j'avais que la peau sur les os.

— Et regarde-moi ! s'esclaffe Sylvia. J'ai pas l'air d'une salope… mes seins à l'air comme ça ?

Maureen fait les gros yeux à Sylvia puis les baisse vers Leon.

— Il lui faudrait une boîte à gros mots, tu crois pas, Leon ?

Mais Sylvia l'ignore et tourne une autre page et encore une autre, ça n'en finit pas. Elle sort une autre photo de l'album et lit ce qui est écrit au dos. Elles discutent de l'endroit où elle a été prise et où elles habitaient à l'époque, de qui est maigre, qui est gros, qui est toujours de ce monde, qui ne l'est plus, qui était beau et qui n'a plus de dents maintenant. Ainsi de suite jusqu'au moment où elles autorisent Leon à allumer la télé et à voir s'il y a un match de foot.

Dès qu'elles pensent qu'il n'écoute plus, elles chuchotent. Maureen parle de Carol et raconte de nouveau à Sylvia tout ce qu'elle lui a déjà raconté au téléphone. Elle lui parle du départ de Jake qui l'a fait flipper, de Leon grinçant des dents, de Carol refusant de venir les voir. Sylvia fume et opine en lançant des remarques du genre « c'est pas croyable » ou bien « ça alors », comme si c'était la première fois qu'elle entendait l'histoire.

Leon demande s'il peut aller au petit coin.

— C'est au bout du couloir, mon cœur, lui indique Maureen.

Il n'y a pas d'escalier dans le petit pavillon de Sylvia, juste un long couloir menant à des chambres et à une salle de bains. Leon ouvre les portes les unes après les autres. La première chambre, aux murs d'un bleu pastel assorti au couvre-lit et aux rideaux à fanfreluches, est une chambre de princesse. Sylvia est trop vieille pour être une princesse, pourtant ça sent son vieux parfum aigrelet. Dans les autres, les lits sont étroits et la moquette rose. À côté de la salle de bains, un grand placard est rempli de draps, de taies d'oreiller, de serviettes et de boîtes en carton. En revenant des toilettes, il passe devant la porte du jardin. La clé est dans la serrure. Il sort lentement en regardant à droite et à gauche. Parfois les gens ont des chiens dans leur jardin.

Il n'y a pas de chien, rien qu'un carré de gazon et un pot en plastique vert avec des fleurs jaunes. Les slips de Sylvia sèchent sur une corde à linge : ils sont de la même couleur que son couvre-lit.

Maureen et Sylvia jactent comme des oiseaux quand elles se retrouvent toutes les deux. Il se poste sans faire de bruit à la fenêtre du séjour mais les mailles du voilage l'empêchent de voir à l'intérieur.

— Ces assistantes sociales servent à rien, si tu veux mon avis, Mo.

— Certaines d'entre elles.

— Je les supporte pas. J'ai eu ma dose de ces gens-là quand je bossais au centre. S'occuper de personnes en milieu collectif c'est une chose, mais les avoir chez soi, c'est une autre paire de manches, Mo. Ces bonnes femmes qui entrent chez toi comme dans un moulin, surveillent tout ce que tu fais et essayent de te prendre en faute. Elles débarquent pour un café et te soûlent en te racontant leur vie. Si je veux des amies, je m'en fais, c'est tout. Je comprends pas pourquoi tu te donnes tant de mal, à ton âge.

— C'est un truc que je fais bien. De toute façon, c'est pour les gosses.

— Celui-là va être adopté, non, comment il s'appelle déjà ?

— Leon. Impossible, qu'elles disent.

— Ah, bon. Dommage pour lui, mais toi tu t'épuises à force, voilà ce que j'en pense.

Leon se baisse sous le rebord de la fenêtre et retourne à l'intérieur. Il referme la porte à clé et glisse la clé dans sa poche. En le voyant, elles se taisent toutes les deux.

— Tu t'es lavé les mains ? dit Maureen.

Leon fait oui de la tête.

Maureen se lève non sans mal.

Sylvia l'embrasse et la prend par les épaules.

— Promets-moi, Mo. Le docteur.

— J'irai, Sylv.

— Je te connais.

— Non, je t'assure, j'irai. Ça fait quelques semaines que je suis pas trop en forme.

— Promets-moi.

— Oui. Demain.

— Dimanche ?

— Lundi, alors.

— Jure-le-moi. La dernière fois, t'as dit pareil et puis t'as oublié.

— Je te jure, d'accord. Leon va me le rappeler, pas vrai, mon cœur ?

Leon acquiesce. Sylvia le pousse dans le dos.

— Tu es responsable, Leon. Si tu le fais pas et qu'il lui arrive malheur, tu le regretteras.

Le lendemain, Maureen reste au lit et c'est Leon qui lui monte son brouet de sorcière et un toast. Il fait bien attention avec la bouilloire et grimpe sur une chaise pour être sûr que l'eau se renverse bien toute dans le mug. Après il grille le pain, étale le beurre, puis la confiture d'abricot et pose le tout sur un plateau. Il le porte dans la chambre de Maureen. Elle se hisse à l'aide de ses deux bras pour s'asseoir et aplatit les couvertures sur ses jambes. Elle prend le plateau des mains de Leon et hoche la tête.

— Tu es une perle, vraiment, Leon. J'ai jamais connu un garçon aussi gentil que toi. Dire que tu as fait tout ça tout seul. Neuf ans et déjà chef cuistot. Pain grillé, confiture, petite assiette, café dans ma tasse préférée et pas une goutte sur le plateau, énumère-t-elle en pointant du doigt. T'as un métier pour la vie, mon grand, tu sais ça ?

Leon sourit. Elle lui prend la main.

— Ça va aller, poussin. Toi et moi, c'est du solide. Tu restes avec tata Maureen jusqu'à la fin des temps, en ce qui me concerne. T'as pas à t'inquiéter.

— Faut que tu voies le docteur, dit Leon. Demain faut que t'y ailles.

— Oui, oui, on verra comment je me sens.

Mais Leon entend un grésillement dans sa gorge comme quand on n'arrive pas à tousser. Sa figure a la même couleur que les draps. Il voit bien que Maureen joue à celle qui est contente mais qu'en vérité elle s'inquiète, et il comprend pourquoi Sylvia a insisté pour qu'elle promette.

14

— Leon ! Leon !

Maureen a sa voix qui ne rigole pas. Avant que Leon se réveille complètement, elle l'avait déjà alors qu'elle disait au téléphone des choses méchantes sur sa mère. Encore une fois. Leon a entendu.

« Elle a dû avoir une putain de surprise en appelant les services sociaux. Elle en avait deux quand elle s'est tirée. Maintenant elle en a plus qu'un et il est pas commode quand on le cherche. Pas étonnant, avec la vie qu'il a eue. Il paraît qu'elle était malade, dixit l'assistante sociale. Internée ici et là. Ouais, ouais, dans le Nord, puis à Bristol et Dieu sait où après. Bon, je sais pas, une dépression. Je me répète peut-être, mais il faudrait que je sois foutrement malade pour que ça m'empêche de m'occuper de mes gosses, tu vois ce que je veux dire ? »

Leon ne comprend pas pourquoi Maureen éprouve tout d'un coup le besoin de parler de sa mère. Elle ne l'a jamais rencontrée, en plus. Leon est le seul qui sache comment est vraiment Carol et lui-même ne l'a pas vue depuis très longtemps.

— Leon ! Descends tout de suite !

Il est presque aussi grand que Maureen. Il la regarde droit dans les yeux.

— Viens. Tu as de la visite.

— Qui ?

Maureen le pousse vers la cuisine et lui dit de se laver les mains.

— À fond, Leon. Je surveille.

Elle croise les bras. Leon observe la tendresse qui adoucit son expression.

— Viens, mon cœur. Tu ne vas pas y passer toute la journée non plus. T'as de la visite. J'étais pas sûre qu'elle viendrait, c'est pour ça que je t'ai rien dit. On est déjà passé par là, hein ? Elle dit qu'elle vient et elle vient pas, hein ? Mais elle est en route, il paraît, alors grouille-toi !

Leon se tait. Maureen a le chic pour dire en même temps des choses à la fois gentilles et méchantes. Elle lui tend la serviette et pendant qu'il se sèche les mains, elle pose sa main sur sa joue.

— Ta maman a été malade, mon cœur. Et ça fait longtemps que tu l'as pas vue, pas vrai ? Près d'un an. À ton âge ça fait une éternité. Alors vas-y mollo, d'accord ? Elle est peut-être… tu sais, changée ? Pas comme dans ton souvenir, tu vois ?

Leon a envie de vomir mais il ne va pas le dire à Maureen de peur qu'elle lui interdise de voir sa maman.

— Tu veux un Kit Kat ? lui demande-t-elle.

Il fait oui de la tête.

— D'abord, un pipi. Tu sais ce qui t'arrive quand tu t'énerves. Ensuite le Kit Kat.

Ils attendent ensemble devant la fenêtre. C'est le genre de journée où il ne fait jamais vraiment grand jour. Il ne pleut pas mais le trottoir est mouillé avec des reflets de métal crasseux dans la lumière brumeuse. Il entend la respiration sifflante de Maureen derrière lui, elle tient le voilage à demi soulevé.

— Faudrait le mettre à tremper dans la baignoire, dit-elle. On décrochera tous les voilages demain. On lavera aussi les rebords de fenêtres. Tu veux gagner un peu d'argent de poche, Leon ?

Maureen lui parle toujours alors que Leon essaye de se concentrer. Soudain, une voiture de sport ralentit devant la maison et s'arrête pile devant la porte.

— C'est elle, dit-elle en laissant retomber le voilage.

D'un haussement d'épaule, Leon repousse la main de Maureen. Dans la voiture de sport il y a Carol et un homme. L'homme est blanc, alors Leon comprend que son papa n'est pas venu, mais ce n'est pas non plus celui de Jake. Leon et Maureen vont s'asseoir côte à côte sur le canapé. Ils ne parlent pas. Leon attend qu'on sonne à la porte et Maureen se tient prête à lui dire d'aller ouvrir. Mais le moment s'éternise. Pourquoi ne veut-elle pas entrer ? Pourquoi ne vient-elle pas le voir ? Elle va peut-être s'en aller dans la voiture et Leon ne la reverra jamais. Des tas de mots, la plupart vilains, lui viennent à la bouche. Comme d'habitude, il est obligé de les ravaler. Elle ne viendra pas, il la déteste de toute façon. Leon se lève et se dirige vers la porte du jardin.

— Attends ! chuchote Maureen.

Il entend une portière claquer, puis une deuxième. Il se rue sur la porte d'entrée et l'ouvre en grand. Et elle est là, pour de vrai, en chair et en os, elle se rapproche de lui. L'homme la suit quelques pas en arrière, les mains dans les poches. Carol sourit mais elle pleure aussi. Leon s'élance pour se jeter à son cou et lui faire un câlin, mais à cet instant précis, ses genoux plient et elle paraît s'effondrer sur elle-même. L'homme l'attrape par le bras et l'aide à se redresser.

— Merci. Ça ira. Ça va. Je veux faire ça seule.

Elle ouvre les bras. Leon marche lentement de crainte qu'elle ne s'effondre encore une fois. Avant de l'embrasser, elle s'essuie la figure sur sa manche. Elle essaye de dire quelque chose, mais rien ne sort. Leon est content de la voir pleurer : maintenant Maureen saura qu'elle ne s'en fiche pas.

— Entrez donc, mon petit, crie Maureen du perron. Entrez donc et amenez votre ami.

L'homme hoche la tête et retourne à la voiture.

— Je reviens te chercher tout à l'heure. Tu es sûre que ça va, chérie ?

Carol lui fait signe de partir, entre dans la maison et s'assied sur le canapé. Elle embrasse de nouveau Leon, beaucoup trop fort. Il décide qu'il vaut mieux se taire au cas où il dirait une bêtise et se mettrait aussi à pleurer.

— Comment va mon petit garçon ? dit Carol sans le regarder.

Elle cherche ses cigarettes. Leon se dit que, comme d'habitude, il doit prendre son sac et les trouver pour elle. Il tend la main vers le sac, mais elle l'écarte vivement hors de sa portée. Il voit que Maureen fronce les sourcils. Il sait que plus tard elle téléphonera à sa sœur et lui dira des choses méchantes sur Carol, sur ses pleurs, ses cigarettes, le fait qu'elle est venue accompagnée d'un homme. Il se serre contre sa maman : il est à elle, et elle est à lui.

— J'ai quelque chose pour toi, dit Carol. Je t'ai acheté ça...

Un crayon et un stylo dans une boîte en bois. Le genre de truc que la maîtresse a dans son cartable.

— J'ai pas eu le temps de faire un paquet, mon chéri. Ça te plaît ?

Carol tient sa cigarette au bord de ses lèvres, comme si elle ne pouvait pas bouger avant qu'il ne réponde oui.

— Oui.

— Bien.

Elle serre son briquet et souffle la fumée par le nez, fort.

Quand elle se met à parler, Leon voit combien elle a changé. Ses dents et ses doigts sont aussi jaunes que de la moutarde, ses joues creuses comme une tête de mort. Et elle sent pas pareil. Elle cale la cigarette entre ses lèvres et la laisse là : la cendre tombe sur ses vêtements et des volutes de fumée s'enroulent autour de ses paroles.

— Ça va ? lui demande-t-elle.

Elle fait oui de la tête comme pour lui montrer ce qu'il doit répondre.

Maureen apporte deux tasses de café.

— Voilà pour vous, deux sucres.

Carol prend la tasse qui tremblote dans sa main.

— Je contrôle rien en ce moment, dit-elle en essayant de rire. C'est pas aussi catastrophique qu'avant. C'est même beaucoup mieux. J'étais complètement dans les choux... Je savais même plus comment je m'appelle.

Maureen hoche la tête.

— Ils disent que j'ai eu une dépression post-partum après la naissance du bébé. Pour ma maman, ça a été pareil quand elle m'a eue. Ils l'ont internée d'office. À l'époque ils soignaient ça à coups d'électrochocs.

Leon l'observe. Elle tient sa tasse à deux mains et essaye en même temps de fumer sa cigarette.

— J'ai plus de nouvelles de Tony, c'est le papa de Jake. J'étais sûre d'avoir trouvé le bon, c'est vrai. Et puis, j'ai craqué. La faute à personne. Il m'a fallu des mois pour remonter la pente. J'ai passé du temps dans un hosto, ensuite ils m'ont collée au centre Maybird.

— Au centre Maybird ? répète Maureen.

— Deux employées de service vingt-quatre heures sur vingt-quatre. Il y avait tellement de tapage là-dedans que j'ai cru que j'allais devenir folle pour de bon. Alors je me suis barrée. J'ai pensé que c'était mieux pour tout le monde si je mettais les voiles. Je me remettrais mieux, et j'y suis presque. Ça y est, je vais bien. Mais quand j'ai parlé à l'aide familiale, ils m'ont dit qu'ils avaient donné mon bébé à l'adoption. Ça m'a brisé le cœur.

Ils se taisent tous.

— Ils ont pris mon bébé.

Elle pleure. Le café tremble dans sa tasse.

— Mon bébé.

Maureen couvre la main de Carol avec la sienne et la serre.

— Leon a eu beaucoup de chagrin aussi, Carol, dit-elle.

Leon a envie de dire à Maureen de se mêler de ce qui la regarde. Elle devrait les laisser tranquilles, sa maman et lui.

Carol renifle.

— Je sais pas quoi faire. Je me sens pas capable de faire plus. C'est trop pour moi.

Maureen lui prend la tasse et lui donne un mouchoir en papier. Leon attrape un biscuit.

— Vous manquez beaucoup à Leon, c'est pas vrai, Leon ? dit Maureen d'une voix fausse.

Leon reste muet.

— Il espère que vous allez vous en sortir. Il se débrouille bien à l'école mais on a eu quelques petites déconvenues, rien de sérieux mais ça a été dur pour lui. Hein, Leon ?

— Non.

Maureen hoche la tête.

— Vous revenez dans le coin maintenant, Carol ? Maintenant que vous allez mieux ?

Sa maman n'écoute pas. Elle fixe l'œil mort de la télé. Elle remue les lèvres comme si elle lisait le journal. Maureen et Leon échangent un regard. Ils ne savent pas quoi dire. Finalement, Carol retrouve la parole.

— Le jour où j'ai rencontré Alan a été le plus beau jour de ma vie. C'est lui qui m'a déposée tout à l'heure. Il est supergentil. Il a sa propre affaire. Une salle de billard...

Elle tapote deux fois sur le jean de Leon.

— Il veut nous emmener au bord de la mer. On peut monter dans sa voiture de sport. Tu aimes les voitures, pas vrai ? Il a dit qu'il t'emmènerait faire des autos tamponneuses. Ça te plairait ?

Leon se tait toujours. Ça ne lui plaît pas d'avoir toujours à partager sa maman. Il n'a pas envie de la partager avec Maureen, et pas non plus avec Alan.

— Bon, tu vois, continue-t-elle. Je fais des efforts. J'ai des troubles de l'adaptation. J'ai eu un comportement inadéquat.

Elle prononce ces mots comme si elle venait de les apprendre par cœur.

— Je suis plus sûre de rien. J'essaye. Faut que j'y aille mollo. Je peux venir seulement si Alan me conduit, le bus c'est pas mon truc. Ça me rend malade.

Maureen hausse le sourcil et croise les bras.

— Le bus n'est agréable pour personne, dit-elle. Bon, mais vous voulez voir la chambre de Leon ? Il collectionne les cartes de foot.

Elle fait signe à Leon.

— Tu montres à ta maman, Leon.

Leon aide Carol à se lever et la conduit dans sa chambre. Ça lui fait drôle de la voir là. Elle ne sait pas où s'asseoir.

— C'est joli, dit-elle.

Elle regarde ses posters puis jette un œil par la fenêtre.

— Je me demande quelle heure il est, dit-elle.

Elle regarde les cartes de footballeurs qu'il a collées sur un tableau. Elle répète « c'est bien », « magnifique ». Elle le félicite d'avoir une chambre aussi bien rangée.

— Tu tiens à ce que tout soit à sa place. Tu gardais tout bien rangé et joli à la maison. Je me rappelle, tu sais, Leon. Je me rappelle quand tu t'occupais de moi.

Elle baisse la tête jusqu'à ce que leurs fronts se touchent. Elle prend son visage entre ses mains et caresse ses joues en l'attirant vers elle. Puis, tout d'un coup, elle recule et prend une inspiration.

— Il fait chaud ou c'est moi ?

Elle ouvre son placard. On dirait qu'elle compte ses vêtements. Elle tripote la poignée de la porte, remarque le papier de l'école qui le félicite de ne pas avoir été absent de tout le trimestre et lui dit qu'elle n'en revient pas de voir combien ses pieds ont grandi.

— Ils sont énormes, Leon. Tu vas être aussi grand que ton papa. Un mètre quatre-vingt-treize et...

Elle aperçoit sur la table de chevet la photo de Jake assis sur le tapis blanc et tombe à genoux.

— Maman ! Maman ! s'écrie Leon.

Elle se balance sur elle-même, les bras tendus vers la photo. Leon descend en catastrophe appeler Maureen à l'aide. À eux deux, ils la font asseoir au bord du lit. Elle se remet à pleurer et à geindre.

Maureen prend une voix différente pour lui dire de se calmer.

— Vous lui faites peur, Carol. Ressaisissez-vous.

Carol fait mine d'allumer une cigarette.

— J'interdis de fumer dans les chambres.

Maureen aide Carol à se relever et la prend par le bras.

— Venez. On va descendre tous les trois. Leon et moi, on est là.

Ils s'assoient sur le canapé.

— Je peux avoir cette photo de mon bébé ? C'est son anniversaire la semaine prochaine. Je n'ai pas de photo de lui. Personne ne m'a jamais donné de photo.

Maureen grimace.

— Euh, non, vous ne pouvez pas l'avoir, Carol. Cette photo, c'est moi qui l'ai prise pour Leon. Payée de ma poche. Il a rien d'autre, pas vrai ? Il n'a pas sa maman, il n'a pas son frère non plus, et c'est très dur pour lui, je me permets de le faire remarquer.

Maureen croise les bras comme si elle en avait assez dit, pourtant elle continue.

— Et vous dites que vous êtes malheureuse. Pour

un garçon de neuf ans, c'est pas facile non plus. Je le sais puisqu'il vit ici avec moi et que je le vois tous les jours.

Carol se lève brusquement.

— Il a pris du retard en classe, poursuit Maureen. Il a pas d'amis, hein, Leon ? Et il devient chapardeur. S'il était mon fils, je serais inquiète.

Carol soulève le voilage et regarde dehors.

— Alan va arriver d'une minute à l'autre. Je ferais bien de me préparer.

Elle enfile son manteau, passe son sac au creux du bras et ouvre la porte d'entrée. Leon lui prend la main. Elle la serre dans la sienne et il sent une onde d'amour se propager depuis le cœur de Carol jusqu'au sien. Un courant électrique secret. Ils guettent ensemble la voiture de sport. Dans leur ancienne maison, sa mère sentait le shampoing. Elle avait la même odeur que son lit, ses draps et les cigarettes de différentes marques qu'elle fumait. Elle sentait le toast aux haricots blancs et l'heure du bain. Mais tout ce qu'il sent à présent, c'est le désodorisant d'intérieur de Maureen, plus puissant que l'odeur de sa maman et de leur ancienne maison.

Maureen vient se poster derrière eux. Leon perçoit tous les mots qu'elle a retenus et tout le ressentiment qu'elle a à l'égard de sa maman. Elle n'en laisse sortir qu'un tout petit peu.

— Vous avez un fils adorable, vous savez. C'est un bon petit gars et vous lui manquez énormément.

Carol regarde des deux côtés de la rue et tripote son sac à main comme si elle avait besoin d'une autre cigarette. Elle continue à serrer la main de Leon mais elle a la tête tournée de l'autre côté. Il sait qu'elle essaye de parler avec ses doigts, de dire à Maureen de se taire et à Leon qu'elle a de bons souvenirs de leur vie quand ils étaient tous ensemble, qu'elle l'aime toujours et puis pourquoi fallait-il qu'ils leur prennent Jake ? Derrière eux, Maureen dit d'une voix plus forte :

— Ma porte vous est ouverte chaque fois que vous voulez le voir.

Carol avance de quelques pas.

— Alan s'occupe de moi, Leon, te fais surtout pas de souci.

La voiture de sport s'arrête. Carol pose son front contre celui de Leon et l'embrasse. Leon s'arrache soudain, monte dans sa chambre en courant et redescend avec la photo de Jake.

— Maman ! Attends !

— Tu es un ange, dit-elle.

Le cadre plaqué contre son cœur, elle rejoint la voiture. Leon debout sur le trottoir la regarde monter dedans. Elle dit quelque chose à l'homme. Il rit. L'instant d'après, la voiture tourne le coin de l'avenue. Leon se tient sur la marche en béton du perron, le regard perdu dans l'espace vide qu'a laissé sa maman. Il sent l'étoile noire du chagrin qui lui pique la gorge et la chaleur de sa maman sur ses doigts. Quand il se décide à rentrer, il allume la télé et s'assied sur le canapé. Maureen le gronde parce qu'il a mis le son trop fort.

— Tu es un gentil garçon, Leon. Vraiment très gentil, vu ce qui t'arrive. Tu mérites pas ça. Je sais que c'est pas sa faute, mais bon sang de bonsoir ! Le monde est injuste, c'est moi qui te le dis. Et cette photo était pour toi, pas pour elle.

Maureen veut lui faire un câlin mais il est très énervé contre elle, il lui reproche de ne pas aimer sa mère et de ne pas la croire quand elle dit qu'elle est malade. Leon a vu de ses propres yeux la peine que ça lui a fait de voir le portrait de Jake. Il sait ce que sa mère sait : d'autres bras bercent son petit frère, d'autres lèvres l'embrassent, d'autres yeux plongent dans le bleu parfait de ses yeux parfaits, d'autres bouches lui sourient, d'autres mains caressent la peau douce sur le dos de sa main.

Le soir tard, alors qu'il est allongé dans son lit, la photo de Jake lui manque et il est obligé de fermer les yeux pour s'en souvenir. Il prend le Bisounours contre lui et pense à toutes les choses qu'il n'a pas dites à sa maman. Combien de temps lui faut-il encore pour s'en sortir ? Quand viendra-t-elle le chercher ? Où sont passés les jouets qu'il a laissés à leur ancienne maison ? Reviendra-t-elle ? Où habite-t-elle ? Où habite Jake ? Qu'est-ce qu'il aura pour son anniversaire ? Qu'est-ce qu'elle a qui ne va pas ? Pourquoi ne revient-elle pas ?

Puis il débite, tout bas pour que Maureen n'entende pas, la série de gros mots qu'il a stockés tout au long de la journée depuis le moment où sa maman est venue, a pris la photo et est repartie sans lui.

15

C'est le milieu de la nuit quand l'ambulance arrive. Maureen l'a réveillé en criant, encore et encore. Leon a bondi de son lit, allumé la lampe, couru dans sa chambre. Elle avait la figure comme du porridge froid, le crâne dégoulinant de cheveux mouillés. À moitié assise, elle lui a dit d'une voix de vieux monsieur :

— 999. Fais le 999. Vite.

Il attend devant la porte d'entrée comme le lui a indiqué l'opératrice. Ça le rassure : il préfère ne pas voir Maureen en vieux monsieur en train de mourir. Il a tellement envie de faire pipi que sa jambe bouge toute seule. L'ambulance arrive toutes lumières clignotantes. Il leur ouvre et leur montre où se trouve la chambre de Maureen. Puis il court à la salle de bains et fait le plus long pipi de sa vie. Il attend en bas en pyjama. Ils lui disent qu'il est un brave garçon et que ce qu'il a fait est très courageux. Leon décide qu'il sera peut-être ambulancier quand il sera grand. Ils le font asseoir à l'arrière du véhicule et posent un masque sur le visage de Maureen. Un ambulancier parle dans un talkie-walkie qui grésille et qui siffle, Leon aimerait bien en avoir un lui aussi. Maureen tend une main vers lui mais il a peur de la toucher au cas où elle mourrait. Il n'y aurait alors plus personne pour s'occuper de lui.

À l'hôpital, une policière lui pose des questions sur Carol et Jake. Il retient ses larmes de toutes ses forces. Mais quand elle lui fait un petit câlin, c'est comme si on débouchait un soda qu'on venait juste de secouer : il ne peut plus arrêter ses larmes de couler, ni le bruit de jaillir de son cœur. La policière l'emmène dans une chambre où ils sont seuls et lui passe un mouchoir en papier. Elle lui assure que Maureen ne va pas mourir.

— Elle ne va pas mourir, mon petit Leon, mais elle ne peut pas parler. Pour l'instant, tu ne peux pas la voir. C'est tout. Les docteurs et les infirmières s'occupent d'elle pendant que je m'occupe de toi.

— Oui, dit Leon.

— Une fois qu'elle ira mieux, ils viendront te le dire. C'est toi qui lui as sauvé la vie. Tu as de quoi être fier, tu crois pas ? Tu vas pouvoir raconter ça à tout le monde à l'école, hein ? Tu seras un héros. Tu en es déjà un. Un héros très courageux et un garçon très malin. C'est un sourire que je vois là ? C'est le plus petit que j'aie jamais vu, ça. Tu m'en fais un plus grand ? Bravo, c'est celui-ci que je voulais voir.

Il se sent un peu mieux ensuite parce que la policière l'emmène à la cafétéria et lui achète un donut à la confiture et un chocolat chaud. Quelqu'un d'autre lui donne une BD. Après quoi, il s'installe dans la voiture de police et appuie sur les boutons qui font clignoter les lumières. La policière le laisse prendre son talkie-walkie et dire : « Vous me recevez ? Vous me recevez ? »

Personne ne répond. Elle dit qu'elle va informer le commissariat du courage dont il a fait preuve. La policière est un peu comme l'infirmière à la maternité quand Jake est né : lorsqu'elle dit quelque chose, on la croit. Ils attendent dans une salle avec une télé qui passe un film en noir et blanc. Quatre gangsters dans une vieille bagnole pourchassent un type suspendu à l'arrière d'un camion. La voiture zigzague sur la chaussée. Pile au moment où les gangsters vont tirer, Sylvia fait irruption. Elle s'accroupit à côté de la chaise de Leon et le serre très fort dans ses bras.

— Tu lui as sauvé la vie, poussin. C'est bien, mon garçon, bravo, bravo. Merci.

Elle l'embrasse. Elle pue la cigarette et une odeur de vieille dame pire que Maureen. Cette odeur, ça lui donne envie de la repousser. Mais elle le tient, elle secoue sa main.

— Un vrai petit homme, voilà ce que t'es.

Plus tard, l'assistante sociale de l'hôpital entre dans la salle d'attente. Ils discutent dans un coin. Un docteur, la gentille policière, l'assistante sociale et Sylvia. Ils parlent avec les bras croisés. L'un après l'autre, ils se tournent vers lui et hochent la tête. Même en tendant l'oreille au maximum, il entend seulement quelques mots.

— ... bronchopneumonie... complications...

— ... semaines plutôt que jours...

— ... soins appropriés... police a vérifié...

Sylvia n'arrête pas de répéter :

— Je pourrais très bien, c'est vrai, je suis à mi-temps au supermarché. Je pourrais très bien. C'est un gentil p'tit gars. Il lui a sauvé la vie, c'est sûr.

Elle dit toujours que c'est un gentil garçon, c'est ce

qu'elle dit, Mo. Je peux le prendre. Oui, oui. Qu'il soit béni...

L'assistante sociale écrit quelque chose sur une feuille de papier et dit :

— Provisoire, on parle d'une solution provisoire.

Ils s'approchent tous de lui dans un même élan.

L'assistante sociale s'agenouille et rapproche son visage à quelques centimètres de celui de Leon. Derrière ses lunettes, ses yeux ont l'air aussi gigantesques que des yeux d'extraterrestre.

— Bon, dit-elle, tu vas rentrer chez Maureen et retrouver ton lit. Sylvia va rester avec toi. Elle s'est déjà occupée d'enfants, on a confiance, elle sait ce qu'il faut faire. Tu aimes bien Sylvia, non ? Bien, bien. Tu es un garçon responsable, Leon, on est tous très fiers de toi. Maureen va rester ici un petit moment. Demain, on verra comment on peut s'arranger. Il est évident que ce serait mieux si tu restais là où tu es. Tu as été plutôt secoué dernièrement et on ne voudrait pas en rajouter.

Elle lève les yeux et les autres approuvent de la tête. Sylvia allume une cigarette.

— On fait de notre mieux, il faut que tu le saches, OK ? T'es un brave p'tit gars, Leon.

16

Il y a trop de choses que Leon n'aime pas. Il fait la liste dans sa tête.

Sylvia.

La maison de Sylvia.

Avoir été obligé de déménager chez Sylvia alors qu'ils disaient qu'il resterait chez Maureen. Ils ont menti : Sylvia n'est restée qu'une seule nuit chez Maureen puis elle a décrété qu'elle en avait marre et qu'elle rentrait chez elle. Il a dû la suivre.

Les draps de son nouveau lit chez Sylvia. Ils sont roses.

Que Sylvia rende visite à Maureen pendant qu'il est dans sa nouvelle école.

Sa nouvelle école. Encore une autre.

Sylvia qui appelle Maureen « Mo » ou « ma Mo » afin d'exclure Leon.

Que personne ne lui laisse parler de Jake. Maureen, elle, non seulement elle le laissait faire, mais elle parlait de lui avec Leon.

Que personne ne se rappelle qu'il a un frère.

Les deux filles de sa nouvelle école qui l'ont poussé à dire un gros mot pour lequel il s'est fait gronder.

Les céréales de Sylvia.

Le samedi, quand Sylvia lui dit tout le temps d'aller jouer dehors à l'heure des meilleures émissions à la télé.

Son odeur.

Sa mère qui ne vient pas le chercher.

De ne pas avoir pu apporter ses jouets chez Sylvia à cause du désordre que ça ferait.

Que tout le monde ait oublié l'anniversaire de Jake sauf lui.

Sa nouvelle assistante sociale parce qu'elles changent tout le temps et celle-ci a mauvaise haleine et n'arrête pas de répéter : « Je suis nouvelle. »

L'heure d'aller se coucher chez Sylvia parce qu'il est trop tôt et qu'il n'arrive pas à dormir quand il fait jour dehors.

Le rire de Sylvia quand elle regarde son émission préférée.

Les gens qui font semblant.

Toutes ces choses qu'il n'aime pas le poursuivent sans arrêt, et finalement, la zèbre se pointe. Elle répète ce que les assistantes sociales ont dit : que son placement chez Sylvia est provisoire et que lorsque Maureen sortira de l'hôpital, il pourra retourner chez elle. Pendant très longtemps, il n'avait rien sorti de son sac à dos, croyant à ce qu'on lui avait raconté. Au bout de huit jours, elles avaient dit encore un petit moment et de nouveau encore un petit moment et après on l'avait collé dans la nouvelle école. Alors Leon a eu une brillante idée. S'il retrouvait sa maman, il resterait chez elle jusqu'à ce que Maureen soit guérie. Il s'occuperait de Carol, il l'avait déjà fait, et puis ce serait plus facile maintenant qu'ils n'étaient plus que tous les deux puisque Jake était parti. Mais quand il fait part de son idée à la zèbre, elle lui dit non.

— On en a déjà discuté, Leon. Ta maman est à Bristol maintenant, en maison de repos. Elle a besoin qu'on veille sur elle. Elle voit des docteurs, elle prend de nouveaux médicaments et parle à des gens de ce qu'elle ressent au fond d'elle-même. Elle veut reprendre une vie normale mais c'est long. Les enfants ne sont pas admis et de toute façon, Leon, il faudrait que nous soyons certains que ta maman est apte à s'occuper de toi, même si elle en avait envie.

Leon se détourne sans attendre qu'elle ait fini. La zèbre s'est fait une nouvelle coiffure. Maintenant elle a deux rayures blanches sur les côtés et une autre derrière la tête. Elle croit qu'elle est superbelle mais elle se trompe. Son tailleur pantalon est trop serré, le tissu de son chemisier blanc est distendu autour des boutonnières. Mais de toutes les assistantes sociales qu'il a eues, c'est la seule à le regarder avec autant d'intérêt. Et quand il détourne la tête, elle cesse de parler jusqu'à ce qu'il la fixe de nouveau.

Leon tripote une croûte sur sa main : il sent qu'il va pleurer, ou s'énerver. Quand il se concentre sur quelque chose d'autre, ou se fait un petit bobo à la main, ça empêche les larmes de monter. Quand la colère risque de déborder, le mieux est de faire comme si ça n'existait pas ou de manger des bonbons ou encore de trouver un truc avec lequel jouer. Parfois, il prend dix pence dans le sac à main de Sylvia.

— Pourquoi ? dit Leon.
— Pourquoi quoi ?
— Pourquoi je peux pas m'occuper d'elle ? Je l'ai déjà fait.

— Pour la bonne raison que ce n'est pas le rôle d'un enfant, Leon. Tu es un jeune garçon, ta maman est une adulte et doit prendre soin de toi. Pas l'inverse. Quand elle ne peut pas, on est là pour veiller à ce que quelqu'un le fasse à sa place. Pour l'instant, cette personne est Sylvia.

Sylvia écoute sur le seuil de la porte. Elle fume et fait des petits bruits de désapprobation. Quelquefois, elle ressemble à un robot. Elle étend le bras, plie le coude, porte sa cigarette à sa bouche, la sort de sa bouche, déplie le coude, garde la fumée dans ses poumons. Elle répète ce geste jusqu'à ce que la cigarette soit entièrement consumée. Quand elle ne fait pas gaffe, de la cendre tombe sur son corsage et elle ne s'en aperçoit même pas.

— Pourquoi je peux pas voir Maureen ?

— Je viens de t'expliquer pourquoi, répond la zèbre. Elle est malade, Leon. Elle a un virus. Moi aussi, ils m'ont renvoyée quand j'ai voulu la voir. Personne ne peut lui rendre visite.

— Je lui ai dit dix fois, soupire Sylvia, et vous lui avez dit aussi. Il ne veut rien entendre.

La zèbre caresse le bras de Leon.

— C'est dur, hein, Leon ? Mais tu sais quoi ? Viens avec moi. Allez.

Elle se lève et ouvre la porte d'entrée. Leon la suit. Elle va ouvrir le coffre de sa voiture. Elle se baisse et en sort une bicyclette.

— Pour qui c'est, d'après toi ?

Le vélo n'est pas flambant neuf mais c'est un BMX. Leon s'écarte quand elle le pose sur le trottoir. Il interroge la zèbre du regard, pas convaincu que ce soit pour de vrai. C'est peut-être une blague.

— Essaye-le, dit-elle. Tu sais monter à vélo, non ?

Il saute en selle et se met à tourner sur place en braquant au maximum.

— Regarde ! crie-t-il. Papa m'a appris.

— Magnifique ! Sois prudent quand même !

Mais Leon n'a aucune envie d'être prudent. Il voudrait rouler aussi vite qu'une voiture. Plus vite même. Aussi vite qu'une fusée. Il pédale dans la descente, s'éloigne de chez Sylvia, toujours plus vite, le vent dans les yeux et les cheveux, l'air glissant sous son tee-shirt comme des doigts glacés pendant qu'il s'élance jusqu'en bas de la côte, ses jambes comme des pistons douloureux, le ventre délicieusement serré dans un étau, larguant derrière lui les maisons de repos et toutes ces choses qu'il n'aime pas et qui ne peuvent plus le rattraper. Au bout de la rue, il fait demi-tour et remonte comme un boulet de canon en haut de la pente, plus vite que les voitures ralenties par la circulation, il file devant des maisons qui fusionnent en une image floue, il écrase les pédales puis laisse son pied remonter, encore et encore, jusqu'au sommet, au-delà du petit pavillon de Sylvia, au-delà de la zèbre plantée sur le trottoir, jusqu'au feu où il s'arrête pour reprendre son souffle.

Il se sent complètement relâché à l'intérieur, il se sent plus grand, plus fort, et même s'il halète, il respire mieux, il a la tête qui tourne un peu, légère, il sourit en voyant un homme noir sur un vélo de course qui fonce exactement comme lui. L'homme se faufile entre les voitures et les autobus, penché en avant, le dos rond, le torse nu. Son crâne chauve brille. Avec ses lunettes de cycliste jaunes, il ressemble à une guêpe. Son vélo est de la même couleur que celui de Leon, rouge, mais il est plus rapide grâce à ses roues étroites qui le propulsent comme une balle de fusil. L'homme se penche sur le côté, on dirait qu'il va toucher le macadam du genou, et juste au moment où Leon pense qu'il va tomber, il prend le virage dans un beau mouvement fluide. Et il disparaît.

Leon revient lentement vers le petit pavillon de Sylvia. La zèbre l'attend dehors, les mains dans les poches. Elle est la championne des assistantes sociales.

— Et voilà le travail, dit-elle. Tu es fait pour ce vélo, Leon.

Elle ouvre la portière de sa voiture.

— Je reviendrai la semaine prochaine et si Maureen va mieux, on verra si on peut aller la voir. Je t'y emmènerai moi-même.

17

Après l'école, le lendemain, Leon demande à Sylvia s'il peut sortir faire un tour sur son nouveau vélo. Elle a tiré les rideaux à cause du soleil qui brille dehors et elle regarde son émission où les gens doivent répondre à des questions difficiles. Elle croit qu'elle connaît les réponses mais c'est faux. L'homme à la perruque pose les questions et Sylvia donne la réponse en même temps que le concurrent, comme si elle était superintelligente. Elle ne sait même pas qui a emporté le match. Finalement, Sylvia lui dit de faire attention aux voitures et de ne pas rester trop longtemps dehors.

Leon pédale jusqu'au feu. Il s'arrête au bord du trottoir, s'assied sur la selle et croise les bras. Les automobilistes le regardent, les gosses à l'arrière peuvent voir son vélo, son nouveau BMX. Il en descend, s'accroupit, vérifie les pneus, remonte en selle, tourne les roues et fixe les gens qui l'observent. Il est grand pour son âge, il a l'air d'avoir douze ou treize ans et maintenant, avec son BMX, on lui en donnerait même quatorze. À califourchon sur son vélo, il essaye de se rappeler par où est passé l'homme-guêpe.

Il traverse et bifurque dans une longue rue

commerçante. Sur le trottoir il slalome entre les stands de légumes devant les magasins pakistanais. Il y a beaucoup plus de Noirs que dans le coin de Sylvia et des drôles de légumes violets et vert pâle, des trucs qu'il n'a jamais vus, rouge sang et d'un blanc laiteux, le tout empilé sur des caisses de lait et débordant sur le sol. Il roule sur une banane écrasée et sa roue avant dérape. Des vieux Indiens portant le turban sont assis en petits groupes sur des tabourets devant leurs boutiques. Leurs longues barbes blanches dansent dans le vent. Deux hommes noirs sont assis sur un carré de gazon de part et d'autre d'un échiquier et parlent fort pour s'entendre malgré la musique tonitruante qui sort de chez le disquaire. Des femmes noires coiffées de parures aux couleurs vives marchent lentement en tenant leurs enfants par la main. À leurs oreilles se balancent de grands anneaux d'argent. Certains hommes ont des tresses dressées sur le crâne ou bien elles leur tombent dans le dos comme des cordes noires et poilues. La rue est étroite et les voitures avancent au pas. Quand personne ne peut plus avancer, les conducteurs se crient des insultes les uns aux autres. Personne ne remarque Leon.

Il finit par arriver à un carrefour. Au bout d'une ruelle, il aperçoit derrière une palissade rouillée un immense jardin plat et des petites cabanes. Il roule jusqu'à la pancarte *Jardins partagés de Rookery Road*, puis pédale plus doucement le long d'un sentier plein de fourches et de coudes. Tout autour de lui, ce ne sont que rangées de fleurs et de légumes, abris de jardin, serres, cabanes tordues construites avec de la tôle ondulée et des vieilles fenêtres, longs tunnels en plastique protégeant des plantes et, devant la barrière, il aperçoit un vieux monsieur qui taille un buisson avec un grand couteau à lame recourbée qu'il abat d'un côté puis de l'autre, comme un soldat se frayant un passage dans la brousse. Droite, gauche, droite, gauche. Le buisson n'est déjà plus qu'un moignon dénudé.

Froutch. Soudain, un vélo dépasse Leon en le frôlant de si près qu'il manque de tomber. C'est l'homme-guêpe avec son crâne chauve et ses lunettes jaunes.

— Attention, Star[1] ! crie-t-il

L'homme au coutelas se retourne et lève un bras en l'air.

— Pas ici ! crie-t-il. Pas ici !

Il désigne du bout recourbé de son couteau une pancarte *Interdit aux chiens, aux jeux de ballon, aux bicyclettes et aux enfants non accompagnés*.

L'homme-guêpe continue quand même à foncer sur les sentiers. Leon descend de son vélo et le suit jusqu'à la limite des jardins non loin d'une cabane. Leon s'approche en poussant son vélo.

— *Yo*, mon ami, dit l'homme-guêpe. Tu cherches quelqu'un ?

Leon le regarde. L'homme porte un cycliste noir, et c'est tout. Il a la peau aussi brune que la crédence de chez Sylvia, aussi brune que celle de son papa mais en plus brillante avec en dessous des muscles puissants comme Hulk. Son épaule est bardée de cicatrices de balles ou de coups de couteau, sa joue porte une balafre. C'est un guerrier. Il soulève ses lunettes de guêpe jaunes. Il a les yeux noirs et quand il sourit on dirait qu'il a trop de dents dans la bouche.

---

1. *Star* est l'équivalent de « mon pote », en langue rasta. *(Toutes les notes sont de la traductrice.)*

— T'es perdu ?
— Non, répond Leon. J'ai un vélo comme le vôtre.
— Ouais ? C'est une bonne bécane, Star. Fais voir.

Leon lui passe le vélo. L'homme-guêpe se penche dessus, le fait rouler d'avant en arrière, actionne les pédales à la main.

— Attends, dit-il en sortant une clé à molette de son sac. Un sacré bol que je revienne justement du boulot.

Il dévisse quelque chose et remonte la selle. Il refait les mêmes gestes sous le guidon et le baisse. Il revisse le tout et rend son vélo à Leon.

— Tu iras plus vite maintenant. Il est un peu petit pour toi, tu sais. Mais avec ma petite amélioration, ce sera mieux.

Leon enfourche son vélo et constate qu'il a raison. C'est mieux. Il fait un petit tour et puis revient.

— Ouais, dit l'homme-guêpe. T'as pris le coup.

Soudain, il ajoute :

— Descends ! Vite ! Tout de suite.

L'homme au coutelas marche dans leur direction. Il regarde d'abord Leon.

— T'es qui, toi ?

Leon ne dit rien.

— Je vous salue, monsieur ! s'exclame l'homme-guêpe qui joint l'acte à la parole en se fendant d'un grand sourire.

— Monsieur Burrows, dit l'homme désignant Leon de la pointe de son couteau. Les enfants sont interdits.

— C'est-à-dire ?

— C'est-à-dire que quelle que soit son identité, il ne peut pas entrer ici sans être accompagné d'un adulte. Surtout à vélo. D'ailleurs, vous non plus.

— J'ai besoin d'être accompagné ? se moque l'homme-guêpe toujours souriant.

L'homme au coutelas ferme les yeux. Des traces vertes comme du sang d'extraterrestre maculent le tranchant de la lame. Au bout du manche en bois noir pendouille un pompon bleu, tellement long qu'il traîne presque par terre. L'homme lève son coutelas et le pointe vers le cou de Leon.

— Vous savez très bien ce que je veux dire. Faire du vélo dans l'enceinte des jardins.

— Pardon ? dit M. Burrows en tendant une oreille vers l'homme au coutelas. J'ai pas bien entendu. Je comprends pas l'irlandais. On peut pas faire quoi ?

— On dit gaélique, pas irlandais et, par ailleurs, je parlais anglais comme vous le savez parfaitement.

L'homme respire un grand coup avant de répéter lentement :

— Faire. Du. Vélo. Dans. L'enceinte. Des. Jardins.

— Ah, dit M. Burrows. Vous aimez votre règlement, pas vrai, monsieur Devlin ?

— C'est pas le mien. Je suis au comité de l'association et, soit dit en passant, votre père aussi.

— Ouais, eh bien, il est pas là et moi si. Je rentre du boulot et, que je sache, c'est pas criminel de faire du vélo. Vous inquiétez pas.

— Je ne m'inquiète pas. C'est le règlement, monsieur Burrows. Ce n'est pas moi qui l'établis, comme vous le savez. C'est le comité. Personne n'est autorisé à ne pas s'y plier.

— À vos ordres, mon capitaine, dit M. Burrows en imitant le drôle d'accent de M. Devlin.

M. Devlin lui fait les gros yeux et M. Burrows lève le doigt.

— Dites voir, monsieur Devlin, « personne n'est autorisé à ne pas s'y plier », c'est une double négation, c'est pas contre les règles, ça ? dit M. Burrows en le grondant, le doigt pointé dans sa direction.

Les deux hommes se regardent comme s'ils allaient s'écharper, mais M. Devlin est armé contrairement à M. Burrows. Au moment où Leon s'attend à ce qu'il se passe quelque chose, M. Devlin s'en va et M. Burrows fait une grimace dans son dos, exactement comme Leon quand Sylvia l'attrape.

— Ce type, dit-il, a rien d'autre à foutre que d'emmerder le peuple. Il se croit le maître ici. Toujours à espionner, il en oublie même d'avoir une vie.

Leon observe M. Devlin. Il boitille un peu mais de dos il pourrait passer pour un jeune homme avec ses bottes militaires et sa veste de treillis. Il est beaucoup plus vieux que M. Burrows et sa peau blanche est sale ou brunie par le soleil. Pourtant il semble costaud. Il a peut-être lui aussi des cicatrices sur la poitrine cachées sous toutes ses couches de vêtements.

— Tu veux boire un coup, Star ? Viens.

M. Burrows ouvre la porte de sa cabane à l'aide d'une clé. C'est poussiéreux, des chaises pliantes sont entassées dans un coin. Des cannettes trempent dans un baquet à moitié plein d'eau. Sur une petite table métallique, une boîte en bois contient des dominos. Le papa de Leon en avait un jeu, avec son nom gravé sur le couvercle : *Byron Francis*. Son papa l'autorisait à les aligner les uns à côté des autres en juxtaposant le nombre de points identiques. Il ramasse la boîte et la secoue comme un hochet.

— Tu es trop jeune pour jouer, dit M. Burrows en la lui reprenant. C'est un jeu de grands.

Il y a des affiches et des images collées sur le mur en face de trois fenêtres sous lesquelles sont disposées plusieurs rangées de toutes petites plantes sur des plateaux en plastique noirs. Il flotte dans l'air une odeur douce et fraîche de terre tiède. Leon rapproche son nez des plantes. Les feuilles vert argenté sont tellement minces et délicates qu'il distingue le réseau de leurs minuscules veines comme sur les mains de Jake. Sur certains plateaux, des graines marron se sont ouvertes et des tiges blanches en sortent comme si elles cherchaient à se sauver. Du bout du doigt, Leon aplatit le terreau.

— Oh là, vas-y mollo, dit M. Burrows en se penchant pour voir ce que Leon a fait. Tu vois ça ? C'est des courgettes. Pas que j'aime ça, mais ça pousse bien, c'est du costaud. Elles donnent des fleurs jaunes.

Il lui montre un autre plateau de semis.

— Et ça ? Des haricots mange-tout. Ça signifie qu'on peut tout manger, la cosse et les graines, tout.
— Et là ?
— Rien pour le moment. Celui-ci attend des haricots à rames. Viens.

Leon suit M. Burrows dehors.

— De la limonade, dit-il à Leon. Les gamins adorent la limonade. Ça rafraîchit.

Leon ouvre la cannette et boit goulûment.

— T'en avais bien besoin, hein ?

Leon fait oui de la tête.

— Tu t'appelles comment ? demande Leon.
— On m'appelle Tufty parce que j'ai les cheveux touffus, répond M. Burrows.

Il attend que Leon sourie pour ajouter :

— Ouais, j'ai perdu mes cheveux quand j'avais ton

âge. Ils ont jamais repoussé. Linwood, c'est le nom que ma mère m'a donné mais tout le monde m'appelle Tufty sauf ce type là-bas. Il se prend pour le boss. Le général d'une armée qui n'aurait qu'un seul soldat.

Tout en buvant, Tufty donne des coups de pied dans les mottes de terre caillouteuse.

— J'ai de l'arrosage à faire, et il faut que j'arrache les mauvaises herbes, et que je sème, et que je bine… Un jour comme aujourd'hui, c'est pas un jour à se lancer dans de grands travaux, n'empêche qu'il faut suivre le calendrier. Attends.

Tufty retourne dans sa cabane et sort avec deux chaises pliantes qu'il installe à l'ombre.

— Viens t'asseoir.

Leon s'assied à côté de Tufty et, à son tour, donne des coups de pied dans la terre sèche. Du gravier roule sous ses semelles et une poussière grise forme un petit nuage qui se dépose sur ses baskets.

La chaise disparaît sous le gabarit de Tufty : on dirait qu'il est assis sur un coussin d'air. Il délace ses chaussures de cyclisme et enlève ses chaussettes. Il pose ses pieds nus sur les baskets et fait gigoter ses orteils.

— Le soleil guérit, dit-il en fermant les yeux et en levant son visage vers le ciel. Quand il sort, tout le monde sourit. On voit le monde autrement. On supporte au soleil ce qu'on ne supporte pas sous la pluie. C'est ce que dit mon père. C'est pour ça qu'il habite plus ici.

Leon lève aussi le visage vers le ciel et ferme les yeux. Il se rappelle un jour où ils étaient sortis, sa maman, Jake et lui. Leon se tenait à la poussette. Sa maman avait oublié la capote en plastique et Jake était déjà mouillé. Elle courait sans faire attention aux flaques et les roues éclaboussaient partout. En arrivant à la maison, ils étaient tous les trois énervés. Sa maman avait fait un biberon à Jake et, quand il s'était endormi, elle avait fait plein de baisers à Leon en lui répétant qu'elle était désolée. Elle l'avait laissé regarder la télé tard avec elle sous la couverture du canapé. Puis elle l'avait bordé dans son lit et l'avait embrassé.

— T'es une crème, mon Loulou. Je suis désolée de ne pas être une bonne mère. Je t'aime, tu sais.

C'est à ça que ressemble le soleil qui brille.

Leon ouvre les yeux et regarde autour de lui. Les jardinets ne sont pas séparés par des palissades, seulement par des sillons dans le sol ou des sentiers d'herbe. D'autres gens s'occupent de leurs potagers. À côté, une femme en sari rose jardine avec son mari coiffé d'un turban noir. Ils se plient en deux pour arracher les mauvaises herbes et bavardent dans leur langue. La femme n'arrête pas de se redresser en se tenant le bas du dos. Le mari lui indique une chaise. Elle rit et secoue la tête. Elle salue de la main une femme blanche portant un gilet qui plante une fourche dans la terre en appuyant fort avec le pied avant de la faire basculer vers l'arrière. Elle a le même âge que Maureen et son gilet lui serre la poitrine. Dessous elle est vêtue d'une jupe longue à fleurs et elle a un bandana jaune sur la tête. Elle remarque que Leon est en train de la regarder et lui fait coucou de la main.

— Toute aide est la bienvenue ! lui crie-t-elle.

Plus Leon observe autour de lui, plus il voit de gens : les jardins sont immenses, ils continuent à perte de vue.

Soudain, Tufty ramasse une grande fourche et s'en va d'un pas martial à l'autre bout de son potager.

— J'ai du boulot. À la prochaine, Star.

Leon reste encore un petit moment à le regarder puis il remonte sur son vélo. Il se promène entre les carrés et s'intéresse à ce que les gens font. Certains ont seulement des fleurs et un petit gazon comme Sylvia, avec des transats et des parasols. D'autres ont de longs sillons tracés au cordeau et des rangs de plantes verdoyantes. Beaucoup de jardinets ressemblent à celui de Tufty : un carré divisé en rangées plantées de variétés différentes et ne présentant parfois que de la terre sèche et poussiéreuse. Il n'y a ni balançoire ni toboggan, pourtant c'est mieux qu'un parc puisque chacun a son coin et peut y faire ce qu'il veut. Si Leon en avait un, il ferait un terrain de foot ou il creuserait un abri souterrain.

Finalement Leon repasse devant le jardin de Tufty avant de poursuivre jusqu'à la sortie où il revoit l'homme au coutelas, M. Devlin, qui est en train de charger une brouette de branches et de feuilles. Le grand couteau est couché à ses pieds. Leon descend de vélo et se rapproche de lui.

— Remonte pas sur ce vélo, dit M. Devlin.

— C'est quoi ça ? demande Leon en désignant le coutelas.

L'homme tourne lentement la tête.

— Un Kanetsune.

— Je peux le toucher ?

— Non, dit l'homme. Et si tu traînes plus longtemps par ici, tu vas avoir des ennuis.

— Vous êtes un soldat ? dit Leon en essayant de faire tenir son vélo en équilibre sur les pédales.

L'homme empoigne sa brouette et s'éloigne à grands pas. Leon le suit le long d'un sentier couvert de gravier. Il le voit poser les pieds de la brouette avant de disparaître dans une cabane qui ressemble plutôt à une petite maison de brique avec un vrai toit et une cheminée. Les deux fenêtres sont grillagées et la porte comporte trois serrures. Tout autour, il y a de l'herbe, des fleurs et des brouettes en bois. Et puis toutes sortes d'objets : une roue rouillée, un empilement de pots de fleurs en terre cuite, la branche tordue d'un arbre mort, un vieux fauteuil dont il manque le siège, une corde à linge où sèche une chemise bleue. Il se demande si M. Devlin vient se reposer ici, et si la maison de repos où habite sa maman ressemble à ça... Il attend, attend, et attend encore, mais l'homme ne revient pas. Alors Leon repart sur son vélo, se retrouve dans la rue commerçante au milieu des légumes et, après le feu, il descend la côte vers la maison de Sylvia.

18

Le samedi matin, quelquefois, Leon a la télé pour lui tout seul et peut choisir l'émission qu'il veut. S'il y a des dessins animés, Sylvia les regarde avec lui mais elle parle tout le temps ou bien elle se vernit les ongles des pieds et ça dégage une odeur horrible. Elle n'aime que le violet, ça va avec ses cheveux. Après, ils doivent se rendre au magasin où elle travaille à mi-temps pour chercher sa paye.

Elle passe toujours des heures à parler avec le type qui lui donne l'enveloppe marron. Il la garde dans sa main jusqu'à ce qu'elle la lui arrache avec un faux sourire et quand ils sont dehors elle le traite de salaud. Sur le chemin du retour, elle s'achète toujours son magazine et des gâteaux. Leon a droit à une BD. Sylvia s'assied à la table de la cuisine, se lèche les doigts et tourne les pages en mangeant ses gâteaux. Elle se lèche de nouveau les doigts. Elle achète toujours à Leon un donut mais il n'a pas le droit d'y toucher avant le déjeuner. Un jour, Sylvia s'est offert des fleurs emballées dans un cornet de papier rose qui crissait attaché par un ruban. Elle a eu l'air furieuse en les arrangeant dans le vase mais quand elle a vu que Leon la regardait, elle a souri en disant : « Si je m'en achète pas, qui m'en offrira ? »

Un soir, quand elle le borde dans son lit, Leon dit à Sylvia :

— Ma maman et mon papa ont un grand jardin. Il y a des arbres, de l'herbe, des fleurs et une cabane. Je faisais pousser moi-même les graines. Des courgettes et des mange-tout. Je coupais les arbres quand ils devenaient trop grands et j'arrachais les mauvaises herbes. Mon papa me donnait un couteau bien aiguisé pour que je l'aide. C'est dur comme travail, mais je m'en fiche. Maintenant que je suis plus là, plus personne s'en occupe.

Sylvia éteint la lumière.

— Il ne te reste plus qu'à faire un gros dodo et de beaux rêves de jardin alors ? Bonne nuit…

Leon déteste quand les rideaux bougent dans le courant d'air mais il a trop peur pour sortir de son lit et fermer la fenêtre. Il se tourne de l'autre côté et essaye de penser à des choses agréables, comme au jour où Carol avait reçu un magnifique bouquet pour son anniversaire. Il était emballé dans du papier transparent avec un nœud de satin blanc, mais comme elle n'avait pas de vase elle avait été obligée de faire tremper les fleurs dans l'évier puis dans la baignoire. Chaque fois qu'elle regardait le bouquet, elle disait : « Ça coûte un bras. » Plus tard, le soir, quand son papa était rentré, Leon l'avait entendue dire : « Byron, arrête ! » mais comme elle riait, il n'y avait pas à s'inquiéter.

Sylvia fait le ménage jusqu'à l'heure du déjeuner, puis elle lui prépare un sandwich et il est autorisé à manger son donut. Depuis qu'il a son vélo, Leon n'a plus tellement envie de regarder les émissions comiques à la télé.

— Je peux faire un tour à vélo, s'il te plaît ?

Il a la main sur la poignée de la porte de derrière. Il s'équipe de son sac à dos pour montrer à Tufty sa collection de cartes de foot ou une photo de bicyclette : Tufty est incollable sur les bicyclettes. Il connaît l'itinéraire par cœur maintenant et sait qu'il doit descendre de son vélo si M. Devlin est dans les parages.

— Où ça ? demande-t-elle en plissant les paupières à cause de la fumée de sa cigarette.

— Oh, sur les trottoirs par là.

— D'accord. Mais seulement autour du pâté de maisons. Tu vas jusqu'au feu, tu tournes à droite puis encore à droite et tu reviens par le bas de la côte. Montre-moi ta droite et ta gauche.

Il lève la main avec laquelle il écrit.

— Droite, dit-il.

— Très bien. Attention aux voitures. Et si tu te perds, demande à un policier. Non, si tu te perds, aborde une dame, n'importe laquelle. Tu lui montres cette adresse et tu lui demandes de t'indiquer le chemin.

— OK, dit Leon.

Il ouvre la porte.

— Une seconde. C'est quoi l'adresse ?

Elle penche la tête de côté à la manière d'une maîtresse d'école.

— 10 College Road.

Sylvia hausse les sourcils.

— Vas-y maintenant. Je t'attends pour le goûter.

Il endosse son sac et pousse son vélo dans le

passage jusqu'à la rue. Il pédale jusqu'au feu, traverse et emprunte la rue commerçante jusqu'aux jardins partagés. Il descend de son vélo à la grille, passe devant la cabane en brique de M. Devlin et, s'il est sûr et certain que celui-ci n'est pas là, il l'enfourche de nouveau et roule à toute allure pendant trente-sept secondes pour arriver à la cabane en bois de Tufty.

Il fait très beau et parce qu'il a beaucoup plu, les verts sont encore plus verts et les bleus encore plus bleus. Les fleurs rouges de M. et Mme Atwal ont été arrachées par le vent et des gouttes d'eau tombent des cerisiers en fleur sur le dos de Leon penché sur sa bécane. Tufty l'invite à le rejoindre d'un grand geste du bras. Il lui tend un sachet de graines.

— Je vois pas les lettres quand elles sont imprimées aussi petites, Star. Tu peux lire pour moi.

Leon prend le sachet. Tufty croise les bras. Leon lit lentement mais à haute et intelligible voix.

— *Le haricot d'Espagne Empereur écarlate est un haricot qui convient aussi bien à la consommation qu'à la décoration grâce à ses fleurs rouges. Une bonne source de vitamine C, fer et fibres. Hauteur : 3 mètres. Largeur : 30 cm.*

— Hum, dit Tufty. Ça dit à quelle saison faut le planter ?

— *Idéal pour le potager. Fleurit en juillet, août. Semer à l'intérieur en avril, mai. Replanter à l'extérieur lorsque tout risque de gel a disparu, en plein soleil.*

Tufty opine.

— Bon.

— Y a plus de risque de gel ?

— Eh bien, on peut jamais être sûr. Mais on est

le 16 mai. Il fait beau et chaud. Et dans mon abri, ils n'ont rien à craindre. Ouaip, ça peut se faire aujourd'hui.

Il retourne à l'intérieur et, quand il reparaît, il a remplacé son collant de cycliste par un bermuda baggy, un pull et des gros souliers poussiéreux sans lacets. Il visse un bonnet en tricot sur son crâne chauve.

— Entre, dit-il à Leon. Tu vas apprendre quelque chose.

La cabane a toujours cette même odeur, la même que les jardins, en plus forte. Même avec les chaises pliantes entassées dans un coin, la place ne manque pas. Il y a un réchaud à la paraffine, un tabouret, une casserole, des assiettes et des mugs en fer-blanc. S'il y avait un lit, ce serait une vraie maison. Mais tout est couvert de terre et de poussière. Des pousses de plantes entrent par les fenêtres. Leon se débarrasse de son sac à dos et étudie les posters sur le mur. Des images d'hommes noirs : un moustachu en costume-cravate, un autre qui ressemble à un roi et le troisième qui a une médaille autour du cou et brandit le poing en l'air. Leon les examine l'un après l'autre. Ils sont tous les trois sérieux, pas comme Tufty avec son sourire et ses grandes dents. Ces hommes regardent Leon de haut. Il imagine leur façon de parler et ce qu'ils lui diraient peut-être. Il se demande si l'un d'eux l'aiderait à retrouver son frère. Il touche celui qui a la médaille. Le poster se plisse et la poitrine de l'homme se contracte comme s'il respirait. En bas du portrait est écrit *Black Power*. Leon lève le poing.

Tufty en se tournant voit son geste.

— Ouais. C'était un homme courageux. Maintenant, regarde.

Tufty déchire le haut du sachet de haricots d'Espagne Empereur écarlates.

— Tends tes mains.

Tufty dépose cinq graines sur les paumes de Leon.

— Il faut enfoncer une graine par trou. Comme ça. Tu vois ?

Leon appuie sur la petite boule lisse et l'enfouit dans le terreau.

— Tu dois veiller à ce qu'elle soit bien recouverte. Il faut les coucher comme il faut pour qu'elles se réveillent, tu vois. Les tenir bien au chaud.

Leon continue jusqu'à ce que tous les trous aient accueilli leur graine, mais il en reste dans le sachet. Tufty replie le haut du sachet et le remet sur une étagère. Il y a beaucoup d'autres sachets là-haut. Leon en prend un. Sur celui-là, il n'y a rien d'écrit.

— C'est quoi ça ?

— Ça ? dit Tufty en regardant à l'intérieur.

Il se saisit d'une graine et la lève à la lumière. Il plisse les yeux et hoche la tête.

— Je les appelle des « risque-le-coup ».

— Des risque-le-coup, répète Leon.

— Ouais, tu les plantes, tu les arroses, mais tu sais pas ce qui va sortir. Tu risques-le-coup.

Tufty remet la graine dans le sachet et donne le tout à Leon.

— Garde-les.

— Merci, dit Leon.

Il replie le haut du sachet comme il a vu faire et le glisse dans sa poche.

— Maintenant, dit Tufty. Tes graines, tu les as semées, mais il faut que tu t'en occupes. Elles sont au chaud sous leur couverture, l'estomac bien rempli, elles ont besoin de quoi d'autre ?

— Elles ont soif, dit Leon.

— Bravo ! dit Tufty en lui tapant dans le dos. T'es fort, Man. T'as tout compris. Tu jardines chez toi ?

— Non.

— Ben alors t'es naturellement doué. T'as raison, on a besoin d'eau. Tu vois ça ? Va le remplir dans le baquet où je mets les sodas.

Leon remplit un arrosoir miniature et verse de l'eau sur les graines, au compte-gouttes.

— Pas trop, dit Tufty. C'est bien. C'est bien.

— Ils vont être grands comment ? demande Leon.

— Plus grands que toi et moi, répond Tufty en sortant. Le boulot m'appelle. Fais gaffe à toi, Star. Et ferme la porte derrière toi.

Leon aperçoit une pièce de dix pence sur un plateau de semis. Elle est pleine de terre et personne sans doute ne sait que c'est une pièce. Il s'en empare et sort son sachet de risque-le-coup. Il les range tous les deux dans son sac à dos avant de rejoindre Tufty dehors.

Il le regarde soulever la grosse fourche et la planter dans le sol. Leon reste longtemps à l'observer. Tufty chante en retournant la terre. Il jette des cailloux par-dessus les grilles. C'est facile pour lui à cause de ses biceps. Leon se palpe le haut des bras et se demande quand les siens pousseront. Puis il enfourche son vélo et va se promener le long des sentiers. La dame indienne lui fait un coucou, il lui rend son salut. Il roule jusqu'au bout des jardins partagés qui se terminent par une grille très haute, puis il emprunte un autre trajet pour remonter jusqu'à la sortie. Il s'arrête en voyant M. Devlin, descend de vélo et se met à le pousser devant lui. M. Devlin a son Kanetsune au poing et porte sa veste de treillis.

Leon fixe le coutelas.

— Kanetsune, prononce M. Devlin. Tu te rappelles ? Japonais.

Leon tend la main vers le couteau mais M. Devlin l'écarte de lui.

— C'est extrêmement coupant. C'est trop dangereux pour les enfants.

Sur un transat devant la porte de sa cabane, il y a une caisse en bois ouverte. Dedans, des sachets de graines tout écrasés.

— Vous plantez des haricots d'Espagne Empereur écarlates ? demande Leon. Ça se sème en avril ou mai.

L'homme regarde Leon puis la boîte de graines.

— Oui. Mais pas aujourd'hui.

— Il faut les replanter dehors quand y a plus de risque de gel, dit Leon. Ça c'est en été.

— Pas aussi tard, mon garçon. Mais presque.

Leon aperçoit un autre couteau, plus petit, pourvu d'une lame courte, sur la chaise à côté des graines.

— Il est japonais aussi ? demande-t-il.

— C'est une serpette. Elle a besoin d'être graissée.

Leon hausse les épaules.

— Je sais graisser la chaîne de mon vélo. C'est mon papa qui m'a appris.

M. Devlin se dirige vers la chaise, pose les graines et la serpette par terre, puis il s'assied. Il pose le grand coutelas en travers de ses genoux et ramasse le flacon d'huile de lin. Leon couche son vélo sur l'herbe.

— Enlève-moi ce vélo de là. C'est dangereux.

Leon redresse le vélo et l'appuie contre le mur

en brique de la cabane. Il vient se poster à côté de M. Devlin et regarde ce qu'il fait.

— L'huile de lin est pour le manche, dit M. Devlin.

Il montre à Leon le manche de bois noir lisse et luisant strié d'une ligne bleue et décoré d'un pompon.

— Il faut graisser le manche, jamais la lame.

— Il coupe bien ?

— Ramasse-moi donc ce pissenlit.

Leon cueille une fleur jaune et la tend à l'homme. De près, on voit qu'il a des poils dans les oreilles et dans le nez. Il a des rides profondes partout sur le visage et des lèvres pleines de croûtes sèches qui donnent soif à Leon.

— Kanetsune, c'est le nom d'un type de couteau. Ils ont une lame d'acier tranchante comme un rasoir. Passe la tige de ta fleur sur elle. Doucement, tout doux… oui, comme ça.

Il guide la main de Leon afin que la tige touche à peine le fil de la lame. Une fois au bout, la tige se fend en deux et une moitié tombe sur l'herbe. M. Devlin prend une petite inspiration.

— Superbe, dit-il tout bas. Imagine les dégâts qu'on peut faire avec.

Leon retire sa main. Toutes sortes de couteaux sont capables de couper un pissenlit. Leon ramasse la serpette et la tend à M. Devlin.

— Tu es un garçon très déterminé, pas vrai ? Tu as quoi, douze ans ? Onze ? Assieds-toi et prends un bout de ce chiffon, là.

Leon promène les yeux autour de lui.

— Le tee-shirt, dit M. Devlin, là.

Il désigne du doigt un tas de chiffons. Leon obtempère.

— J'ai dit un bout, soupire M. Devlin. Un morceau.

Il se saisit du vieux tee-shirt et d'un seul coup de coutelas sépare une manche du reste. Leon ouvre de grands yeux.

— Waouh !

— Waouh, comme tu dis.

Leon dépose quelques gouttes d'huile de lin sur le manche de la serpette. La lame est coupante, lui rappelle M. Devlin par des « attention » et des « doucement ».

— Tu as un nom ? demande M. Devlin.

— Leon Rycroft. Et j'ai un frère. Je sais comment vous vous appelez. M. Devlin.

— Juste Devlin. Autrefois je m'appelais *Señor* Victor. Répète après moi Sénior Victor.

— Sénior Victor.

M. Devlin dévisage Leon puis murmure :

— Ou *padre*. Padré.

— Padré.

— Ah, dit M. Devlin.

Leon lui montre le manche de la serpette.

— Maintenant il faut que tu l'essuies avec un chiffon propre.

Leon le frotte avec le tee-shirt sous l'œil attentif de M. Devlin.

— C'est bien.

— Vous venez d'Amérique ? demande Leon.

— On m'a traité de toutes sortes de choses dans ma vie, mais ça c'est une des pires. Je suis irlandais, mon enfant. De Dungannon, c'est ma ville natale mais je l'ai pas revue depuis des années.

M. Devlin se tait brusquement et tourne la tête

comme s'il avait entendu un bruit bizarre. Leon se tait aussi. M. Devlin marmonne :

— Vingt ans pour être exact.

Leon essuie la serpette sur son pantalon.

— Fais pas ça, dit M. Devlin. Tu vas faire un trou dans ton jean et ta mère va m'attraper.

Leon n'a pas envie de lui parler de Sylvia et de Maureen. Il termine d'astiquer le manche de la serpette et la rend à son propriétaire.

— Tu as mis trop d'huile, regarde, dit M. Devlin en frottant la serpette contre sa veste. D'un autre côté, tu as fait ça soigneusement, ça n'a pas débordé sur la lame. Il faut une huile minérale pour la lame. Ou bien de l'huile de colza.

Tout d'un coup, il se lève et entre dans sa cabane. Comme il ne reparaît pas, Leon enfourche son vélo. Il fait trois petits tours et puis revient. M. Devlin n'est toujours pas ressorti. Leon rentre chez Sylvia, chargé d'un nouveau trésor dans son sac à dos.

19

Le parking de l'hôpital n'est pas tout près de l'entrée. La zèbre marche tellement vite que Leon est obligé de trotter à côté d'elle. Ils prennent l'ascenseur. Leon appuie sur le bouton. Un tas de gens montent et l'écrasent dans le fond. Ils descendent tous au même étage. Il leur faut encore marcher longtemps avant de trouver Maureen. Elle est assise dans son lit, un tube blanc lui sort du nez.

— Enfin ! dit-elle en ouvrant les bras à Leon.

Elle ne sent pas pareil, elle a l'air différente, elle n'a pas la même voix mais quand elle lui fait un câlin et lui caresse le dos, c'est bien la même Maureen. Leon lui rend son câlin. Elle rit.

— Je t'ai manqué, hein ? Eh bien, toi aussi tu m'as manqué. J'ai hâte de rentrer.

La zèbre fait mine de sortir.

— Je descends à la cafète. Je reviens dans une vingtaine de minutes, d'accord, Leon ? OK, Maureen ?

Maureen lui fait signe qu'elle peut y aller. Elle regarde Leon.

— Ça va avec elle ? Elle s'entend avec Sylvia ?
— Je sais pas. Elle m'a donné un BMX.

— Eh bien, ma parole.
— Oui, un vrai. Il est rouge. Il fonce.
— C'est génial, ça, mon poussin. Et toi ? Tu t'entends bien avec Sylvia ?

Leon se tait.

— Elle est gentille avec toi ?

Maureen sourit avec sa bouche mais ses yeux sont tristes.

Leon regarde la salle autour de lui. Il y a beaucoup de vieilles dames en chemise de nuit et en robe de chambre. Il fait chaud et ça pue comme au réfectoire à l'école. Les personnes qui sont en visite se surveillent les unes les autres. Il y a des grincements de chaise sur le sol. Et pas une infirmière en vue.

— Le docteur a dit que t'allais pas mourir. Alors pourquoi tu peux pas rentrer à la maison, je pourrais revenir habiter chez toi ?
— Je vais peut-être pas mourir mais quelquefois c'est tout comme.

Maureen s'adosse à ses trois oreillers et ferme les yeux, mais elle ne lâche pas la main de Leon.

— Je serai bientôt de retour. T'inquiète pas.
— Je me balade en vélo quand je veux. Je peux aller partout. J'ai découvert les jardins partagés.
— Ah, bon ?

La voix de Maureen est lointaine.

— Là-bas, il y a plein de gens qui me font des coucous.
— Ah, bon ?
— Jake m'a pas encore envoyé de lettre.
— Non, mon poussin.
— Je sais pas où il habite.
— Non, mon poussin, moi non plus.

— La nuit, dans mon lit, j'arrive pas à dormir.
— C'est vrai ?
— Et je suis forcé d'aller me coucher quand il fait encore jour.
— Oui, je sais.
— Le vent souffle sur les rideaux et j'ai l'impression que quelqu'un entre dans ma chambre.
— Personne n'entre dans ta chambre, tu te trompes.
— Maman est pas revenue.
— Je sais, mon cœur.

Le temps passe lentement. La main de Maureen devient chaude et poisseuse. Leon entend l'air dans sa poitrine, qui siffle comme un instrument de musique. Une infirmière remonte le passage étroit entre les lits et se penche sur lui. Elle chuchote :

— Ta mamie s'est endormie, mon petit ?

Leon se tourne vers Maureen. Il s'aperçoit soudain qu'elle est très, très vieille. Elle a plein de cheveux blancs maintenant. Bientôt elle ressemblera aux autres vieilles dames et elle mourra.

— Tu es venu avec quelqu'un ? Ta maman est ici ?

L'infirmière inspecte la salle et prend Leon par la main.

— Et si on allait la chercher ? Ou tu préfères rester avec ta mamie ?

La zèbre ne tardera pas à venir et à le ramener chez Sylvia. La zèbre lui dira de pas se faire de souci. La zèbre lui dira qu'il ne peut pas voir Jake. Que Carol se porte bien. On ne lui en dit jamais plus.

20

Souvent Leon n'a que dix minutes dans la journée pour sortir son vélo mais, chaque fois, il va jusqu'aux jardins. Tufty n'est pas toujours là, ni M. Devlin, mais M. et Mme Atwal, eux, sont presque toujours là en train de bêcher et de planter. Une fois, M. Atwal a donné à Leon un bâtonnet de sucre d'orge torsadé orange, tellement sucré que Leon ne pouvait plus décoller ses dents les unes des autres. Leon lui adresse un grand salut au cas où il en aurait un autre à lui offrir.

Aujourd'hui Tufty est là mais il n'est pas seul. Il est assis sur une chaise pliante en compagnie de quatre amis. Ils jouent aux dominos sous l'œil attentif d'un vieux monsieur en manteau de tweed.

Tufty tape les plaques sur la table comme s'il essayait de les casser en deux. À un moment donné, il se lève à moitié de sa chaise et brandit le domino très haut avant de le taper sur la table en disant :

— Oui ! Alors, t'as quoi, Stump ? Hein, combien ?

— Un, répond un petit gros coiffé d'un bonnet de laine. Un !

Tout à coup, ils se mettent à causer et à rire. L'un

d'eux fait un tas avec les dominos. Ils parlent fort, avec des voix graves, tous en même temps, en un créole rapide comme son papa autrefois, sauf qu'eux, ils rient tout le temps et ils font des blagues.

Alors qu'il ramasse les dominos, Tufty aperçoit Leon.

— *Yo*, Star ! s'écrie Tufty.

Leon descend de son vélo et l'appuie contre la cabane. Il s'avance vers Tufty, qui lui pose une main sur l'épaule.

— Mon ami que vous voyez là, dit-il aux autres hommes, il vient souvent me donner un coup de main. Appelez-le Star. Bien, voici Castro, Marvo, Waxy, Stump et M. Johnson.

Les hommes le saluent d'un signe de tête et se lèvent. Ils plient leurs chaises et les passent à Tufty. M. Johnson, qui a l'air d'avoir cent ans, serre la main de Leon.

— Je suis heureux de faire ta connaissance, mon garçon.

M. Johnson a une coiffure afro blanche comme neige. Il tend à Tufty un trousseau de clés.

— Bon, Linwood, je m'en vais, dit-il. Demain, c'est toi le responsable. Oublie pas de fermer. Cette réunion à l'église va durer toute la journée.

Leon remarque que le grand rouquin hoche la tête. Il a des yeux verts qui ressemblent à deux fentes avec les contours tout rouges. Ses dreadlocks font une couronne autour de son crâne. Quand il cause, sa barbiche brune remue de haut en bas. Il aspire l'air entre ses dents en émettant un long sifflement.

— Alors, on tend toujours l'autre joue, hein, Johnson ?

M. Johnson relève le col de son manteau comme s'il avait froid.

— Écoute, Castro, t'as pas le monopole de la colère ni du sens de l'injustice, dit-il en levant le doigt. Nous devons nous organiser. Le peuple noir n'ira jamais nulle part à moins qu'on présente un front uni que la société sera forcée de reconnaître, un lobby pour faire pression sur la politique et obtenir réparation.

Castro n'a pas arrêté de hocher la tête. Même sa peau est rousse, de la couleur du thé au lait. Il a le visage plein de taches de rousseur qui lui descendent jusque dans le cou. Quand il parle, sa voix porte au-delà du potager de Tufty. M. et Mme Atwal lèvent la tête.

— Ça c'est la vieille méthode, Johnson, du temps où le peuple noir se sentait reconnaissant. L'époque où mon père et toi vous êtes arrivés ici, dans vos beaux costumes avec vos cheveux défrisés, vous étiez bien obéissants, vous laviez par terre, vous conduisiez les bus.

Castro marque une pause et regarde tour à tour les autres.

— Cette époque est terminée. On n'a plus à mendier les restes des Blancs. Si nous formons un front, ce sera un front armé. Pas un « lobby » comme tu dis. Tu crois que les Blancs vont écouter des singes ? Des singes, c'est comme ça qu'ils nous appellent.

Les autres se mettent tous à parler en même temps. Tufty et Leon se tiennent tranquilles et écoutent. Tufty apporte des boissons fraîches et débarrasse les cannettes vides pendant que ses amis décident quel genre d'armée ils vont former. Leon voit bien que l'idée de Castro ne leur plaît pas trop, mais ils n'aiment pas non plus celle du lobby de M. Johnson. Leon aide Tufty à ranger. Tufty les laisse parler et remplit d'eau une bouteille en plastique. Il la donne à Leon et s'en remplit une pour lui-même. Puis il sort un des plateaux de semis.

— Regarde, dit-il, regarde ce qui s'est passé.

Les graines se sont ouvertes pour laisser apparaître des pousses solides qui semblent s'étirer après un long sommeil. À leur sommet, deux petites feuilles, semblables à des ailes fermées.

— Ce sont des bébés, dit Tufty. Ils sont fragiles. Un bébé, il faut beaucoup s'en occuper. Viens.

L'autre bout du carré de Tufty est dominé par deux grands wigwams en tiges de bambou à cheval sur deux longs sillons. Avec leur forme de hutte, si on les couvrait de feuilles, ils feraient de formidables cabanes.

— Tu vois ça, dit Tufty. Il faut faire bien attention en enfouissant ces graines. Tu fais un trou au pied du bambou, comme ça, tu arroses le trou. Tu y déposes le bébé plante. Tu vois ?

Leon s'agenouille et arrange la terre autour du trou de sorte que la pousse ait l'air d'avoir toujours été là.

— T'as tout pigé, Star. T'es un as. Maintenant, un peu plus d'eau. Ne la noie pas.

— Pourquoi tu l'as mise près des bâtons ? Ils vont pousser, eux aussi ?

— Non, non, dit Tufty. Ces plantes ont besoin de tuteurs. Elles doivent avoir quelque chose à quoi s'accrocher pendant qu'elles grandissent. Elles s'enroulent autour du bambou et, dans deux mois, on cueillera les haricots...

Tufty se redresse.

— On en a un paquet à décaisser. Bon, je vais les mettre dans les trous et toi tu vas arroser.

Leon suit Tufty le long du sillon et verse de l'eau au pied des tiges de bambou. Il retourne se réapprovisionner à la citerne à eau et continue jusqu'à ce que la tâche soit accomplie. Devant l'abri de Tufty, ses amis sont toujours en train de discuter. Castro, debout, agite les bras en indiquant la rue.

— Vous voyez pas ce que la police fait au peuple noir ? Les arrestations, les fouilles au hasard ? T'écoutes pas les infos, Johnson ?

Leon a pitié de M. Johnson qui essaye en vain d'en placer une, mais Castro fait trop de bruit. Même si M. Johnson parle doucement, Leon sent bien qu'il est furieux.

— Ne mords pas la main qui te nourrit, Castro, dit-il. Travaille avec les mains que Dieu t'a données...

Il se tourne vers Leon et ferme lentement les yeux.

— Plus personne n'écoute de nos jours.

Là-dessus, M. Johnson fourre ses mains dans ses poches et s'éloigne.

Tufty lève sa truelle.

— Du calme, ne criez pas, j'ai déjà eu un avertissement.

Personne ne dit plus rien pendant quelques minutes puis Tufty tape dans ses mains.

— On va tous au Rialto samedi soir ? Ils m'ont invité à intervenir, alors, votre attention s'il vous plaît, je vais essayer sur vous mon dernier poème.

Ils tournent tous leurs sièges pour lui faire face.

Il cueille une fleur jaune et la lève. Il arrache un pétale, puis deux et, tout en parlant, il effeuille la fleur. Cela fait rire tout le monde.

— Je l'ai intitulé : « Le complot ».

Elle m'aime.
Pas du tout.
Elle m'aime.
Pas du tout.
J'prends mes disques et mon faitout.
M'en vais avant qu'elle change d'idée.
Roule des mécaniques, me laisse pas intimider.
Ma mère dit rien quand je rentre à la maison.
Seulement me fait bosser plus que de raison.
« Lève-toi, Tufty, passe la serpillière.
Ouvre la fenêtre.
Ferme la porte.
Porte ce sac à provisions.
Allume le poêle.
Chasse-moi ce papillon.
Sors donc les céréales.
Coupe du bois, lave la vaisselle,
Pèle l'igname, pêche du poisson. »
Et quand je dors elle me fait « hein ! »,
Me colle le balai entre les mains.
Des semaines sans m'asseoir, des mois sans repos,
Je rêve de toi, mon amour, mon ange, mon joyau,
Alors je retourne en rampant vers celle que j'ai quittée,
« Sauve-moi de maman ! »
Je m'écrie, je la supplie de me laisser la récupérer.
Elle a, c'est certain, pour moi de l'amour,
Puisque, avec ma mère, elle a comploté mon retour.

Tous ses amis rient, sauf Castro. Tufty lève la main.
— Attendez, y a un dernier vers.

— Les gonzesses, tu penses à rien d'autre, Tufty ?
Tufty sourit et ouvre les bras.
— Allons, Castro, sois un peu cool, Man.
Leon regarde Castro s'éloigner : il balance les bras, il envoie un caillou voler d'un coup de pied.

21

Leon déteste sa nouvelle école. Comme Leon a trop souvent été absent quand il vivait avec Carol, les maîtresses disent toujours qu'il faut qu'il rattrape, pourtant Leon est bon en lecture, en écriture et en calcul, et de toute façon, les cours, c'est rasoir. L'école près de chez Sylvia est encore pire que les autres, tout comme la maîtresse. Leon s'en fiche de l'Histoire et des rédactions, il n'aime pas être obligé de dessiner des planètes et des étoiles, il déteste les sorties scolaires où on ne peut même pas aller aux toilettes. Il y a deux garçons dans sa classe qui ont leur anniversaire le même jour, ils ont vu un concert des Jackson Five et ils ne parlent que de ça. À l'heure du déjeuner, Leon joue quelquefois au foot, et quelquefois il passe du temps avec Martin qui est dans la classe en dessous. Martin n'a pas d'ami, lui aussi est en famille d'accueil. Il arrive à Martin de se faire punir parce qu'il s'est bagarré. Il gagne à chaque fois.

Sylvia a dû venir à l'école le vendredi, convoquée par la directrice et la nouvelle maîtresse de Leon. Il ne pouvait pas écouter aux portes parce que la secrétaire le surveillait. Il devait se tenir tranquille sans rien faire pendant que, dans la pièce voisine, les voix des trois femmes se mêlaient pour parler de lui. Il avait bien une idée de ce qu'elles disaient mais il avait quand même envie de savoir. Finalement, la porte s'est ouverte et il est entré. Les maîtresses, c'est comme les assistantes sociales, elles ont toute une panoplie de fausses voix et de faux sourires. La directrice a toussé et a ramassé une feuille de papier.

« Pour commencer, Leon, nous tenons à ce que tu saches que la Woodlands Junior School est une école qui fait tout ce qu'elle peut pour que tous ses élèves réussissent. »

Elle a attendu qu'il dise oui.

« Je te félicite, Leon. »

Elle a levé un dessin qu'il avait fait en cours d'arts plastiques. Un portrait de Jake en grande personne ressemblant à Bo Duke de *Shérif, fais-moi peur*. Cheveux blonds. Debout à côté d'une voiture rouge. Avec un pistolet.

« Il est évident que tu t'es donné beaucoup de mal pour ce dessin. On sait que tu es capable de très bien travailler quand tu veux. Ceci en est la preuve. Seulement, Leon, il faut que tu fasses aussi bien quand il s'agit de tes leçons. N'est-ce pas ?

— Oui.

— On en a déjà parlé ensemble, mais cette fois, je te demande de faire un effort particulier, un vrai gros effort, pour être attentif en classe. D'accord ?

— Oui.

— Et pas de gros mots.

— Oui.

— Oui, mademoiselle, a dit la directrice. Oui mademoiselle ou oui madame Smith ou oui madame Percival.

— Oui, madame Percival.

— Et il ne faut plus se lever pour aller aux toilettes. Tu n'as qu'à y aller une bonne fois pour toutes le matin en arrivant puis à la récréation. D'accord ?

— Mais si j'ai envie pendant un cours ? »

Sylvia a hoché la tête.

« T'as qu'à te retenir, Leon, comme tout le monde. Retiens-toi jusqu'à la récré. C'est ça ce que te dit la maîtresse. Ou alors vas-y avant le cours.

— Oui, mademoiselle Sylvia. »

Il a vu les deux enseignantes se regarder quand Sylvia a pris la parole. Elles ne l'aiment pas non plus.

Puis la maîtresse a continué à parler efforts et bonne conduite de cette voix qu'elle réserve aux parents et à ses collègues quand il y en a dans les parages. Leon, lui, regardait comment elle tournait son alliance autour de son doigt : elle savait aussi bien que lui qu'il aurait zéro étoile sur son tableau.

Sur le chemin du retour, Sylvia s'est arrêtée devant la vitrine d'un marchand de télés. Elle a dit que certains postes ont des télécommandes qui permettent d'allumer et d'éteindre à distance sans même se lever. Une espèce de tour de magie. Si Leon avait une télécommande, il resterait allongé sur son lit et éteindrait Sylvia, *clic*, et les maîtresses, *clic*, et les assistantes sociales, *clic, clic, clic*. Puis il aplatirait la télécommande d'un coup de massue, afin qu'elles ne reviennent jamais.

22

Enfin ! Leon a une semaine entière de vacances de mi-trimestre. Il file aux jardins partagés. Tufty n'est pas là. Leon monte et descend la côte pour voir s'il fait un meilleur temps. Quand il va assez vite, son ventre frémit de joie, il devient un superhéros qui n'a pas à s'arrêter en haut de la côte mais vole par-dessus les voitures, les toits et les poteaux télégraphiques, vole au-dessus de la ville en regardant en contrebas les jardins, les enfants, les bébés, et verrait où Jake habite et alors Jake lui ferait coucou de la main et Leon lui crierait : « Je te vois, Jake ! Je t'ai vu ! »

Mais comme d'habitude, il rentre chez Sylvia, laisse son vélo au jardin et se débarrasse de son sac à dos.

Leon entend les voix féminines avant d'ouvrir la porte de derrière. On croirait une fête. Ce doit être Maureen. Elle est de retour. Il se précipite dans le séjour. Elles sont nombreuses debout avec des mugs et des cigarettes à la main. Certaines sont assises avec des petits gâteaux. Toutes parlent en même temps comme les amis de Tufty. Mais Maureen n'est pas là. Elles prétendent toujours qu'elle va sortir de l'hôpital mais elles ne disent pas la vérité.

Leon les regarde l'une après l'autre, mais elles ne le voient même pas. Il y en a une qui parle la bouche pleine de miettes ; elle a trop de bagues à ses doigts et une grande ride sur le cou ; elle renverse la tête en arrière et éclate de rire. Leon est dégoûté par la bouillie qui tapisse sa langue. Maureen n'aurait pas aimé cette dame. Si elle était là, elle aurait dit : « Ferme ton clapet » ou « On parle pas en mangeant ».

Sylvia l'aperçoit et le pousse dans la cuisine.

— Sandwich au jambon, lait, donut et ouste, au lit.

Leon s'assied et commence à manger.

— Je vais te dire, Sylv, dit la grosse dame. La météo est imprévisible. Même en juillet. Il pourrait pleuvoir comme vache qui pisse.

Les autres approuvent bruyamment.

— Alors je propose un plan B. S'il pleut, la salle des fêtes, sinon, on bloque la circulation et on fait ça dehors dans la rue.

— Ohhh ! Mais c'est génial comme idée.

— Il faut une autorisation, vous ne croyez pas ?

— Et les voitures ?

— S'il pleut, ce sera une catastrophe.

— Ce sera génial, non ?

— Il y a une brochure d'information à la mairie.

— Des tables et des chaises.

Elles se mettent à parler toutes en même temps et on ne comprend plus rien. Sylvia y met le holà en levant les mains et en criant :

— Du papier et un crayon, du papier et un crayon !

Elle ouvre le tiroir du buffet puis s'assied devant un bloc-notes, un stylo à la main.

— Barbara, tu disais que tu te chargeais de la déco ?

— Oui, dit une dame assise sur le canapé. Ce sera un D rose sur un triangle rouge pour Diana et un C bleu pâle sur un triangle bleu marine pour Charles. Entre les deux, des triangles blancs avec des cœurs.

D'une même voix, elles s'exclament :

— Aaah !

Sylvia prend note.

— Maxine, les chapeaux Union Jack. Sheila, où est-elle ? Ah, la voilà. Des tables à tréteaux, six en tout. Ann, tu téléphones à la mairie. Rose, tu as dit que tu pouvais trouver des chaises. Quoi d'autre ?...

Sylvia désigne une dame de la pointe de son stylo.

— ... Tu te rappelles, Sue, tu as parlé de petits-fours.

Comme Sue est en train de mastiquer, elle réplique en parlant du coin de la bouche :

— Friands aux saucisses et quiches.

Sylvia écrit sur sa feuille et continue d'attribuer à chacune une tâche jusqu'au moment où elle doit passer à la page suivante du bloc-notes.

Leon a terminé son repas mais il ne bouge pas : elles sont trop nombreuses entre lui et le couloir. Quelqu'un fait circuler un magazine sur le mariage princier. Quelqu'un d'autre dit qu'elle fera une princesse ravissante.

— Une reine, tu veux dire, la reprend Sylvia.

Elles répètent toutes en chœur :

— Oui, une reine.

Le silence s'installe. Au bout d'un moment, Sylvia se lève.

— On a du pain sur la planche. Prochaine réunion chez...

— Moi, dit Sue.

Elles se lèvent dans un même élan, munies de leurs sacs à main, de leurs magazines, de leurs plats à gâteaux. La liste de Sylvia est toujours sur le canapé. Leon la voit très bien de la cuisine. Le stylo est en train de glisser entre les coussins. Il espère que l'encre va couler et laisser une tache. Ça se bouscule dans l'entrée alors qu'elles s'en vont toutes en même temps. Leon descend de sa chaise, contourne le canapé, ramasse la feuille de papier, la fourre dans sa poche et tente de filer sans se faire remarquer. Mais ce serait trop beau. Elles lui tapotent la tête ou la joue et disent : « Qu'il est mignon » ou « le petit amour ».

Dans sa chambre, il s'assied sur son lit. Il lit la liste de Sylvia. De la nourriture, des noms, de la nourriture, des noms, de la nourriture, des noms. Il plie la feuille en deux puis encore en deux jusqu'à former un petit carré qui tiendra dans sa boîte à crayons.

Comme il n'y a pas école, Sylvia lui permet de regarder les infos de 22 heures. C'est barbant, Leon n'écoute qu'à moitié mais au moins il n'est pas couché. Dès qu'il est question de Lady Diana, Sylvia monte le son.

— Regarde... cette robe, dit-elle. Ce rouge. Il faut un foutu courage à une blonde pour porter un rouge pareil.

L'instant d'après, elle se penche brusquement en avant en se couvrant la bouche.

— Misère ! C'est Carpenter Road !

Elle se rue à la fenêtre et ouvre en grand les rideaux. Puis elle ouvre la porte et inspecte la rue dans les deux sens. Leon la suit. Des gens rassemblés en petits groupes, bras croisés, arpentent la chaussée. Une ambulance passe en trombe, puis un camion de pompiers, puis une voiture de police. Encore une autre voiture de police, mais celle-ci s'arrête. Les piétons convergent vers elle.

Leon observe depuis le pas de la porte. En même temps qu'une odeur de feu de bois, il y a de l'excitation dans l'air. Il sait où se trouve le sac à main de Sylvia. Il s'éloigne de la porte à reculons. Le fermoir est sur le dessus du sac. Le sac s'ouvre sans difficulté. Il voit un billet de dix livres et quelques pièces de monnaie. Il contemple le billet en silence en songeant à tout ce qu'il pourrait faire avec. Il prendrait le train pour retrouver sa maman. Il prendrait un taxi pour la rejoindre. Puis ils iraient tous les deux chercher Jake. Il achèterait des cannettes de soda à Tufty. Il se saisit du billet et palpe le papier à la fois lisse et craquant. Il pourrait le garder plié avec la liste de Sylvia et le glisser dans sa boîte à crayons ou sa taie d'oreiller. Les yeux toujours rivés sur le billet, il remet celui-ci à sa place dans le sac. Il prend une pièce de vingt pence et deux de dix. Il laisse beaucoup d'autres pièces afin qu'elle ne s'aperçoive de rien. Comme il veut éviter qu'elles tintent dans sa poche, il les tient dans sa main, bien serrées. Il retourne dans l'entrée pile au moment où Sylvia rentre.

— Carpenter Road, dit-elle. Ils sont en train de casser des vitrines et de piller les magasins sur Carpenter Road. Carpenter Road. J'arrive pas à y croire ! Ça grouille de poulets là-bas. Il y a deux magasins incendiés. C'est Beyrouth, ma parole !

Elle s'assied sur la banquette et allume une cigarette.

— C'est tout près de chez nous, en plus.

Leon se tait. Elle se tourne vers lui.

— Tout va bien, mon canard. T'inquiète donc pas. Viens par ici.

Elle le prend fermement par les deux poings. Leon sent les pièces qui mordent la chair de sa paume.

— Te fais pas de bile. Il se passe rien par ici. On n'a rien à craindre. Maintenant... au lit !

Leon reprend vite ses mains et file dans sa chambre. Il cache les pièces dans ses chaussures d'école qu'il met sous son lit. Il respire l'odeur du métal dans ses mains.

23

Léon a un nouveau tee-shirt Batman et des baskets blanches neuves avec des lacets noirs. S'il les met pour aller aux jardins, il va les salir, d'un autre côté, s'il ne les met pas, personne ne les verra. Sylvia veut qu'il porte un short parce qu'on est en juin, mais les seuls qu'il aime sont ceux de Tufty en jean.

— On peut le couper ? demande-t-il en lui montrant son jean.

Sylvia plisse les yeux.

— Quoi ?

— J'ai vu des garçons avec des jeans coupés. Je peux faire pareil ?

Sylvia tient le pantalon devant lui.

— Il est trop court pour toi, de toute façon. Attends.

Elle va chercher les ciseaux dans le tiroir de la cuisine et coupe les jambes. Elle roule le bas pour que ça paraisse bien propre et net, mais Leon a l'intention de les dérouler dès qu'il sera dehors.

— Ça te va ? dit-elle en lui montrant le résultat.

Il fonce dans sa chambre pour l'enfiler. Ainsi équipé de son tee-shirt Batman, de ses baskets blanches et de son short à la Tufty, il a l'air beaucoup plus vieux, on lui donnerait peut-être même quinze ans.

— La classe ! dit Sylvia en le regardant sortir par la porte de derrière et enfourcher son vélo. C'est quoi les noms de tes copains ?

— Qui ?

— Les gamins du parc. Pourquoi ils passent pas te prendre ?

Leon hausse les épaules et serre les freins.

— Je pourrais t'apporter un pique-nique si tu veux.

Leon ouvre la barrière de la rue.

— Je parie que tu préférerais te faire arracher les ongles, dit-elle alors qu'il démarre. Sois pas en retard !

Elle a sa voix qui sourit.

Leon a quarante pence en poche. Il fait une halte chez le marchand de journaux. Ce n'est pas comme celui du quartier de Maureen qui ne vendait que des magazines, des bonbons et des cigarettes. Dans celui-là, il y a du papier toilette, des bocaux de crème anglaise, de la lessive et des choux sur un étal dehors. S'il manque quelque chose à Sylvia, elle envoie Leon chez le marchand de journaux.

Quelquefois c'est un vieux Pakistanais qui tient la boutique, d'autres fois c'est un jeune. Le jeune ne lève jamais les yeux de son journal, mais le vieux suit parfois Leon comme une ombre et veut savoir ce qu'il cherche.

— Je peux avoir un Raider, s'il vous plaît ? demande-t-il.

Les chocolats et les bonbons sont rangés en hauteur près de la caisse. Le vieux monsieur tend la main pour qu'il lui donne l'argent.

— Et des bonbons au caramel, ajoute Leon.

— Vingt pence.

Leon n'aime pas payer avant mais il donne quand même l'argent et le vieux monsieur lui passe ses friandises. Puis il continue à fixer Leon comme si ce dernier n'avait pas payé.

— T'as vu la vitrine ?

— Non, répond Leon.

Il remarque alors qu'un grand morceau de carton occulte le bas de la porte vitrée.

— T'as pas vu ce qui s'est passé ? Des gens ont tout cassé, ils ont jeté des pierres. Pourquoi vous faites ça ?

— J'ai rien fait, dit Leon en poussant son vélo vers la sortie.

Leon ne jette des pierres que par-dessus les grilles des jardins partagés et seulement quand il aide Tufty à bêcher son potager. Le Pakistanais se trompe de personne.

Il arrive à pédaler en mangeant son Raider. Ces barres sont comme du caoutchouc, il faut les mastiquer longtemps mais si on les tient dans la main ou si on les met dans sa poche, elles fondent. C'est pour ça qu'il faut les manger vite.

Il descend de son vélo au portail et le pousse pour passer devant M. Devlin. Lui aussi a fait un wigwam de tiges de bambous comme Tufty. Il a un sac de graines à la main et se balance d'un pied sur l'autre. Lorsqu'il aperçoit Leon, il l'appelle.

— Viens par ici ! Je voudrais te montrer quelque chose, mon garçon.

L'haleine de M. Devlin sent le whisky aigre.

Il prend une poignée de graines qu'il laisse filer entre ses doigts pour les répandre à la base de chaque tige de bambou, quatre ou cinq graines marron qui forment un petit tas.

— Enfonce-les, allez, enfonce-les dans la terre. T'es pas au spectacle.

Leon les pousse du bout du doigt, chacune dans son trou. Il s'accroupit afin de ne pas salir son nouveau short et marche en canard autour des bambous en suivant M. Devlin, qui zigzague un peu et n'arrête pas de parler.

— À São Paulo, la bonne saison dure plus longtemps. C'est ça la différence. Pas de gelées. Des nuits fraîches. Pluvieuses. Ha ! T'es trempé jusqu'aux os. Pauvre imbécile. Non, non, pas imbécile. Faut pas dire ça.

On dirait qu'il parle au téléphone et que quelqu'un lui répond. Il regarde soudain Leon et pose la main sur son épaule.

— Il avait tellement d'énergie, comme moi quand j'étais gamin. Incapable de tenir en place. Il voulait jamais s'asseoir ! Toujours à courir à toute blinde. Elle ne l'a jamais rattrapé.

M. Devlin se dirige vers sa cabane et revient avec un vieil arrosoir verdâtre et une bouteille en plastique. Quand il reprend la parole, on croirait entendre un enfant.

— Tu peux m'aider, s'il te plaît ? S'il te plaît, t'es gentil... t'es gentil.

Ils arrosent ensemble les graines comme Tufty lui a montré. M. Devlin a cessé de parler. Leon l'observe du coin de l'œil. Il a un visage triste et les lèvres serrées.

— Il faut que j'y aille, dit Leon.

M. Devlin ne se fend même pas d'un au revoir. Il ne marche pas droit en retournant à sa cabane, les épaules voûtées, le pas lourd. Leon trouve qu'il paraît beaucoup plus vieux que d'habitude.

On joue de la musique quelque part, du reggae. Tufty a dû se procurer un transistor. Mais quand Leon arrive sur son carré, il n'y a personne et la musique s'est tue. Leon ouvre la porte de la cabane. Tufty est là, ainsi qu'une énorme, une gigantesque radiocassette. Elle est plus large que le torse de Tufty, avec deux haut-parleurs ronds sur le devant et plein de boutons et de cadrans. Tufty tient un paquet de piles dans la main. Il vient d'ouvrir l'arrière de l'appareil.

— Waouh ! s'écrie Leon. C'est quoi ?
— Un ghetto blaster. Panasonic 180.
— C'est à toi ?
— Me demande pas combien ça coûte. J'ai pas les moyens, tu sais.
— Ça a coûté combien ?
— On n'a qu'à dire l'argent de poche de toute ta vie multiplié par ton âge. Je l'ai apportée ici pour avoir de la musique pendant que je jardine. Les piles viennent de rendre l'âme. Enfin, j'espère que c'est les piles. La seule fois où je la sors de chez moi, et voilà le travail. Si jamais ce truc-là se pète, je le rapporte direct au magasin.

Tufty insère les huit grosses piles et referme le capot en plastique. Il pose le ghetto blaster sur le banc.

— Voyons, maintenant. Croise les doigts.

Leon croise tous ses doigts et les lève pour montrer à Tufty. *Clic. Dooouuufff. Dooouuufff.* Le son est tellement grave qu'il a l'impression d'entendre rouler un train.

— Ouais, Man ! crie Tufty. Tu sens ça ?

Leon pose ses mains sur sa poitrine et se met à glousser.

— King Tubby, Star. Le roi du Dub, c'est King Tubby.

Tufty tourne un bouton et la ligne de basse, lourde comme du béton, fait trembler les parois de la cabane. *Douff, douff, douff. Douff, douff, douff.*

Tufty hoche la tête en cadence et ferme les yeux. Il se renverse en arrière, bascule en avant, en arrière, en avant, hoche la tête en rythme avec la musique, bascule en arrière. Il est dedans, totalement, et Leon commence à le sentir aussi. Une onde chaude qui naît au creux de son ventre et lui grimpe jusque dans le cou. Il se met à hocher la tête et à se balancer. Quand il ferme les yeux, la sensation est plus forte, il sent ses bras se lever d'eux-mêmes et ses pieds se mettent à frapper le plancher.

Douff, douff, douff. Douff, douff, douff.

Il n'y a pas de variation dans la mélodie, seulement la pulsation de la basse, répétitive, sans fin, comme le marteau qui scande les battements de son cœur.

Douff, douff, douff.

Lorsqu'il rouvre les yeux, Tufty est debout, les bras croisés, une main levée devant la bouche pour cacher un immense sourire.

— C'est ça ! Tu la sens ! Tu la sens, hein ? C'est ça l'effet du Dub. T'étais où, là ? T'es allé quelque part ?

Leon fait signe que oui.

— C'était bon ?

— Oui.

Tufty applaudit et éclate de rire.

— Toi et moi, Star, on est bien. Ouais ! Viens, j'ai d'autres morceaux pour toi.

Tufty passe plusieurs chansons et lui donne le nom des chanteurs : King Tubby, Bob Marley, Dennis Brown, Burning Spear, Barrington Levy. Leurs noms se confondent en un seul son.

Douff, douff, douff. Black Power. Douff, douff, douff. Black Power.

En enfourchant son vélo, Leon pense à Jake : où est-il, que fait-il et comment Leon pourrait-il le retrouver ? Il pense à Jake tapant sur son tambour de bébé en rythme avec la musique de Tufty. Leon pédale en cadence, *Douff, douff, douff*, jusqu'à la maison.

24

Comme le trajet jusqu'au centre de l'aide sociale à l'enfance dure une éternité, Leon est obligé d'écouter deux fois les infos. En voyant débarquer la zèbre, il s'était dit qu'elle allait lui offrir un autre cadeau du même style que le BMX parce qu'elle lui annonçait une surprise. Mais c'est beaucoup mieux qu'un vélo. Sa maman est de retour. Il s'est précipité dans sa chambre, a attrapé son sac à dos et s'est installé à l'arrière de la voiture, mais la zèbre s'attarde sur le pas de la porte à bavarder pendant une plombe avec Sylvia. Leon descend sa vitre pour mieux entendre.

La zèbre commence par parler de Maureen.

— Il va falloir qu'elle y aille mollo quand elle sortira.

— C'est surtout son poids qui pose problème.

— C'est une de nos meilleures mères d'accueil mais je ne crois pas qu'elle aurait la force de s'occuper d'un autre gamin aussi énergique que celui-là.

— C'est ce que je pense aussi.

— Elle est tellement dévouée. J'aimerais qu'on en ait plus des comme elle.

— Je vais lui causer sérieusement quand elle sortira, c'est moi qui vous le dis.
— Elle manque à Leon, pas vrai ?
— Elle me manque à moi aussi.
— On cherche une solution permanente pour Leon. Un placement en famille d'accueil à long terme, ce serait l'idéal, mais c'est pas facile à trouver. Il y a des facteurs de compatibilité à prendre en compte, ainsi que d'autres...

Sylvia enchaîne ensuite avec le mariage princier.
— Je me demande à quoi va ressembler sa robe ?
— Je suis pas royaliste pour un sou mais je pensais qu'on aurait au moins notre journée.
— C'est une honte, dit Sylvia en reculant d'un pas.

La zèbre se penche à l'intérieur de la maison.
— Quand tu sais ce qu'ils ont dépensé. Cet étalage de luxe, toute cette pompe, tous ces falbalas. C'est une vitrine pour la monarchie, l'addition va être salée, avec toutes ces têtes couronnées et ces chefs d'État européens qu'on fait venir en avion. À ton avis, qui paye pour tout ça ?
— Ils ont sûrement leurs propres avions.
— Mais les hôtels, les voitures, le repas de mariage.
— Nous, on fait une fête de rue, dit Sylvia, la main sur la poignée de la porte.

La zèbre sort ses clés de voiture de sa poche et les fait tinter entre ses doigts.
— C'est une jolie fille, mais j'aimerais pas être à sa place.
— Ah, bon ?

Sylvia adresse un signe à Leon.
— Sois sage !

Puis elle se fend d'un sourire :

— ... À tout à l'heure !

Dans la voiture de la zèbre, ça continue. Le mariage princier, les émeutes, l'Irlandais mort suite à sa grève de la faim, le pape qui s'est fait tirer dessus et ainsi de suite. Leon imagine un avion venant d'Europe rempli de têtes couronnées. Les têtes oscillent ou roulent des sièges comme des ballons trop lourds. Certaines sont françaises, d'autres espagnoles, mais personne ne peut le deviner tant qu'elles ne parlent pas. Leon rit tout seul. La zèbre le regarde dans le rétroviseur.

— T'es content de voir ta maman, Leon ?
— Oui.
— Je suis ravie pour toi, mon coco. C'est un grand jour. Il y a longtemps que t'attends ce moment. Ça fait quelques mois que tu l'as pas vue, hein ?

Elle se gare dans le parking du centre de l'aide sociale à l'enfance et coupe le moteur. Elle se trémousse un peu sur son siège et se tourne vers lui.

— La dernière fois que ta maman est allée te voir chez Maureen, ça s'est pas tellement bien passé. C'est pour ça qu'on est là...

Leon opine.

— Et dernièrement, les choses ont un peu dérapé, n'est-ce pas, Leon ?

Leon ne dit rien.

— Tu mens. Tu réponds en classe. Tu chipes des trucs qui sont à Sylvia.

Leon la dévisage.

— Elle n'est pas aveugle, Leon.

Il tourne la tête vers la fenêtre. La zèbre attend qu'il la regarde de nouveau.

— Bon, on va procéder par étapes. Nous, ce qu'on veut, c'est que tu sois heureux, Leon. C'est vrai, je

t'assure, mais ça signifie aussi que tu dois être sage. Tu te rappelles, quand je t'ai emmené voir Maureen, tu m'as fait une promesse ? Tu te rappelles ta promesse ?
— Oui.
— C'était quoi ?
— Si je suis sage, tu me conduiras encore une fois voir Maureen dans ta voiture.
— Et ?...
— Et il faut que j'arrête de voler.
— Et ?...
— Et Jake est avec ses nouveaux parents.
— Oui, mais ça ne faisait pas partie de la promesse, Leon, c'était...
— Et je peux pas voir ma maman chaque fois que je le demande.
La zèbre ferme les yeux et se gratte le front.
— Je sais que c'est dur, Leon...
Elle détourne la tête vers sa fenêtre.
— ... Foutrement dur.
Elle tousse.
— Bon, ta maman est là-dedans, dans le centre, là-bas. Elle n'est pas encore très en forme mais elle dit qu'elle est en état de supporter une visite. Elle aussi a fait un long voyage, elle est peut-être fatiguée.
— Elle est venue avec le type ?
— Non, on a dû aller la chercher. Deux heures aller, deux heures retour. Charmant voyage pour moi à huit heures du matin. Allez, viens, prends ton sac.
Le centre de l'aide sociale à l'enfance sent le café noir et le détergent, comme un hôpital sans docteurs. Les assistantes sociales sont assises à leur bureau. Il y a des gens partout vissés sur des chaises, ils attendent quelque chose. Une femme au bras cassé

est en train de crier. Une employée prend des notes dans un dossier parce que les services sociaux ont besoin de savoir la date où les gens ont crié, la date des visites, la date où on leur a enlevé leurs enfants. Leon sait ce qui est écrit sur sa feuille : *8 juin. Elle crie. Elle a le bras cassé. Ses deux enfants crient et courent dans les couloirs.*

Leon ne voit sa mère nulle part mais il suit la zèbre qui connaît tout le monde dans cet endroit.

— Ça va, Pat. Ça va, Leslie. Glynis ! Glynis ! Salut ! Je t'avais pas vue depuis des siècles. Je reviens tout de suite, faut juste que je lance cette visite. Ça va, Bob. C'est toi qui es en charge de ma visite ? Non ? C'est qui alors ?

La zèbre parle à un homme en chemise écossaise. Il est au téléphone.

— Bob ? J'ai dit, qui s'occupe de ma visite ?
— Bernie vient de finir. Elle peut me remplacer.

La zèbre le dévisage fixement.

— Je crois pas, Bob.

Elle demande à Leon de s'asseoir pour rester seule dans le bureau. Mais il entend quand même.

— Comment est-elle ? Où est-elle, Bob ?

La zèbre a l'air de mauvaise humeur. Leon se rend compte qu'elle est la supérieure hiérarchique de Bob et que Bob ne l'aime pas.

— Elle est au parloir. Elle s'est pas fait la malle. Elle a pris un sandwich et du café. Elle fume comme un pompier.

— Bon, elle est toujours là, c'est déjà ça.

— Elle a fait une petite promenade dans le couloir il y a quelques minutes en marmonnant. Je crois qu'elle cherchait les toilettes ou la sortie ou quelque chose, mais ensuite elle est retournée dans la salle. Elle te réclame, au fait.

— Moi ?

— Elle veut savoir quand tu vas venir et combien de temps il va falloir qu'elle patiente encore.

— On est toujours puni pour une bonne acti… dit la zèbre.

Elle aperçoit Leon à la porte.

— Viens par ici, mon petit.

Ils remontent le couloir jusqu'à une petite pièce avec deux canapés et une table basse sur laquelle sont posés des jouets. C'est des jouets pour bébé mais Carol tourne et retourne une petite poupée et la rapproche de son visage comme si elle essayait d'y décoder un message. Elle ne remarque même pas que Leon est entré. La zèbre est obligée de lui dire :

— Carol ? Carol ? On est là. Leon est ici.

Elle se tourne lentement et sourit mais elle ne le regarde pas vraiment. Ses cheveux sont coiffés avec la raie du mauvais côté et elle est très maigre, encore plus maigre qu'avant : elle flotte dans son jean. Mais surtout, on dirait qu'elle pleure depuis des jours et des jours, elle a des yeux comme liquides, comme si elle venait de se réveiller et qu'elle avait fait un cauchemar, comme si elle n'avait jamais été heureuse de toute sa vie.

Elle l'entoure de ses bras, comme autrefois, et lui fait un gros câlin. Leon se sent à nouveau désolé pour sa maman parce que personne ne s'occupe d'elle. Elle le tient par les épaules.

— J'arrive pas à croire comme t'es grand. C'est toi, vraiment ?

Leon s'assied et dépose son sac à dos.

— Comment tu vas, Leon ? demande-t-elle en allumant une cigarette.

La fumée dans la pièce est si dense que la zèbre ouvre la fenêtre et brasse de l'air frais vers l'intérieur.

— Carol, si tu veux bien rester devant la fenêtre quand tu fumes ? C'est pas bon pour les enfants. Il y a des gens qui vont venir ici après toi. Des femmes avec leurs bébés. Des familles. Merci.

Carol ne bouge pas. Leon ouvre son sac et contemple sa collection. Sylvia lui a demandé d'apporter des papiers.

— C'est mon bulletin, dit-il.

Carol le met sur ses genoux.

— Tu es doué ?

Leon lève les yeux vers la zèbre debout à la fenêtre, les bras croisés.

— Oui, répond-elle à sa place. Il est doué.

— Tu es sage ?

Leon fait oui de la tête.

— Et j'ai eu une bonne note en math.

Carol commence à lire le bulletin. Elle tourne lentement la page et de temps en temps, elle lève les yeux pour lui faire un sourire. Puis elle se tourne vers la zèbre.

— C'est une visite surveillée ?

La zèbre fait mine de sortir.

— Tu veux quelque chose à boire et à grignoter, Leon ? Carol, une boisson fraîche, ou un autre café ?

Carol ne répond pas. Elle met des siècles à lire le bulletin. Leon commence à s'énerver. Même lui il peut lire plus vite que Carol, et il n'a même pas encore dix ans.

— Je t'apporte du café, d'accord ? hurle la zèbre avant de claquer la porte.

Carol lève les yeux.

— Elle est pas sympa, hein ?

Leon hoche la tête.

— Et elle ressemble à un putain de blaireau.

Leon fait un large sourire, Carol rigole un peu, puis ils rigolent tous les deux, et une fois partis, ils ne peuvent plus s'arrêter. C'est un torrent de rire qui jaillit de l'intérieur en lui déchirant le ventre et la gorge. Carol est comme lui. Elle se balance sur son siège et se tient les côtes. Des larmes mouillent ses yeux mais ce sont de bonnes larmes. Leon n'a pas à se faire de souci. Elle lui montre ses cheveux du doigt et essaye de dire quelque chose, mais elle ne peut pas à cause du fou rire. Puis elle se met à imiter les gestes d'un animal. Leon se prend à deux mains le cou qui lui fait mal, sa mâchoire lui fait mal, la douleur découpe un grand carré blanc dans son esprit. Il aimerait pouvoir rire tout le reste de sa vie.

Carol se met à quatre pattes et renifle les jambes de Leon à la manière d'un chien. C'est toujours très drôle. Elle jappe, elle griffe les jambes de pantalon de Leon. Elle ne rit plus, Leon non plus. Elle essaye de le chatouiller mais ses doigts sur sa poitrine sont trop doux. Il les sent à peine à travers son tee-shirt. Il respire l'odeur de tabac de son haleine, forte, fétide. Elle penche la tête de côté, les yeux écarquillés.

— Tu te rappelles, Leon ? Tu te rappelles ?

— Oui.

— Tu te rappelles ?

— Oui, maman.

Il prend les mains de Carol dans les siennes pour

qu'elles se tiennent tranquilles et elle pose sa tête sur les genoux de Leon.

Au retour de la zèbre, Carol se lève et se rassied sur sa chaise.

— Tout va bien ici ? demande la zèbre.

Carol hausse un sourcil en regardant Leon, comme s'ils partageaient un secret. Elle allume une cigarette, va se poster devant la fenêtre. Elle souffle la fumée vers les arbres. Il fait beau dehors mais dans les centres d'aide sociale à l'enfance, ils gardent toujours ces éclairages bleutés qui rendent tout plus moche, les jouets, les meubles, les gens. Lorsque la zèbre s'en va, Leon rejoint Carol à la fenêtre.

Elle lui prend la main et la serre dans la sienne.

— Tu reviendras ? Tu reviendras pour mon anniversaire ?

Carol ferme les yeux et prend une grande inspiration tremblotante. Leon s'attend à ce qu'elle pleure.

— Tu as vu Jake, Leon ?

— Non, j'ai pas le droit.

— Moi non plus, moi non plus. Tu te rappelles comment il est, Leon ? Tu te rappelles quand il piquait ses crises ?

Leon se tait.

— Il débordait de vie, ce gosse. Comme son papa.

— Il éternuait cinq fois, dit Leon. Ou six fois. Il faisait des bulles avec son nez quand on lui donnait son bain.

— C'est vrai ! Une fois il a eu cette horrible toux et j'ai dû l'emmener au docteur sous une pluie battante. Tu te souviens ?

Leon ouvre son sac à dos et en sort le Bisounours.

— Regarde, dit-il.

— Comme il est joli.
— Il est à Jake. Maureen me l'a donné.
— C'est elle qui l'a acheté ?
— Je sais pas. Tu as toujours la photo de Jake ?

Carol regarde par la fenêtre, à gauche, à droite, comme si elle cherchait le type à la voiture de course.

— Je déteste ces endroits, dit-elle.

Quand elle soupire, son corps entier tremble et elle serre brièvement mais très fort la main de Leon. Elle s'appuie au rebord de la fenêtre et se cogne le front contre la vitre.

Leon ne sait pas s'il pourra se rappeler comment fait Jake mais il cherche à ajuster sa voix. Il commence par produire des bruits qui ne vont pas du tout et puis soudain il y arrive.

— Yiiiyyii, yiiiyyii, tatta, tatta.

Carol le regarde.

— Yiiiyyii, yiiiyyii, tatta, tatta.

Leon bouge la main comme Jake quand il tape un jouet sur sa chaise haute.

— Leon ! Leon ! Ta-ta, ta-ta.
— C'est comme ça qu'il fait ?
— C'est comme ça qu'il dit, maman. Exactement comme ça.

Ils se serrent dans les bras l'un de l'autre. Il sent sa poitrine se soulever et les soubresauts de ses sanglots. Leon doit lui dire.

— Je pourrais être lui, maman. Tu pourrais revenir pour moi et quelquefois je pourrais être lui.

25

Leon rêve qu'il est debout dans une casserole que lèchent de hautes flammes blanches. Il est tellement huileux qu'il n'arrive pas à s'en extraire. L'ogre va le manger pour son dîner. Leon court pieds nus sur du sable brûlé. Il y a des hectares et des hectares de sable à perte de vue et nulle part où se cacher. Si jamais il s'arrête de courir, un pied de géant va l'aplatir comme une crêpe. Il a une soif dévorante. Il veut crier mais il a la gorge râpeuse et quand il ouvre la bouche, des gens lui disent « non ». Alors il répond « non » et eux disent « non » plus fort, alors il dit « non, non et non », et puis Sylvia le réveille.

Dehors il fait nuit. À l'intérieur les lampes sont toutes allumées.

— Allons, allons, dit Sylvia en l'obligeant à s'asseoir. Bois ça. C'est bien. Tout.

Elle pose sa main sur son front, puis sur sa joue.

— Tu es brûlant, dit-elle. Voilà la raison de tout ce tapage.

Il boit avidement et rejette sa couette.

— Je me sens pas bien.

— Non, mon canard, dit-elle. Et t'as pas bonne

mine non plus. Je vais te chercher encore un peu d'eau. Bouge pas.

Il décolle le dos du drap poisseux, se lève et essaye d'ouvrir la fenêtre. Sylvia lui ordonne de se recoucher.

— Laisse-moi faire, dit-elle.

Dès qu'elle a ouvert, un courant d'air merveilleusement frais pénètre dans la chambre. Il se sent tout de suite mieux.

— Maintenant, bois ça et avale ces deux comprimés. C'est écrit pas avant douze ans, mais même si t'as pas l'âge, t'as la taille. Ça peut pas te faire de mal.

Autant avaler deux morceaux de craie. Il met des siècles à les faire descendre dans son gosier en feu. Il a très chaud à la tête.

— Là, là, pleure pas, dit Sylvia en lui prenant la main. Si tu veux mon avis, t'as la grippe, c'est tout. Ça va pas te tuer. Plus une dose de gros chagrin. Tu m'étonnes. Allez. Remets-toi au lit, on va faire baisser ta température.

Elle prend la BD sur la table de chevet et s'en sert comme d'un éventail pour lui envoyer de l'air frais sur la figure et sur le dos. Sylvia n'est pas aussi gentille que Maureen mais elle est plus futée.

— Tu peux me raconter une histoire ?

Elle ne dit rien, puis elle soupire.

— J'ai trop envie d'une clope... Enfin, ça te fera pas dormir. Bon, d'accord. Attends, je réfléchis.

Elle réfléchit longtemps. Leon finit par se dire qu'elle n'est peut-être pas capable de lui faire du vent et de lui raconter une histoire en même temps. Comme il préfère le vent, il ne dit rien.

Sylvia se fige subitement.

— Tiens, j'en connais une, dit-elle en recommençant à agiter la BD. C'est l'histoire d'un motard qui fonce sur sa moto sur une route déserte au milieu d'une forêt quand il se trouve nez à nez avec le lapin de Pâques. Il fait tout ce qu'il peut pour l'éviter mais, rien à faire, la collision est inévitable ! Il voit dans son rétroviseur la malheureuse petite bête faire des pirouettes sur le bitume, puis tomber sur le dos, oreilles étendues, avec un petit râle. Pris de remords, il s'arrête, ramasse le lapin de Pâques inconscient, achète une petite cage et l'y installe douillettement, avec un tas de carottes pour quand il se réveillera. Le lendemain, le lapin se réveille, aperçoit les barreaux de la cage, se prend la tête entre les pattes de devant et s'exclame : « Enfer et damnation ! J'ai tué le motard ! »

Elle a cessé de lui faire du vent et Leon a sommeil.

— C'est tout ? dit-il.

— Oh, non. Le motard en voyant que le lapin est sain et sauf lui ouvre la porte de la cage. Voyant le motard sain et sauf, le lapin, qui a bondi de la cage, se retourne à la dernière seconde pour lui dire au revoir avec la patte. Ensuite il part pour d'autres aventures. Toi aussi, tu auras des aventures dans ta vie. On en a tous, certaines sympas d'autres pas terribles. Pour toi en ce moment c'est plutôt « pas terrible ».

— Qu'est-ce qui lui arrive d'autre ?

— Ça suffit pour ce soir.

Sylvia va ouvrir un peu plus grand la fenêtre. Elle éteint la lumière et ferme la porte.

— Je repasserai voir si ça va. Dodo maintenant.

Quand Leon se réveille, le soleil brille dehors. Il a encore chaud partout mais sa tête ne lui fait plus mal. Il descend l'escalier.

Sylvia est installée devant la télé avec son café et sa cigarette.

— Et qui voilà ? dit-elle en souriant. Comment se porte notre vaillant guerrier ?

Leon va se chercher un verre d'eau à la cuisine et s'assied à côté de Sylvia.

— J'ai chaud. Je suis obligé d'aller à l'école ?

— Quoi ? Il est une heure de l'après-midi, mon canard. L'école, c'est raté pour aujourd'hui. Tiens, avale-moi ça.

Il avale les deux comprimés, se pelotonne sur le canapé et ferme les yeux. Il se rappelle ce que lui a dit Maureen : pour éviter les mauvais rêves, il faut penser à des choses agréables. Il pense de toutes ses forces à Noël et à son anniversaire et aux cadeaux. Il pense à l'incroyable Hulk et baisse les yeux sur sa poitrine. Un jour, s'il se met en colère assez fort, elle grossira tellement que ses vêtements se déchireront sur lui. Personne ne pourra l'empêcher de faire ce qu'il veut. Il pense qu'il aura des superpouvoirs comme Superman ou Batman, puis il sent que Sylvia étend une couverture sur lui.

Une fois, au parc, quand il était petit, sa maman avait étalé la couverture sur lui exactement comme ça. Il était allongé dans l'herbe. Il se rappelle l'odeur de la terre, le gratouillis des feuilles sur ses jambes. Le ciel était très loin tout là-haut, il y avait du silence, c'était tranquille. Sa maman lui chantait quelque chose, mais c'était plus comme un murmure. Son papa était là aussi. Il lisait le journal adossé à un arbre.

Leon avait son ballon bleu et rouge, et son Action Man. Il l'avait laissé ensuite au parc et son papa lui avait promis de lui en racheter un. D'ailleurs, il avait tenu sa promesse. Mais ça c'était plus tard. Au parc, au pied de l'arbre, sous la couverture et sous le ciel blanc, il s'était endormi, les mains de sa maman sur son dos, la chanson flottant dans l'air. À son réveil, il se trouvait dans son lit et il faisait nuit. À présent, il se demande s'il y a un autre garçon couché dans ce même lit. Il pense à ce garçon jouant avec ses jouets, se servant de ses affaires, et une rage sourde bouillonne en lui et fait gonfler sa poitrine.

Il rejette la couverture et se dresse sur son séant.

— Trop chaud ? demande Sylvia.

— Je peux retourner dans mon lit... s'il te plaît ?

Dans sa chambre, il sort du placard son sac à dos rouge et le pose sur ses genoux. Il compte les choses qu'il y a dedans. Il ouvre les zips et inspecte sa collection. Après quoi, il place son sac à côté du lit. Sa poitrine a dégonflé. Il se met au lit, ferme les paupières et voit le dos de sa mère, son jean, son cardigan et ses baskets qui s'éloignent dans le couloir du centre d'aide sociale à l'enfance. Il ne la voit pas se retourner ni lui faire au revoir de la main, parce qu'elle n'a fait ni l'un ni l'autre.

Le matin, il se sent mieux et il a une faim de loup. Sylvia pose la main sur son front alors qu'il est en train de manger quatre Weetabix saupoudrés de sucre.

— Vaut mieux éviter l'école encore aujourd'hui. Ça te va ?

Leon court dans sa chambre, s'habille, prend son sac et retourne à la cuisine.

— Je peux faire un tour de vélo... s'il te plaît ?

Sylvia hausse un sourcil.

— Tu te sens comment ? Il fait chaud dehors, tu sais. Bon, vas-y, mais une demi-heure maxi. D'accord ? Combien de temps j'ai dit, Leon ?

— Je peux deux heures... s'il te plaît ?

— Non, retour pour le déjeuner. Il est dix heures et demie. Tu as une heure et demie. Vas-y, file.

26

Les jardins partagés sont presque déserts. Pas de M. Devlin. Pas de Tufty. Seulement quelques vieux messieurs sur des parcelles éloignées. M. et Mme Atwal sont assis dans leurs fauteuils devant leur cabane. Leon leur fait un signe de la main en passant sur son vélo. Il continue à pédaler, traverse les jardins, dépasse le carré de M. Devlin, celui de Tufty, cinq autres potagers, pour atteindre le bout du terrain où des parcelles dont plus personne ne veut sont envahies de grandes plantes oubliées qui montent en graine et étalent leurs feuilles dentelées, épaisses et piquantes entre des arbres rabougris et des sentiers qui se perdent dans la végétation. Et puis il y a une vieille cabane.

Leon pose son vélo derrière la cabane et essaye d'ouvrir la porte. Elle est faite de grosses planches clouées ensemble. Il tire de toutes ses forces à deux mains et une fois à l'intérieur, la porte claque dans son dos en secouant la tôle ondulée du toit qui tremble et gémit. Un gros faisceau lumineux pénètre par un carreau cassé mais la deuxième fenêtre est duvetée de poussière. Personne ne peut le voir mais le bruit de la porte a pu s'entendre. Il jette un coup d'œil dehors. Rien. Des lianes torsadées grimpent en s'accrochant aux murs ; des toiles d'araignées font comme des nids de coton hydrophile dans les coins et pendent entre les poutres qui soutiennent le toit. Des papillons morts et des phalènes mortes sont pris dans de la barbe à papa blanche. Ça sent la terre chaude et le bois sec, pas du tout comme chez Tufty. Il y a des plateaux à semis en plastique retournés qui traînent au sol, une chaise métallique couchée sur le côté et une table en bois de guingois appuyée contre le mur sur des pattes fendillées et inégales. Personne ne s'occupe de cette cabane. Personne ne la veut. Leon s'appuie contre la lourde porte et cale un sac de jute pour la maintenir ouverte afin de laisser entrer un peu d'air frais. Il regarde par le carreau cassé. Il n'y a pas une rangée de légumes en vue, pas de wigwam, ni de citerne à eau, juste des herbes folles qui lui arrivent aux genoux, des touffes énormes de chiendent, un fouillis de buissons. Leon s'assied sur la marche devant la porte. C'est parfait.

Quand Leon rebrousse chemin vers la sortie, plein de gens sont arrivés et certains le saluent de la main. Il marque une halte à la cabane de Tufty et va inspecter les Empereurs écarlates. Les pousses, plus grandes chaque jour, montent lentement vers le soleil enroulant autour des tiges en bambou des tresses de feuilles en forme de cœur d'un vert éclatant, comme sur une illustration de *Jack et le haricot magique*. Leon leur verse toujours une bouteille d'eau quand il s'arrête, même quand Tufty n'est pas dans les parages. Il remplit la bouteille à la citerne et arrose chaque pied jusqu'à ce que la terre soit noire et mouillée.

— Bois, ma petite plante, dit-il.

En prononçant ces mots, il a une drôle de sensation. Quelque chose lui rappelle Jake et il se redresse d'un seul coup comme s'il l'entendait pleurer. Leon a l'impression que Jake est tout près, son cœur se met à battre très fort. « Jake ! Jake ! Où es-tu ? » Il se retourne mais où qu'il pose les yeux, ce ne sont que des vieilles personnes courbées sur leurs bêches et leurs râteaux, pas de bébé, pas d'enfant.

Il a peut-être reconnu un bruit. Jake habite peut-être non loin. Les assistantes sociales mentent peut-être en prétendant qu'elles ignorent où il se trouve. Il tourne sur lui-même, son regard passant des cabanes aux haies, et au-delà, vers les arbres et le sommet des immeubles et encore au-delà, vers les barres des cités et les logements ouvriers qu'il ne voit pas et au-delà encore vers la maison où Jake mène sa vie sans lui.

Il scrute les nuages déchirés, le bleu brumeux du ciel. Quel âge a Jake maintenant ? S'il a appris à marcher, il se sera peut-être sauvé loin de sa famille-pour-toujours et il pourrait bien s'être lancé à la recherche de Leon comme Leon le cherche de son côté. Leon sent le soleil qui tape sur sa tête, un énorme poids dans sa poitrine et le martèlement de toutes les questions auxquelles personne ne répond et soudain les haricots de Tufty se soulèvent vers lui à la manière d'un ballet de plumes vertes flottant dans la brise.

Lorsqu'il reprend connaissance, il est dans la cabane de M. Devlin, assis dans un vieux fauteuil de cuir. M. Devlin est adossé à la porte.

— Tu es malade, dit-il. Il y a un verre d'eau à côté de toi. Regarde. Bois.

Leon trempe ses lèvres dans le gobelet métallique.

— Quand tu auras tout bu, tu rentreras directement chez toi. Tu ne devrais pas être dehors. Tu as de la fièvre.

Leon redresse le dos. Ses jambes sont toutes molles. M. Devlin l'arrête d'un geste.

— Non, pas encore.

Il n'a plus la même voix. Elle est aussi douce que celle de Maureen.

— Reste assis, bien tranquille. Tu vas te sentir mieux dans un moment. C'est le soleil.

— Mon vélo, dit Leon.

— Oui, oui. Bien sûr. Ne bouge pas. Je vais te le récupérer.

Leon se lève lentement et regarde autour de lui. La cabane de M. Devlin lui plaît bien. Il y a des piles de choses partout et des listes punaisées aux murs. Des tresses d'oignons sont suspendues à une canne accrochée au plafond à côté de plantes qui pendent la tête en bas attachées aux poutres par des ficelles. Là-haut, il y a aussi un arc et des flèches en bois qui tournent dans le courant d'air de la porte. Ils sont trop hauts pour que Leon puisse les toucher et de toute façon ils sont pleins de poussière, comme s'ils étaient là depuis des années. Sur le sol, il y a un vieux tapis brun et vert troué au milieu et des caisses peintes dressées qui servent de rangements. On y trouve des bocaux, des sachets de graines aux images fanées, un vieux train électrique, un masque à gaz, une boîte de métal fermée par un couvercle, le crâne blanchi d'un animal et une aile d'oiseau. Sur l'étagère au-dessus de lui, Leon voit des tas de vieux livres, plus de livres qu'il n'y en a à l'école, et une belle théière. Debout dans un coin, il découvre une lance en bois pourvue d'une tête sculptée. Des outils et des bidons d'huile traînent partout. Tout est vieux mais rien n'est sale.

Et dissimulées parmi toutes ces choses intéressantes, des photos de garçons, beaucoup de photos, des douzaines ; cinq ou six de différents garçons bruns et plein d'un garçon en particulier. Sur certaines il est bébé, sur d'autres il a trois ans, puis cinq, puis sept ou huit. Il est si joli qu'il pourrait être une fille. Mais le plus génial, sur un banc en bois, c'est une collection de couteaux dont certains n'ont pas d'étui. Leon cherche des yeux le Kanetsune mais il ne le trouve pas. En hauteur, hors de sa portée, il y a un objet qui ressemble à un pistolet. C'en est un, un vrai. Il est posé au bord de l'étagère à côté d'un bocal en verre crasseux rempli d'un liquide marron. S'il avait un bâton, il pourrait l'atteindre et le faire tomber. Mais il faudrait qu'il l'attrape au vol, sinon, il risquerait de le faire exploser. Ou bien, s'il se mettait debout sur le bras du fauteuil et...

— Le voilà, dit M. Devlin en faisant rouler le vélo de Leon jusqu'à la porte.

Leon est debout près des couteaux.

— Il ne faut pas toucher à ceux-là, ajoute M. Devlin de sa voix redevenue bourrue. Je crois que le mieux, c'est que tu rentres chez toi maintenant, si tu te sens d'attaque.

— C'est quoi toutes ces choses ? interroge Leon.

— Ce sont des affaires qui m'appartiennent, répond M. Devlin en ouvrant grand la porte.

— C'est un vrai pistolet ?

Mais M. Devlin ne répond pas. Leon rentre à la maison en poussant son vélo parce qu'il ne se sent toujours pas très en forme, mais il sait qu'il y a des choses dans la cabane de M. Devlin qu'il a envie de revoir.

27

À cause de ses ganglions enflés, Leon est dispensé d'école pendant une semaine. Sylvia lui demande de ranger vraiment sa chambre et de l'aider à arracher les mauvaises herbes dans le jardin devant la maison. Il faut qu'il nettoie ses chaussures d'école. Il faut qu'il l'aide à réorganiser le placard à linge. Il faut qu'il balaye l'allée et qu'il l'accompagne au supermarché pour l'aider à transporter tout ce qu'elle achète en vue de la fête dans la rue. Des tas de boîtes de saumon, des bouteilles de sirop. Les sacs sont si lourds qu'ils lui entaillent les doigts.

Sylvia tire un caddy débordant de sachets de thé, de boîtes de café, de sacs de sucre et de préparations pour gâteaux.

— On s'y prend en avance. Un peu de ci et de ça par-ci par-là, et le jour venu, on n'aura plus tellement de courses à faire. Il nous reste que six semaines.

Mais Leon, tout ce qu'il veut, c'est aller aux jardins partagés, aller à sa cabane et l'arranger. L'aménager. Il a pris un torchon dans la cuisine de Sylvia et une petite pelle sous l'évier. Il s'est équipé d'adhésif pour le trou dans la fenêtre et de tas d'autres choses utiles.

Il a besoin d'un cadenas parce que M. Devlin en a un, et Tufty aussi, et eux ils savent. Alors, après avoir fait tout ce que Sylvia a demandé, il endosse son sac et s'apprête à sortir.

— Eh ! dit Sylvia. Tu vas où comme ça ?
— Faire un tour en vélo.
— Où ça ?
— Aux grands jardins.
— Tu veux dire au parc ?
— Oui, s'empresse-t-il de répondre. Le parc avec les grilles.

Elle le regarde d'un air pensif puis allume une cigarette.

— Qu'est-ce que t'as dans ton sac ?
— Rien.
— Comme quoi ? Donne-moi un exemple de ce rien, Leon.
— Un ballon pour si jamais je rencontre un de mes amis.
— Deux heures, décrète-t-elle.

Il se précipite dehors.

Comme il a plu ce matin, et le jour d'avant, la chaussée est glissante et noire. Il descend de son vélo à la porte des jardins, au cas où M. Devlin serait là. Il entre en le poussant. M. Devlin est à genoux, un déplantoir à la main. Il se lève en voyant Leon passer. Tufty se tient debout à côté de Castro le rouquin. Alors qu'il lui fait un bonjour de la main, il change d'expression. Leon se retourne. Plusieurs hommes arrivent à pied derrière lui. Ils ne viennent pas voir les potagers et ne sont pas habillés pour jardiner. Ils marchent les mains dans les poches en donnant des coups de pied dans les cailloux. Ils se dirigent droit sur lui d'un air mécontent. Leon sait qu'ils viennent l'arrêter parce qu'il a volé.

La zèbre l'a pourtant prévenu. Sylvia a dû se plaindre. Il repense à tout ce qu'il a fauché et à ce qu'il pourrait dire pour se défendre. Il essaye de trouver des réponses intelligentes mais maintenant il a horriblement envie d'aller aux toilettes et ne peut plus bouger. Sylvia les a envoyés pour qu'ils l'embarquent et le jettent en prison. Les hommes vont bientôt arriver à sa hauteur. Leon lâche son vélo. Ils les regardent tous avancer, M. et Mme Atwal, M. Devlin et tous ceux qui s'occupent de leur carré, ils regardent ces hommes qui sortent du sentier et piétinent les plantations.

Leon enlève son sac à dos et le tient dans ses bras. Il dira pardon et leur rendra tout. Sa poitrine lui fait mal de nouveau et il regrette de ne pas être l'incroyable Hulk, il pourrait tous les battre et s'échapper. Mais les hommes passent devant lui et vont encercler Castro et Tufty.

La bande a un meneur. Il a un blouson de cuir, une fine moustache et une ceinture de cuir sous sa bedaine. Il s'adresse à Tufty avec un sourire.

— Linwood Michael Burrows ? Ça fait un bail. J'avais pas idée que t'étais un amoureux du jardinage, tu vois.

Trois hommes sont entrés dans la cabane et Leon entend des bruits à l'intérieur. Les murs de la cabane vacillent. Un de ses acolytes tourne en rond en piétinant des plantes et en shootant dans les cailloux.

— Earl Parchment, alias Castro. L'un de vous deux

serait partant pour nous donner un coup de pouce dans une affaire ?

Tufty se tait mais Leon voit qu'il écarte les jambes. Il voit Tufty serrer ses lèvres comme s'il voulait empêcher les mots de s'échapper. Leon sait comment il se sent. Castro ouvre grand les bras.

— Putain de Babylon ! Toujours à jouer aux caïds. Vous avez rien sur mes frères et moi.

— Pardon ? dit l'homme. J'ai pas bien entendu.

Il recule d'un pas et regarde autour de lui. Les jardins partagés au complet sont au spectacle.

— Brigadier Ronald Green, du commissariat de Springfield Road, tonne-t-il à la cantonade. Pas de souci, les amis. Une simple histoire de contravention.

Les autres policiers rigolent et le brigadier Green pose un doigt sur ses lèvres et dit :

— Chut… Il se trouve que ce coup-ci je ne recherche ni l'un ni l'autre. Où est Rainbow ? C'est ce que j'aimerais savoir. C'est un pote à vous, non ? Votre « frère », votre *spar*, votre *idren*. C'est comme ça qu'on dit dans votre patois, non ? Quant à toi, Castro, mon petit poil de carotte, dit-il en le poussant, garde tes conneries pour toi.

Tufty retient Castro par le bras.

— Laisse tomber, Man.

— Ouais, dit le policier. Écoute les sages conseils de ton pote. Il aime sa tranquillité, comme son vieux papa. Il est obéissant, pas vrai, Tufty ? T'es jamais qu'un témoin, pas vrai ? Tes couilles sont pas encore descendues, si ?

Le brigadier Green fait semblant de frissonner.

— … Je préfère pas y penser, tu vois. De toute façon, comme je disais, c'est après Rainbow qu'on en a. Ce fouteur de merde avec son couvre-théière, qu'on appelle Darius White. Où il est ?

Ils sont cinq policiers en tout. Leon les a comptés mais aucun ne porte l'uniforme comme la dame qui lui a donné un donut quand Maureen a été emmenée à l'hôpital.

— Il a rien fait, dit Tufty.

— Ah, bon ? C'est pas ce que j'ai entendu. Y a eu des émeutes la nuit sur Carpenter Road il y a quelques jours, et il paraît que ce serait cette grande gueule de Rainbow le meneur. C'est lui qui vous a incités à manifester, à crier des slogans, à agiter des lances, à singer des danses de guerriers. Qu'est-ce qu'il criait déjà ?

Le brigadier Green interroge les autres du regard.

— À bas Babylon, dit l'un d'eux.

Ils rient de nouveau, sauf que leurs rires sonnent faux.

— C'est ça ! À bas Babylon. Oui, il avait les affiches, les bannières, tout ce qu'il fallait. Il a appris à écrire aux frais de Sa Majesté, si j'ai bien compris.

Castro crache par terre.

— Ouais, Rainbow parle au nom de nos frères et du mien.

— Alors, t'en étais, hein, Castro ?

Ils encerclent si bien Tufty et Castro que Leon ne les voit plus mais il entend les injures en jamaïcain que gueule Castro. M. Devlin, qui n'est pas loin, appelle Leon. Celui-ci court vers lui et M. Devlin pose sa main sur son épaule. C'est alors que la bagarre éclate. Leon se félicite d'être à côté de M. Devlin, à cause du Kanetsune. Il a vu M. Devlin s'en servir et, même s'il n'a pas l'air fort, Leon sait qu'en fait, il pourrait découper les gens en petits morceaux comme il le fait avec les buissons et les arbres. Trois policiers s'emparent de Castro ; il se débat, en vain. Green s'écarte et signale aux spectateurs de se disperser.

— Résistance à l'arrestation. Y a rien à voir. Allez, ouste. Circulez.

Ils doivent se mettre à quatre pour traîner Castro dans la rue. Il crie, il se débat. Un des policiers a replié son bras autour du cou de Castro qui essaye de se libérer. De la bave jaillit de sa bouche comme de la gueule d'un chien sauvage. Il perd une chaussure. Son jean est descendu sur ses chevilles. Le brigadier Green, un sourire vissé sur le visage, resserre la ceinture sous sa bedaine.

Tufty hurle :

— Laissez-le ! Laissez-le ! Il peut pas respirer !

Mais le brigadier Green brandit un long doigt qu'il enfonce dans la poitrine de Tufty.

— Il a le sang chaud, votre pote, non ? Toi t'es toujours raisonnable, jusqu'à un certain point. Bon, si tu veux lui économiser quelques nuits au trou et un délit de plus sur sa liste, t'as qu'à me dire où on peut trouver le sieur Rainbow.

Tufty fait un pas en arrière. Tout le monde regarde les policiers qui emmènent Castro, sauf M. Devlin et Leon. Ils observent Tufty. Il entre dans sa cabane et en ressort avec une pelle. Il l'agite sous le nez du brigadier Green comme si c'était une épée puis il la plante dans le sol. La lame se fiche dans la terre mouillée pile devant les chaussures du brigadier. Le manche se balance d'avant en arrière avant de s'immobiliser, tout droit.

— Ici c'est chez moi, déclare Tufty. C'est mon lopin de terre. Ma terre à moi, putain de merde.

Le brigadier Green met ses mains dans les poches et rigole. Il renverse la tête en arrière et rit si fort que la graisse de son ventre tremble comme de la gélatine.

— Ben alors, Linwood. T'as avalé ta chique de travers ou quoi ? Vous me faites poiler. Tous pareils avec votre grande gueule, vos grosses lèvres et votre dialecte à la noix. Mais quand on gratte un peu...

Il donne un coup de pied dans la pelle qui s'effondre.

— Les pelles me font pas peur, Linwood. Mais alors, pas du tout.

Le policier s'éloigne sans se presser en shootant dans les cailloux et en sifflotant. Rien ne bouge pendant quelques minutes, puis Tufty plante ses yeux dans ceux de M. Devlin. Il ouvre les bras et écarte ses doigts.

— Quoi ? Vous avez quelque chose à redire ? C'est pas moi qui les ai invités. Alors, fermez-la, d'accord ?

Il ramasse la pelle, entre dans la cabane et la jette dans un coin. Tout le monde retourne à son jardinage, sauf M. Devlin. Il examine les dégâts que la police a occasionnés sur le sentier. Il examine les plantes qu'ils ont écrasées avec leurs gros souliers.

— Tous les mêmes où qu'on soit sur cette planète, dit-il. Un pois chiche à la place du cerveau et des grands pieds.

Il s'éloigne.

On a toujours recommandé à Leon de s'adresser à un policier s'il avait besoin d'aide, mais ceux-là ne portaient pas l'uniforme et ils se sont mal comportés avec Castro. Leon va regarder à l'intérieur de la cabane. Tufty assis sur un tabouret ramasse des bouts de papier. Toutes ses affiches ont été arrachées du mur. L'homme qui lève le poing au-dessus des mots *Black Power* a eu la tête arrachée. Les graines de Tufty et ses petites pousses font pitié à voir éparpillées par terre.

— Entre pas, dit Tufty d'une voix dure comme s'il s'adressait encore à la police. Tu vois pas que c'est le bordel ? Entre pas avec tes chaussures. Il faut que je voie ce que je peux sauver.

Mais les plantes sont presque toutes cassées ou piétinées. Les images déchirées. Tufty en ramasse une et montre les morceaux à Leon.

— Tu vois ce type ? Il dit qu'on doit pas se battre. Il dit qu'on peut tous vivre en paix. Il dit qu'on doit se tenir à carreau.

Leon ne voit que la moitié de la tête de l'homme noir.

— Ouais ? Tu le vois ? Eh bien, ils l'ont tué. Ouais, ils lui ont tiré dessus et il est mort.

Tufty se lève brusquement et se met à donner des coups de pied dans les plantes et les affiches en miettes, il fracasse son tabouret contre le mur et jette les pots de fleurs en plastique à droite et à gauche, aggravant le désordre. Quand il arrête, il est essoufflé.

— Je vais te dire, Star. Faut que tu saches te défendre. OK ? Tu me vois, là ? dit-il en se frappant la poitrine avec son index. Je fais ce que je peux, tu sais. Mon maximum. Je me tiens tranquille, je cause d'ennuis à personne. C'est à cause de l'éducation que j'ai reçue mais, quelquefois...

Tufty flanque un coup de pied dans le mur tellement brutal qu'une planche se détache.

— Rentre chez toi, dit-il.

Leon recule, ramasse son vélo et rentre chez Sylvia.

Mais le soir, en se couchant, Leon n'arrive pas à dormir. Il n'a pas envie d'être tout seul dans cette chambre. Il sort dans le couloir sur la pointe des pieds et pousse un tout petit peu la porte. Sylvia est dans le séjour scotchée devant une de ses émissions. Il l'entend qui crie les réponses d'une voix plus forte que d'habitude. Elle boit sa bière brune presque noire, sa préférée, avec la mousse blanche. Elle rit en constatant qu'elle avait faux.

— *Blankety Blank* ! hurle-t-elle.

Leon ouvre grand la porte et Sylvia se retourne.

— Toi, cinq minutes pas plus ! crie-t-elle. Et après, au lit.

Ils regardent le jeu télévisé jusqu'au bout. Après quoi, Sylvia le reconduit dans sa chambre. Elle attend sur le pas de la porte qu'il se mette au lit.

— Qu'est-ce qui se passe ? demande-t-elle.

— J'ai vu des policiers aujourd'hui, ils se battaient avec deux Noirs.

— Eh bien, tant que tu fais pas de bêtises, t'as rien à craindre.

— Tu peux me raconter les aventures du lapin ?

— Quoi ?

Sylvia s'assied lourdement au bord du lit de Leon et fait tomber la cendre de sa cigarette dans sa paume.

— Quel lapin ?

— Celui qui croyait qu'il était en prison parce qu'il avait tué un motard.

Sylvia rit à ne plus pouvoir respirer. Elle met un siècle à s'arrêter, puis elle va aux toilettes, jette sa cigarette dans la cuvette et tire la chasse. Elle revient et prend une grosse inspiration.

— Bien. Le lapin. Voyons voir.

Elle sourit à présent et son haleine sent la bière. Leon se rend compte que de se tenir droit lui demande un effort.

— Bon. Eh bien, le lapin s'est enfui dans les bois en faisant au revoir de la main au motard. En fait, maintenant, il fait bonjour aux autres animaux. Il fait bonjour à l'écureuil et l'écureuil lui répond en agitant sa petite patte. Il fait bonjour au castor et à la belette et à quoi d'autre ? À un blaireau, oui c'est ça un blaireau, ils font tous bonjour avec la patte et se disent : « Dis donc, il est vraiment trop adorable ce petit lapin. » Sa réputation fait le tour de la forêt et tous les animaux cherchent sa compagnie. Bon, alors, il arrive au milieu de la forêt et il rencontre l'ours. Il fait bonjour à l'ours et l'ours l'appelle auprès de lui. « Comment ça va ? » lui demande l'ours. « Ça va très bien, merci », répond le lapin. « Tu te plais dans les bois ? » demande l'ours. « Oh, oui, c'est génial », répond le lapin. « Pas de problèmes ? » demande l'ours. « Aucun, répond le lapin. Tout baigne pour moi. »...

Sylvia est un peu ivre.

— L'ours dit alors : « Formidable. Est-ce que je peux te poser une question ? ». « Je t'écoute », répond le lapin. « Eh bien, dit l'ours, tu sais, quand tu vas aux toilettes, pour la grosse commission, comment tu te débarrasses de la merde qui colle à ta fourrure ? »

Leon commence à rire.

— « La merde ? » dit le lapin. « Ouais, dit l'ours, tu trouves ça difficile d'ôter la merde de ta fourrure ? »

« Non, répond le lapin, elle s'en va très facilement. »
« Parfait », dit l'ours. Et il ramasse le lapin et s'essuie les fesses avec.

Leon et Sylvia se roulent sur le lit en se tordant de rire.

28

Sylvia le réveille de bonne heure le lendemain. Son visage est encore plus plissé que d'habitude et elle arrive à peine à ouvrir les yeux.

— Dur, dur, répète-t-elle en s'asseyant à la table de la cuisine.

— Comme un œuf ? dit Leon en souriant.

Elle le regarde et montre du doigt la bouilloire. Leon la remplit et la met en marche. Puis elle pointe son index vers son sac à main. Il le lui passe. Elle farfouille à l'intérieur puis jette le sac sur la table et appuie son front sur ses bras croisés.

— C'est ta faute, dit-elle. Toi et tes satanés services sociaux qui débarquent à huit heures et demie du matin.

Leon trouve ses cigarettes, en sort une et la lui glisse dans la main.

— Merci, mon canard.

Elle redresse péniblement la tête et la fait tourner sur ses épaules. Elle allume la cigarette et souffle la fumée en l'air.

— J'ai une demi-heure pour me faire belle.

Leon ne dit rien.

— Cette fois, c'est un « il ». Une pointure. Le grand patron, quelque chose dans le genre. Un mec en tout cas. Il m'a eu l'air sympa comme ça au téléphone. Sait-on jamais, sait-on jamais...

Leon ne dit toujours rien.

— Ça pourrait être mon jour de chance.

Elle sort un miroir de son sac et se regarde dedans en plissant les yeux.

— Pas trop moche, la Sylv. Pas mal du tout.

Une demi-heure plus tard, ils sont prêts tous les deux. Il a fallu quelques minutes seulement à Leon pour se débarbouiller et ensuite Sylvia lui a demandé de ranger la cuisine. Sylvia a passé tout ce temps dans sa chambre à marmonner et à jurer. Quand elle revient, elle est exactement comme avant sauf que son rouge à lèvres brille beaucoup trop fort. En plus, elle s'en est mis sur les dents, mais Leon a trop peur pour le lui faire remarquer.

Elle bourre de coups de poing les coussins du canapé et remplit la bouilloire.

— J'ai été mariée, tu sais. Tu le savais pas, hein ? Et Maureen aussi. Deux sœurs qui avaient épousé deux frères. Elle a eu le bon et moi j'ai eu le sal... le con.

Sylvia va se poster à la fenêtre, écarte le voilage et inspecte les deux côtés de la rue.

— Après j'ai eu quelqu'un d'autre. Il m'a quittée lui aussi. De là-haut, ajoute-t-elle en se tapotant la tempe. C'est pas seulement moi qu'il a laissée en rade. Il a perdu la boule, comme on dit. Dingo.

Sylvia continue à se tapoter la tempe. Puis elle reprend :

— Je ne m'en suis pas rendu compte tout de suite,

mais Mo, si. Elle disait qu'il avait besoin de mettre de l'ordre dans sa vie. Ce n'est pas notre cas à tous ?

Elle lâche le voilage.

— Tiens, le voilà. Ouvre-lui, ouvre-lui. Attends. Vite. Maintenant.

Leon ouvre la porte d'entrée et un homme lui tend la main.

— Tu dois être Leon. Je suis Mike.

Il a un sourire d'assistant social parfait et une main chaude et moite. Une chemise écossaise et des souliers violets qui luisent, avec des lacets jaunes. Ses cheveux courts font comme une brosse sur sa tête et il porte une boucle d'oreille en forme de croix qui se balance quand il bouge. Leon s'écarte pour lui laisser le passage.

— Sylvia est là ?

Sylvia sort de la cuisine en souriant de ses dents roses, ce qui fait encore plus ressortir les plis sur son visage. Mike lui tend la main.

— Mike Dent, je suis l'agent d'examen indépendant de Leon. Nous nous sommes parlé…

— Entrez, dit Sylvia.

Elle l'invite d'un geste à s'asseoir dans un fauteuil.

— Du café ?

— Noir sans sucre, s'il vous plaît.

Pendant l'absence de Sylvia, Boucle-d'oreille sort des papiers de sa mallette. Leon voit qu'il a aussi un Mars. Il se demande s'il lui a apporté un cadeau.

— Ça va, Leon ?

— Oui.

— On s'est jamais rencontrés, je crois ?

— Non.

— Alors, voilà, je suis la personne chargée de

m'assurer qu'on s'occupe bien de toi et qu'on écoute ce que tu as à dire. Mon travail consiste en partie à parler avec toi pour être sûr que tu es content et en bonne santé. Tu es assez vieux pour qu'on prenne en compte tes souhaits et tes sentiments. Mais d'abord, il faut que nous les connaissions. Je dois aussi évaluer ce dont tu as besoin de notre point de vue avant de vérifier si tu ne manques de rien. D'accord ? Tu comprends ce que je viens de te dire, Leon ?

— Oui.

— Je suis venu t'expliquer où tu en es dans ton parcours de placement, et aussi comment on envisage l'avenir. Et bien sûr, te demander comment tu vas. Et s'il y a des choses qui ne te plaisent pas. On fait ça de temps à autre pour vérifier que tu as bien un cadre de vie chaleureux et équilibré. D'accord ? Tu comprends, Leon ? As-tu des questions ?

Boucle-d'oreille écrit quelque chose dans un carnet.

— Pas de questions ?
— Non.
— Et Sylvia ? Tu t'entends bien avec elle ?
— Oui.

— T'es un grand gaillard pour ton âge. Voyons voir, ton anniversaire est le… oooh, dans quelques semaines. Tu as hâte ?

— Oui.

— Et de quoi as-tu envie pour ton anniversaire ? Je parie que t'en parles tout le temps à Sylvia. Quand j'avais ton âge, j'étais comme toi. J'étais impatient de voir mon anniversaire arriver. Je cassais les pieds à mes parents.

— Oui.

— Bon, et tu as eu une visite de ta maman le…

voyons, le 8. Comment ça s'est passé ? Tu étais content de la revoir ?

— Oui, dit Leon.

Il se rappelle les dents jaunies de Carol et le bout jaune de ses doigts quand elle a ramassé son sac. « Leon, a-t-elle dit, je ne peux pas me gérer moi-même, alors avec toi en plus… » Elle lui a serré gentiment la main puis elle est sortie de la pièce. Il a couru jusqu'au couloir et l'a regardée rapetisser. Elle a été obligée d'appuyer sur un bouton pour qu'on la laisse sortir et, pendant qu'elle attendait que la porte s'ouvre, Leon pensait qu'elle allait se retourner et lui faire un signe de la main. Mais elle n'en a rien fait.

— Leon ? Je t'ai parlé de l'école ? Tu aimes ton école ?

— Non.

— OK. Merci pour le café, Sylvia. Pour la première partie de cet entretien, je voudrais être seul avec Leon. Cela ne vous dérange pas ?

Sylvia retourne à la cuisine.

— Bien. OK, on y va.

Boucle-d'oreille parle trop vite, comme si c'était une course contre la montre. Il pose les mêmes questions que la zèbre mais en accéléré, il écrit, il parle, il coche des cases. Et ça continue comme ça sans fin jusqu'à ce qu'il s'adosse au fauteuil et reprenne sa respiration.

— Tu es content ici, Leon.

— Oui.

— C'est comment la vie avec Sylvia ?

Leon se tourne vers la porte de la cuisine. Il voit Sylvia en train de fumer.

— Où est Maureen ? Quand est-ce que je vais rentrer à la maison ?

— « La maison », pour toi, c'est chez Maureen ?

— Qui a tous mes autres jouets ?

— Quels jouets ?

— Jake et moi on avait beaucoup de jouets et on nous a forcés à les laisser. J'avais beaucoup d'Action Man que maman et papa m'avaient achetés. J'en avais sept. Ou huit. Et maintenant, j'en ai plus qu'un seul.

Boucle-d'oreille feuillette son dossier et il y a un silence.

— 164B Benton Avenue South ? Tu parles de quand tu vivais avec ta maman.

— Oui, et j'en ai pris quelques-uns chez Tina, chez tata Tina. Jake a pris quelques-uns des siens aussi mais il est parti habiter chez les autres gens. Où est Jake ? Où est-ce qu'il habite ?

— Prenons les choses une par une, tu veux bien ? Bon, quand tu as été placé, Leon, quand ta maman est partie, je crains qu'elle n'ait laissé toutes ses affaires dans votre appartement. Elle n'est plus locataire là-bas. Ce qui veut dire qu'une autre personne habite cet appartement et je ne sais pas ce qui est arrivé à vos affaires. Je suis désolé.

Leon se tait.

— Maintenant, si tu as laissé des jouets chez tata Tina, qui est Tina... Tina...

Il consulte son dossier.

— ... Tina Moore, alors je vais essayer de voir ce que je peux faire. Peut-être a-t-elle oublié de nous les transmettre. Je vais faire une note dans ce sens pour ne pas oublier.

Il écrit lentement puis tapote le carnet avec son stylo.

— Quoi d'autre ? Ah, oui, Jake. Tu comprends ce que c'est qu'une adoption, Leon ?
— Oui.
— C'est quoi ?
— Je vais être adopté ?
— C'est ce que tu voudrais ?
— Non. Je veux que Jake revienne.
— Être adopté, ça veut dire avoir une nouvelle famille, une nouvelle maman et/ou un nouveau papa. Vivre avec eux. L'adoption, c'est pour toujours, Leon. Ça veut dire que tu ne retournes jamais dans ta première famille. Tu grandis dans un nouvel...
— Où il est ?
— Jake est avec sa nouvelle famille.
— Où ça ?
— Loin d'ici, Leon. Bon, pas si loin que ça, mais il a une nouvelle vie.
— Pourquoi je peux pas habiter avec lui ?

Boucle-d'oreille ramasse sa tasse et baisse les yeux sur le café comme s'il hésitait à le boire. Il le repose sur la table.

— Ça doit être dur pour toi, Leon. Jake a été adopté parce que c'est un petit bébé qui a besoin qu'on s'occupe de lui. Vous avez tous les deux besoin qu'on s'occupe de vous, mais si l'adoption est une bonne solution pour certains enfants, pour d'autres, la famille d'accueil est une meilleure option.
— Vous aviez dit qu'il m'écrirait des lettres.
— Moi ?
— L'autre.
— L'autre assistant social ? Bon, eh bien, c'est

possible qu'il t'écrive. C'est ce que tu aimerais, recevoir une lettre de Jake ?

— Ça fait longtemps que je l'attends, dit Leon.

Il préfère aller aux toilettes, au cas où il se mettrait à pleurer. Mais dès qu'il se lève, des larmes jaillissent de ses yeux et Boucle-d'oreille s'en aperçoit.

— Leon, dit-il. Je sais que c'est très difficile à comprendre. Il doit te manquer.

— Je lui manque ! s'écrie Leon. Il m'appelle en pleurant ! Je l'ai entendu !

— C'est ça qui t'inquiète, Leon ? Tu penses que Jake est malheureux ?

— Il a besoin de moi, dit Leon. Je suis le seul à savoir comment on s'occupe de lui.

Boucle-d'oreille dodeline de la tête. Sa pomme d'Adam tressaute.

— Cette décision a été très difficile à prendre, Leon. Vraiment difficile. On a essayé de trouver un moyen pour que vous restiez ensemble. On s'est tous assis autour d'une table et, après une très longue discussion, on a conclu qu'il n'y avait pas de solution équitable pour tous les deux. On tient à ce que toi et ton frère vous soyez heureux et qu'on vous donne à chacun votre chance, ce qui veut parfois dire que chacun trouvera le bonheur à sa façon. On t'a déjà expliqué ça ?

Leon se tait.

— Voudrais-tu parler à quelqu'un de ce que tu ressens, Leon ?

Boucle-d'oreille n'écrit plus mais il aligne des points avec la pointe de son stylo. On dirait la lame d'un canif miniature. Ça pourrait être dangereux, on pourrait peut-être tuer quelqu'un avec ça. Par exemple

Boucle-d'oreille si Leon s'en empare et le lui plante dans l'œil. Il enfoncerait le stylo jusqu'au fond pour écrire sur son cerveau : « Je te déteste. *Black Power*. De la part de Leon. »

La bouche de Boucle-d'oreille s'ouvre et se ferme, il bat des cils, il essaye de devenir l'ami de Leon.

— ... s'arranger pour que tu voies quelqu'un, un thérapeute qui aide les enfants qui traversent une période difficile. Ça te dirait ?

— Jake va m'oublier.

— Eh bien...

— Moi je l'oublierai pas, mais lui, si.

— Je crois que...

— Vous le forcez à m'oublier. Vous l'avez emmené pour qu'il oublie que j'existe. Y a que lui qui vous intéresse. Vous croyez que vous savez ce qu'il veut, mais vous en savez rien. Y a que moi qui sais.

— Leon...

— Que moi. Personne d'autre. Ils savent pas s'occuper de lui.

— Je crois que...

— Je lui manque.

— Je suis sûr que...

— Il a du chagrin et vous vous en fichez.

Boucle-d'oreille pose son stylo. Leon sait très bien ce qu'il va dire. Il sait qu'il va tourner la tête vers la droite puis vers la gauche, et qu'il parlera doucement en se servant de mots de bébé parce qu'il prend Leon pour un débile, mais quelles que soient les paroles de ces gens des services sociaux, ils disent tous la même chose.

— C'est très difficile... commence-t-il.

Leon se sauve dans le couloir et fait claquer la porte

de la salle de bains. Il soulève la lunette du W-C et la laisse retomber bruyamment. Le bruit le fait sursauter. Il déroule le papier toilette, le fourre dans la cuvette, rajoute la serviette, puis la robe de chambre de Sylvia qui est suspendue derrière la porte. Il tente de fermer le couvercle mais la cuvette est trop pleine. Il tire le siège de toutes ses forces jusqu'à en avoir mal aux bras, des fourmis dans les doigts et le visage tout tordu. Finalement, ça casse : les charnières ont sauté. Leon aperçoit son reflet dans la glace. Lui qui pensait voir l'incroyable Hulk, la peau verte, le torse large comme un lit double et la chemise déchirée, eh bien, il a l'air exactement pareil. Il a presque dix ans, il est noir ; Jake a un an, il est blanc. C'est pour cette raison que Jake est adopté. C'est ce qu'a dit Maureen qui est la seule personne qui n'ait jamais menti.

Sylvia frappe à la porte.

— Ça va, mon canard ?

Leon s'assied au bord de la baignoire. Il a pissé dans son slip.

— Leon ?

Sylvia ouvre la porte. Elle ne dit rien. Leon sent le pipi couler sur ses jambes. Il a envie d'ôter son jean mais il ne peut pas bouger. Même ses baskets et ses chaussettes sont mouillées. Sylvia ferme la porte et il entend ses pas s'éloigner dans le couloir. Il entend sa voix et celle de Boucle-d'oreille. On dirait qu'ils se disputent.

Leon enlève tout, même son slip, et va dans sa chambre. Il enfile son pantalon de jogging et ses chaussures d'école et s'assied sur le lit. Sylvia va lui demander de partir. Elle a toujours dit qu'elle ne supportait pas les histoires.

Il sort son sac à dos et vérifie s'il a bien tout. Il a toutes les choses vraiment importantes et les poches sont zippées. Il entend la porte d'entrée se fermer et Sylvia qui revient dans le couloir. Il se poste à la fenêtre pour ne pas avoir à lui faire face.

— T'as fichu une belle pagaille dans la salle de bains, pas vrai ?

Il devine qu'elle lui parle avec sa cigarette au coin de la bouche.

— Qu'est-ce qui t'a pris ?

Dehors, dans le jardin de Sylvia, il y a un chat noir et marron qui marche tout doucement sur l'herbe, tête basse. Il avance comme un soldat dans la jungle. Il essaye d'attraper quelque chose, mais Leon ne voit pas ce que c'est. Peut-être une souris ou un rat ou encore un oiseau. Un jour, la maman de Leon lui a apporté un chaton mais comme ses poils le faisaient éternuer, elle l'a donné et lui a acheté à la place un chien qui marchait avec une pile. Leon voulait un vrai chien mais sa maman a dit non. Alors Leon se rappelle Samson et son papa menaçant de lui écarter les pattes et de lui arracher le cœur. Leon se met à pleurer.

Sylvia est toujours debout dans l'encadrement de la porte. Il l'entend respirer et tirer sur sa cigarette. Il s'attend à ce qu'elle soit en colère et lui demande de partir. Il s'essuie le visage sur le revers de sa manche, se retourne, soulève son sac à dos et attend ce qu'elle a à lui dire.

— Où tu vas ?

Leon ne répond pas.

— Faudrait pas me prendre pour une idiote. Qui va ramasser tes vêtements pleins de pisse et les mettre dans la machine ? Qui va ranger ? Si tu crois que c'est moi, tu te trompes. Pose ce sac, et rapplique tout de suite.

Elle met sa main sur son cou du dos, comme Maureen, et le pousse vers la salle de bains.

— Jean, slip, chaussettes, baskets, tu flanques tout dans la baignoire. Allez. Je reste là. J'attends.

Leon s'exécute.

— Sors ma plus belle robe de chambre des chiottes et flanque-la aussi dans la baignoire. Et essaye de ne pas y coller du PQ mouillé. Et fais gaffe de pas inonder par terre. Attention.

Leon s'exécute de nouveau.

— Maintenant, cours chercher deux sacs en plastique sous l'évier. Vite. Je compte jusqu'à dix.

Leon se dépêche et revient à huit.

— Maintenant, tu vas plonger la main dans cette bouillie et me récupérer chaque bout de PQ que tu mettras dans un sac en plastique. Et quand je dis chaque bout, ça veut dire quoi ?

— Tous.

— T'as intérêt.

Elle reste là à le regarder faire. Ça prend un temps fou et elle ne dit rien. Quand il a terminé, elle récupère le sac en plastique et fait un nœud, puis elle le fourre dans l'autre sac en plastique et le ferme à son tour. Le lino de la salle de bains est trempé.

— Bon, tu vas ramasser les vêtements qui sont dans la baignoire pour les emporter à la cuisine, et que ça saute !

Elle lâche le sac en plastique dans la poubelle et ouvre le lave-linge.

— Tout, dit-elle, les baskets aussi. Tout dedans.

Leon charge la machine et regarde Sylvia doser la lessive et mettre le programme en marche.

— Lave-toi les mains.

Leon s'exécute. Elle lui désigne une chaise. Leon s'assied.

— T'as déjà entendu la phrase : « On chie pas là où on mange » ?

— Non.

— Ça veut dire quoi, à ton avis ?

Leon ne dit rien.

— Tu sais pas ? Eh bien, je vais te l'apprendre. Ça veut dire, fous pas en l'air quelque chose de bien. Ça signifie que c'est pas parce que t'apprends une mauvaise nouvelle ou que quelqu'un te tape sur le système qu'il faut emmerder le peuple et tout saccager à la maison. C'est ici que tu habites, ici que tu dors, ici que tu manges, ici qu'on s'occupe de toi. On chie pas là où on mange. T'as qu'à chier là où mange quelqu'un d'autre ou bien trouver un autre moyen de tirer les choses au clair.

Leon acquiesce d'un signe de tête. Sylvia allume une autre cigarette.

— Je sais pas si tu piges tout ce que je viens de te raconter, alors je vais te le redire en termes simples : on s'entend bien. Je t'aime bien et toi tu m'aimes bien. Oui ?

— Oui.

— Et, surtout, il y a le fait que ma sœur, Maureen, qui est malade, nous aime tous les deux.

Sylvia tire sur sa cigarette en silence, puis ajoute :

— Donc, je vais m'occuper de toi jusqu'à ce qu'elle retrouve la forme. Ce qui veut dire que j'ai besoin d'une robe de chambre. Et aussi de toilettes en état de marche, et j'ai pas envie qu'on m'agresse.

Leon acquiesce.

— Maintenant, si ce connard revient nous bassiner, je vais lui faire sa fête. Je ne sais pas ce qu'il a pu te dire pour te mettre dans cet état parce que je n'entendais pas de la cuisine, mais compte sur moi. Il a déjà pu constater que j'ai pas la langue dans ma poche. C'est déjà ça. Ensuite, je veux pas de tout ce binz dans la salle de bains. Combien d'argent tu as dans ton sac ?

Leon ne dit rien.

— Je vais te prendre deux livres pour remplacer l'abattant des W-C Je retiendrai cinquante pence par semaine de ton argent de poche jusqu'à remboursement complet.

Elle met en marche la bouilloire électrique et se prépare une tasse de café. Elle donne à Leon un verre de sirop et un sachet de chips.

— Dans une minute, tu m'accompagnes à la salle de bains, on va passer la serpillière avec de l'eau de Javel et après, tu prendras un bain. Je parie que t'as les jambes qui te grattent.

Leon fait oui de la tête. Elle sourit.

— C'est bien fait pour toi...

Soudain, elle se fige et regarde au loin.

— ... Jusqu'à neuf ans j'ai mouillé le lit que je partageais avec notre Maureen. Elle a toujours pris ma défense. Elle disait que c'était elle pour que je me fasse pas attraper...

Sylvia remue la cuillère dans sa tasse.

— J'espère qu'elle va se remettre.

29

Quelque chose ne va pas. Cela fait des jours que Sylvia est pendue au téléphone et lorsque Leon entre dans la pièce, elle dit vite au revoir ou lui ordonne d'aller jouer dehors, ou bien elle se met à chuchoter. Elle n'a pas oublié l'incident du papier hygiénique et de sa plus belle robe de chambre. Elle ne lui a pas pardonné d'avoir chié où il mange.

Leon se mesure par rapport au rebord de la fenêtre de sa chambre. Quand il avait neuf ans, ça lui arrivait au coude mais demain, quand il en aura dix, les gens verront combien il a grandi. Leon respire à fond et gonfle sa poitrine. Il se tâte les muscles des bras et des épaules. Il faut qu'il devienne fort s'il veut soulever des choses lourdes.

Il se rend directement de l'école aux jardins partagés. Le soleil brille. Il y a beaucoup de gens qui travaillent sur leurs carrés. M. Devlin le hèle.

— Descends de ton vélo !

Leon obtempère et couche son vélo sur le sol.

— Tu as vu le résultat de ce que tu as fait ?
— Non.
— Viens voir.

Ils marchent jusqu'au wigwam. Chaque pousse a commencé à s'enrouler autour de sa tige de bambou. Certaines, toutes fines, s'élancent en hauteur, d'autres, noueuses et vigoureuses, sont encore petites.

— Elles vont monter jusqu'en haut ?
— Plus haut encore. Jusqu'à presque trois mètres. Alors, tu vois, c'est pas grave si on plante pas pile pendant la saison. Et puis planter directement en terre a ses avantages. Les pousses sont pas dérangées. Tu mets la graine à sa place, et après, tu la bouges plus. Pour obtenir les meilleurs résultats, un conseil : fais comme moi.

Il arrose chaque pousse d'un délicat filet d'eau.

— Bien sûr, si tu as une vraie serre, comme M. et Mme Atwal là-bas, tu peux prendre de l'avance sur ma méthode. Tu les démarres dans un plateau à semis ou un pot de fleurs de dix centimètres de profondeur. Tu les replantes au bout de quelques semaines. Et ça devrait bien pousser. Oui, oui, et l'incontournable M. Burrows aime se vanter de ses prouesses, mais je vais te dire ceci, c'est pas pour rien que depuis des siècles les gens emploient ma méthode.

Leon examine les rangées de haricots de M. Devlin alignées au cordeau.

— Il n'y a pas encore de quoi crier victoire, mais on y est presque. Il y avait un terrain derrière l'école, à peine cinq mètres carrés. Très tranquille, à la périphérie de la ville.

— Pourquoi on les appelle des Empereurs écarlates ?

— *Phaseolus coccineus*. C'est une plante originaire d'Amérique du Sud. En réalité, il y a de nombreuses variétés. Quand elles grandiront, tu verras qu'elles font de belles fleurs rouge écarlate. Ah, et autre chose...

M. Devlin s'accroupit et caresse les feuilles tendres de ses doigts sales. Il a l'air heureux.

— ... Dans le haricot d'Espagne Empereur écarlate, rien ne se perd. Tu peux manger les fleurs, tu peux manger les graines, tu peux même manger les racines. Avec une plante pareille, tu es sûr de ne pas mourir de faim, même si tu n'as rien d'autre à te mettre sous la dent pendant des semaines. La fève est riche en protéines, même la gousse est nourrissante, les fleurs sont à la fois jolies et savoureuses. Il y a des tribus au Mexique qui consomment la racine. Et bien sûr, si tu pars en voyage, tu peux faire sécher les graines et les faire cuire en route. Mais ne les mange jamais crues. Jamais. Magnifique.

M. Devlin a les yeux qui pétillent. Il inspecte le wigwam puis se tourne vers Leon.

— Tu as quel âge ?
— Dix ans demain. C'est mon anniversaire.
— Dix ans. Un bébé d'été, dit M. Devlin. Un garçon de dix ans. Tu es grand pour ton âge, et bien développé.
— J'aurai des gros muscles plus tard. Pour qu'ils grossissent, je transporterai des briques dans mon sac à dos. J'ai vu une émission à la télé.
— Des briques ? répète M. Devlin.

Il prend le bras de Leon et serre son biceps.

— J'ai quelque chose de mieux que des briques. Suis-moi.

Il emmène Leon dans sa cabane.

— Voyons voir, dit-il en déplaçant des objets sur les étagères et derrière la chaise.

Il n'arrête pas de laisser tomber des choses sur le fauteuil : une paire de chaussure en cuir marron toutes moisies et plissées, des assiettes en porcelaine ébréchées, une minuscule théière et un plaid roulé. Leon aimerait bien les toucher mais il n'ose pas. Quand M. Devlin lâche le pistolet sur le plaid, il ne peut retenir un petit cri étouffé. Il n'a pas tiré de balle mais Leon trouve que M. Devlin n'est pas précautionneux. Puis il jette par-dessus le tout des magazines, une horloge et une corde en plastique.

— Ah, voilà. Je les ai. Regarde.

M. Devlin soulève deux haltères comme en ont les « Monsieur Muscle » ; ils sont en fonte noire. Il en tend un à Leon, qui le prend, mais il lui tombe de la main. Il ne paraît pas lourd pourtant à le voir.

— Tiens-le bien, dit M. Devlin.

Il s'accroupit, ramasse l'haltère et referme les doigts de Leon dessus. Il lui montre comment le monter et le descendre et l'observe de près, avec des respirations profondes. Il pue l'huile, le graillon et le vieux.

— Tu sens le poids ?

Leon opine.

— Où ça ?

— Dans mon bras.

M. Devlin appuie sur la poitrine de Leon.

— Et là ?

— Oui, dit Leon.

M. Devlin appuie sur le dos de Leon.

— Et ici ?

— Oui.

— Hum. Bon, mais les muscles d'un jeune garçon sont trop fibreux et en pleine croissance. On ne peut pas, et on ne doit pas faire de la musculation à ton âge. Un peu d'entraînement léger ne fera pas de mal, mais pas de bodybuilding. Pas encore.

Leon soulève plusieurs fois l'haltère rien que pour lui montrer qu'il en est capable. Au bout d'un moment, M. Devlin sourit.

— Très bien, dit-il en se levant. Tiens, prends ça.

Leon agrippe le deuxième haltère et les glisse tous les deux dans son sac à dos. Il est très lourd à présent, si lourd qu'il est devenu difficile à porter. Leon ne se presse pas pour le zipper et les faire couler jusqu'au fond. Pendant tout ce temps, debout sur le pas de la porte, M. Devlin l'observe.

— Hep ! Vous !

C'est la voix de Tufty dehors.

M. Devlin se retourne.

— Oui ?

Il sort de la cabane et Leon entend Tufty crier.

— Qu'est-ce que c'est que ça, bordel ?

Leon se précipite vers la vieille chaise ; il déplace les magazines, l'horloge, la corde, et cherche à tâtons la crosse du pistolet. Il s'en saisit et le glisse dans son sac. Il ne doit pas toucher la détente. Il hisse son sac sur son dos. Ça lui scie les épaules, mais il sort.

M. Devlin a mis ses mains sur ses hanches.

— Écoutez, Burrows, c'est pas moi qui ai eu cette idée. C'est le règlement. Votre père vous a sous-loué son carré. La sous-location est interdite, comme vous le savez. Il y a eu des discussions quant à…

— J'ai dit : qu'est-ce que c'est que ça, bordel ?

Tufty agite un bout de papier sous le nez de M. Devlin.

— C'est le règlement. Cependant, si vous contestez la décision, il existe une procédure d'appel.

— Menteur.

— Peu m'importe ce que vous pensez, monsieur Burrows. À l'assemblée générale hier soir…

— N'importe quoi ! Quelle assemblée générale ? C'est rapport aux flics de l'autre jour. Vous m'avez vu mal me conduire ? Vous m'avez vu provoquer une bagarre ? J'ai rien fait. Ça, ça n'a rien à voir avec une putain de sous-location. C'est du racisme pur et simple.

— Jésus Marie Joseph ! Vous êtes ridicule. Je n'ai rien à gagner à me débarrasser de vous. Ceci est entre vous et le comité. Je n'ai aucun enjeu dans cette querelle.

— C'est pas une putain de querelle. Et je suis pas un putain d'enjeu. Vous êtes qu'un putain de soldat. Vous êtes pas le général ici. Vous aimez faire la loi, hein ? Tout ce que vous faites, c'est massacrer les buissons avec votre putain de coutelas. Qui vous a demandé de couper les buissons ? Vous vous croyez dans la jungle peut-être ? Mêlez-vous de ce qui vous regarde, Man.

— Un général ? J'ai jamais prétendu être un général, connard.

Tufty remarque la présence de Leon.

— Ouais ? Qu'est-ce que vous foutiez avec ce garçon là-dedans ?

— Qu'est-ce que vous avez dit ?

M. Devlin se dresse de toute sa hauteur, mais il est quand même plus petit que Tufty.

— Vous m'avez entendu. J'ai vu les photos que vous avez là-dedans. Les petits garçons sur votre étagère.

Tufty attire Leon vers lui.

— Entre pas là, tu m'entends. T'approche pas de

ce type. Il aime pas les Noirs sauf s'ils ont moins de seize ans. Pas vrai ?

— Comment osez...

Mais Tufty domine M. Devlin d'une bonne tête. Il brandit le papier en l'air puis le lui jette à la figure.

— Ça fait vingt ans que mon père a ce carré. Et vous, vous êtes là depuis quand ? Hein ? Mon père est rentré au pays pour six mois. Six mois. Je vous l'ai dit. Je viens ici avec mon père depuis que j'ai cinq ans. Et vous croyez que vous pouvez vous pointer et me donner des ordres ? Il reviendra quand il sera prêt, et quand il reviendra, il trouvera tout dans l'état où il l'a laissé. Pigé ? Vous allez pas me virer des jardins. Pas la peine d'envoyer vos sbires du Ku Klux Klan chez mon père. La prochaine fois, je serai pas aussi coulant. Pigé ?

Alors qu'il lui tient ce discours, Tufty ne cesse d'avancer et M. Devlin de reculer, jusqu'à la porte de sa cabane.

Dès que M. Devlin a disparu à l'intérieur, Leon va chercher son vélo. Ce ne sera pas commode de pédaler avec le poids des haltères sur le dos, et le pistolet calé entre les deux. Il descend le sentier à pied jusqu'à sa cabane à lui et pousse la porte. Il la laisse se refermer doucement, en silence, mais dès qu'il pose les haltères sur la table de guingois, les pieds de la table se brisent et un des haltères s'écrase par terre. Leon jette un coup d'œil par le carreau cassé mais il n'y a personne dans les parages. Il sort le pistolet du sac et le lève à la lumière. Il est noir, brillant et lisse. Il pèse lourd au creux de sa main à laquelle il s'adapte à la perfection. Il vise la porte. *Pouf.*

30

Le 5 juillet est arrivé. Enfin. Un samedi. L'anniversaire de Leon. Il se réveille de bonne heure. Sylvia n'a fait aucune allusion à un cadeau et chaque fois qu'il essaye d'aborder le sujet, elle est justement au téléphone ou en train de préparer la fête dans la rue pour le mariage royal. Il pense à l'Action Man qu'il a reçu pour son anniversaire l'année dernière et aux Action Man qu'il a été obligé d'abandonner. Il avait beaucoup de tenues et différents types de pistolets. Ils sont toujours dans son ancien appartement où il habitait avec Carol.

Il se lève et, sur la pointe des pieds, longe le couloir en pyjama. Sylvia fume une cigarette debout devant la porte de la cuisine. Elle se retourne pour le regarder entrer.

— Le voilà ! Dix ans et il est déjà presque aussi grand que moi. Bon sang ! Tu as grandi pendant la nuit, c'est pas possible ? Viens par ici.

Elle le prend dans ses bras maigres et l'embrasse sur la joue. Il sent son odeur et celle de ses cigarettes.

— C'est ton bisou d'anniversaire. J'en donne pas souvent. Pas depuis un bon bout de temps, en tout cas.

D'un placard de la cuisine, elle sort une petite boîte emballée dans du papier cadeau brillant.

— C'est de ma part, mon canard, dit-elle. Et là, c'est ta carte.

Puis elle ouvre la porte du placard de l'aspirateur et en tire une énorme boîte.

— Et ça, c'est de la part de Mo !

Leon contemple ses deux cadeaux.

— Je peux les ouvrir maintenant ?
— Vas-y.

Il a du mal à enlever le papier de la petite boîte à cause de tout le Scotch. Finalement, il découvre Dark Vador niché à l'intérieur. Luke Skywalker et Han Solo sont des gentils, mais Dark Vador est maléfique et Leon se demande s'il va faire des mauvais rêves avec Dark Vador dans sa chambre.

— Merci, Sylvia.

Sylvia pousse vers lui la deuxième boîte.

— Attends de voir ça.

Il y a tellement de papier que ça lui prend des heures, mais il persévère.

— C'est un quadripode impérial, un TB-TT !

Sylvia l'aide à l'extraire du carton en coupant tous les petits liens et Leon le pose sur la moquette. Il le fait marcher en avant et en arrière, bouger la tête et tirer des missiles.

— Ça te plaît, alors ? demande Sylvia.

Leon est toujours en train de jouer avec son véhicule de combat Star Wars quand Sylvia s'assied à côté de lui.

— Ouh, que la terre est basse. Bon, dit-elle, voilà. Tu attendais ce moment et à nous deux, Maureen et moi, on a tout fait pour que ça arrive pour ton anniversaire. Alors, tiens.

Elle lui donne une enveloppe en papier kraft avec son nom dactylographié dessus. Il a l'impression qu'il y a une carte à l'intérieur.

— Tu veux que je l'ouvre pour toi ? demande Sylvia. Fais bien attention.

Il l'ouvre avec soin. C'est une photo. C'est Jake. Il se tient assis tout seul et il a une tignasse de cheveux blonds, comme Carol. Il porte une chemise bleu pâle à col de velours et un petit jean. Il n'a pas de chaussures mais ses pieds sont bien plus grands qu'avant. Il sourit et il a également beaucoup plus de dents. Il tend un bras vers Leon.

Jake est souriant mais Leon voit bien qu'il est fatigué et qu'il n'aime pas être pris en photo. N'importe qui peut s'en rendre compte. Leon se retient de retourner la photo parce qu'il sait que l'adresse doit être écrite au dos. Il fait semblant de ne pas pouvoir quitter des yeux Jake, ce qui est la vérité, d'ailleurs.

— Il devrait aussi y avoir une lettre.

Leon pose la photo avec beaucoup de précaution à côté de son TB-TT et sort la lettre. Elle n'a pas été écrite par un bébé, elle a été tapée à la machine.

— Qu'est-ce que ça dit ? le presse Sylvia.

— « Cher Leon, comme je me rappelle que c'est ton anniversaire, je t'ai envoyé une photo de moi. Je suis très heureux ici avec mes nouveaux parents. J'ai un tas de jouets et j'aime jouer avec des petites voitures et des camions. J'ai une chambre à moi avec des images d'ours sur le mur et je vais à la garderie jouer avec mes amis. J'espère que tu es aussi heureux que moi et que tu auras plein de cadeaux pour ton anniversaire. Je t'embrasse très fort. Jake. » Trois bisous.

— Tu vois ! dit Sylvia en lui passant la main dans le dos. Il est heureux comme un roi.

Elle retourne à la cuisine et lui crie qu'il peut manger ce qu'il veut pour son petit déjeuner d'anniversaire. Des céréales au chocolat, qu'elle a achetées tout spécialement, ou bien des toasts avec des haricots blancs et du fromage râpé ou bien encore des biscuits nappés de chocolat ou n'importe quoi d'autre dont il aurait envie.

Leon choisit des Choco Pops avec du Pepsi et ouvre ses cartes d'anniversaire. Il y en a une de Maureen, une de la zèbre, qui en réalité s'appelle Judy, une de Beth, l'autre assistante sociale qui vient parfois le chercher à l'école, une de Sylvia, une de quelqu'un qui s'appelle Ian du centre-entre-guillemets et une de l'amie de Sylvia, Sue. La carte de Sue contient un billet d'une livre. Dès qu'il les a toutes ouvertes, Sylvia les dispose sur le comptoir.

— Content ? demande-t-elle.
— Oui.

Après le petit déjeuner, Leon emporte ses nouvelles affaires dans sa chambre avec la photo. Il pose les jouets sur le lit puis retourne la photo. Une adresse est imprimée en lettres dorées.

Halladays
287 Dovedale Road
Dovedale Heath

Leon glisse la photo dans son sac à dos et l'en ressort tout de suite. Il relit la lettre. Deux fois. Il est en colère contre la personne qui a écrit la lettre et a déposé dessus trois baisers et oblige Jake à dormir dans une chambre tout seul. Il pose la photo sur sa table de chevet et s'habille.

M. Devlin est occupé à arroser ses plantes lorsque Leon entre dans les jardins partagés en poussant son vélo. Leon s'arrête et ils regardent tous les deux dans la direction de la cabane de Tufty, mais il n'est pas là. M. Devlin lui fait signe d'approcher.

— C'est ton anniversaire, non ? Aujourd'hui, il me semble.

— Oui. J'ai reçu un TB-TT et un Dark Vador et de l'argent.

— Très bien. J'ai aussi quelque chose pour toi. Je ne pense pas que notre ami M. Burrows y verra d'objection.

Il disparaît à l'intérieur de sa cabane et ressort avec un sac en papier brun.

— Je t'ai bien observé. Viens.

Leon le suit jusqu'à un potager entre le sien et celui de Tufty. Un petit carré mal entretenu envahi de mauvaises herbes dont personne ne s'occupe.

M. Devlin montre du doigt un endroit.

— Mets-toi-debout ici.

Il se dirige à grandes enjambées vers un buisson couvert de baies vertes.

— Ça fait environ trois mètres cinquante. Le quart d'une parcelle normale. Elle est à toi. C'est ton petit coin de planète. C'est tout arrangé avec le comité et c'est moi qui te parraine.

Il ouvre le sac en papier et donne à Leon un modèle

réduit de fourche à manche en bois et une petite pelle assortie.

— Maintenant, c'est à toi d'en prendre soin, mon garçon. Il faut arracher les mauvaises herbes, semer, arroser. Tout ça est dorénavant sous ta responsabilité. Tu comprends ? C'est du boulot. Ça a l'air fastoche comme ça. Être responsable de quelque chose, ça n'est jamais facile. Tu sais ce que cela veut dire ?

— Quand quelque chose dépend de toi.

— Oui, mais pas seulement...

— Ça veut dire qu'on est obligé de s'occuper d'une chose et qu'on y pense tout le temps même quand on la voit pas parce qu'on l'a dans la tête et qu'on doit faire attention qu'il ne lui arrive rien. Alors on fait jamais rien sans penser à cette chose et on veille bien sur elle, même quand on n'a pas envie. Parce que c'est notre travail.

M. Devlin hoche la tête et attend quelques secondes avant de répliquer :

— Quel beau discours. Tu as raison. Et maintenant ce quart de parcelle est à toi. Regarde.

Il sort de sa poche un sachet de graines.

— Des Empereurs écarlates. Tu te rappelles ceux qu'on a semés là-bas ? Oui ? Eh bien, tu n'as qu'à commencer par ceux-là. Ce n'est pas trop tard pour les planter.

— J'ai pas de wigwam.

— On en fabriquera un ensemble. Plus tard.

Le sac à dos de Leon est trop lourd. Dedans, il y a des boîtes de conserve chipées à Sylvia, un sac de sucre et une couverture prélevée dans l'armoire à linge. Il pose son sac et inspecte son carré. Puis il regarde les rangées parfaites de Tufty, celles de

M. Devlin, celles de M. et Mme Atwal et toutes les autres. Comme le dit si bien M. Devlin, ça a peut-être l'air fastoche mais ça ne l'est pas.

— Un peu d'aide au départ serait la bienvenue, je crois. Pour semer les graines. Ah, voilà l'homme qu'il nous faut.

M. Devlin s'écarte de Leon et va jusqu'au bout du carré. Tufty emploie le dérapage comme méthode de freinage. Il descend de son vélo. Les deux hommes se regardent dans le blanc des yeux. Voyant que le silence se prolonge, Leon met Tufty au courant pour son cadeau.

— Il t'a donné ça ? dit Tufty en soupesant les outils. Il t'a donné autre chose ? Un autre cadeau ?

— Des graines, répond Leon.

— C'est pas assez. Il t'en faut plus pour démarrer. Viens.

Leon se retourne pour dire au revoir de la main à M. Devlin, mais celui-ci est déjà en train de s'éloigner.

Le potager de Leon a des parterres surélevés. C'est ce que dit Tufty, des parterres surélevés. Ce sont des minijardins entourés de bois. Il en a quatre, plus des framboisiers. Les framboises sont acides. La meilleure parcelle est celle de M. et Mme Atwal, puis celle de la dame aux longues jupes, et à la troisième place vient celle de Tufty.

— Bien, dit-il. On va commencer par dégager les parterres puis on s'occupera de dégager le sentier.

— C'est aujourd'hui mon anniversaire, dit Leon.

— Ouais, Star, je me rappelle. Tu me l'as dit.

— J'ai dix ans.

— Ah, bon ?

Tufty invite Leon à s'asseoir sur une chaise pliante et lui donne un soda.

— Tu peux pas te crever au travail le jour de ton anniversaire, Star. Il faut se la couler douce. Tu as déjà eu tes cadeaux ?

— J'ai eu un TB-TT et un Dark Vador.

— Ah, ouais ? C'est super.

— Et de l'argent.

— Génial.

— Et M. Devlin m'a offert ces outils.

— C'est des bons vieux outils, Star. De bons manches.

Tufty lui donne une claque sur l'épaule avant d'enchaîner :

— Dix ans ! J'aimerais bien avoir dix ans de nouveau, un jour.

Leon baisse les yeux sur son sac avec les boîtes de conserve à l'intérieur et pense au trajet qui lui reste à parcourir sur son vélo.

— Comment t'as fait pour avoir ces muscles, Tufty ?

— Moi ? Je suis né comme ça. J'ai pris des leçons d'arts martiaux quand j'étais jeune.

Tufty se lève d'un bond et donne un coup de pied en l'air ; d'un bras il trace un cercle alors que de l'autre il envoie un coup de poing vers le ciel.

— Tu veux que je t'enseigne quelques techniques de combat ? Bon. Lève-toi. Tiens-toi comme ça.

Leon se tient debout, les pieds légèrement écartés.

— La première chose que tu dois savoir quand tu fais du kung-fu, c'est que c'est « du boulot », c'est pas facile. Pas si tu veux pratiquer comme il faut. Bon, d'abord tu as besoin de trouver une posture stable.

Une posture stable, c'est ce qui te permet de garder ton équilibre. Tu vois, si quelqu'un te frappe et que tu es debout comme ça...

Tufty écarte largement les pieds.

— ... C'est la posture du Cavalier. Quand t'es dans cette position, on aura du mal à te flanquer par terre. Ensuite tu peux enchaîner par celle-ci, et celle-ci...

Tufty se déplace en donnant des coups de poing dans l'air et en moulinant avec les bras. Il a l'air invincible.

— Allez, fais comme moi.

Leon imite tous les gestes de Tufty, les postures, étirements, coups de poing, blocages, ça prend longtemps.

— Ouais, ouais, tu y es. Si tu pratiques tous les jours ces mouvements, tu vas te muscler. Tu seras tout en muscles et personne te fera chier.

Leon reproduit avec soin les mouvements de Tufty.

Tufty se meut comme un soldat qui serait aussi danseur de ballet, avec des gestes à la fois gracieux et menaçants.

— Quand les gens te font chier, t'as le choix. Tu ripostes ou tu avales la pilule.

Il lève une jambe repliée et dessine un cercle au-dessus du sol. Il regarde droit devant lui mais sa poitrine se soulève en cadence. Leon devine qu'il est en colère et qu'il pense aux policiers qui ont abîmé ses affaires et emmené Castro.

— À force d'avaler, tu t'étouffes.

Il se fige tout d'un coup et pose son pied par terre. Il souffle tout l'air qu'il a dans les poumons et ferme les yeux.

— Ou bien tu apprends à accepter. À lâcher prise. Tu respires tranquille.

Tufty joint les mains comme s'il priait. Puis il tourne vivement la tête vers Leon.

— Mais tu sais ce qui serait mieux ? Que tu prennes des leçons. Ils en donnent sur Carpenter Road.

Leon s'assied et boit son soda.

— Tu pourrais demander à ta maman de t'emmener. Je te montrerai où c'est. Ou ton père pourrait t'y conduire. C'est pas loin. Tu habites où ?

— 10 College Road.

— Ah, c'est pas loin. Dis à ta maman que tu veux apprendre. OK ? Tu t'en sors pas mal du tout.

Leon se lève.

— Il faut que j'y aille.

Leon ramasse ses outils et les remet dans le sac en papier avec les graines de haricots d'Espagne Empereur écarlates. Il fourre le sac en papier dans son sac à dos qui pèse encore plus lourd qu'avant.

Il attend que Tufty regarde ailleurs pour pousser son vélo vers la cabane abandonnée. Il cache le vélo derrière, s'accroupit, ouvre la porte et dépose les boîtes de conserve, la couverture et le sucre sur le sol. Il rangera un autre jour.

Sylvia a tout préparé pour son retour. Sur la table, il y a des sandwiches, un petit roulé à la saucisse et de minuscules gâteaux.

— C'est pas trop tard pour changer d'avis. Tu peux inviter ce garçon qui habite en haut de la côte si tu veux. Il a à peu près ton âge.

— Non, dit Leon. Je le connais pas.

— Je suis sûre que les garçons de ta classe seraient venus si tu les avais invités. Et ton ami du parc ?

Leon ne dit rien.

— Il n'y aura que toi et moi et deux copines à moi, Leon. C'est pas vraiment une fête d'anniversaire, mon canard. Tu es sûr ?

— Je pourrais ressortir en vélo tout à l'heure ?

— Encore ? Après le thé, tu pourras, une heure. Qu'est-ce qu'il y a dans ce parc, dis-moi ?

— Des balançoires, des toboggans, des garçons avec des skateboards. Je peux descendre la rampe en vélo.

— Ramène un de tes potes ici quand tu veux. Tu devrais avoir des amis, Leon.

— Je peux regarder la télé ?

— Elles vont pas tarder. Va te laver les mains. Range ton sac.

Quand les amies de Sylvia arrivent, Leon reçoit un nouveau lot de cadeaux. Des feutres, une petite voiture, trois billets d'une livre et un ballon de foot. Et des cartes d'anniversaire. Le comptoir de la cuisine déborde. Il mange du gâteau au chocolat, des bonbons, boit du Pepsi et se goinfre d'un énorme sac de Maltesers pour lui tout seul.

Les amies de Sylvia discutent des émeutes qui ont eu lieu dans une autre ville et des Irlandais qui sont en train de crever à cause de leur grève de la faim.

— Cela ne me ferait pas de mal, à moi, dit Sue, une tranche de gâteau sur son assiette. Je me rappelle pas la dernière fois où j'ai eu faim.

Les autres rient et lui disent qu'elle est insupportable. Rose, debout sur le pas de la porte, hoche la tête.

— Il faut qu'il ait une volonté d'acier pour aller

jusqu'au bout. Il y croit. Imagine que tu croies tellement à une cause que tu es prête à te suicider pour elle.

— Ils font pas que se suicider, si ? commente Sue au milieu de son sandwich.

Elles se mettent à se disputer au sujet de l'IRA, des attentats à la bombe, de ce qui pousse les gens à s'entretuer, et où tout ça va nous mener à la fin ? Alors qu'elles sont en train de discuter, Leon entend Sylvia chuchoter :

— Pas un mot de sa mère. Non, même pas une carte, rien. J'ai eu un mal de chien à persuader les services sociaux de jouer le jeu. Ils lui avaient promis une photo de son frère, tu sais, celui qu'a été adopté. Ça fait six mois de ça. Et tu crois qu'ils l'auraient fait ? Penses-tu. C'est tous des branleurs, là-dedans. Bon, mais Mo et moi on a décidé de les prendre en tenaille. Elle de son lit d'hôpital et moi, d'ici. Finalement, la Judy avec sa drôle de coupe de cheveux, elle a tout arrangé. Ouais, il l'a reçue ce matin, Dieu merci. Juste à temps. Ça lui a remonté un peu le moral, à ce brave petit.

Leon sent qu'elles ont les yeux braqués sur son dos. Il sait très bien quelle tête elles font, à quel point elles sont désolées pour lui et combien elles détestent sa maman. Pourquoi est-ce qu'elles ne peuvent pas se taire et le laisser regarder la télé ou jouer avec ses jouets ? Pourquoi est-ce qu'elles ne rentrent pas chez elles pour le plaindre de là-bas ? Il aimerait pouvoir se retourner et se retrouver dans sa maison à lui, avec ses jouets à lui. Sa maman serait assise sur le canapé avec ses pantoufles grenouille en fourrure. Elle aurait Jake sur les genoux et elle lui chanterait une berceuse. Jake se tortillerait et sa maman dirait quelque chose comme : « Dodo, petit singe, dodo. » Et chaque fois que Leon bougerait, sa maman dirait : « Non, Leon. Tu sais bien qu'il peut pas s'endormir tant qu'il te voit. » Alors Leon devrait baisser le son de la télé au maximum, s'allonger sur la moquette, et rester étendu là sans faire de bruit, à jouer avec ses jouets jusqu'à ce que Jake soit endormi, mais chaque fois, sa maman s'endort elle aussi. Il y a un grand silence et Leon s'assied à côté de Jake et observe ses lèvres parfaites, son visage parfait.

Leon va se coucher et garde la lumière allumée pour Sylvia quand elle viendra.

— Tu dors pas encore ? demande-t-elle en ouvrant la porte.

— Où c'est Dovedale Road ?

— Dovedale ? À l'autre bout de la ville. Une grande rue pleine de boutiques et de maisons. Pourquoi ?

— Je l'ai entendu à la télé.

— Tu as passé une bonne journée ? Et la photo, hein ?

Elle soulève la photo de Jake et l'examine en la tenant éloignée de son visage.

— On voit bien la ressemblance. C'est frappant.

Leon ne dit rien. Il lui reprend la photo et la replace sur la table de chevet.

— Je peux acheter un plan ?

— Un plan de quoi ?

— Des rues.

— Tu peux acheter ce que tu veux, mon cœur, c'est ton argent. Je vais fermer la lumière maintenant.

— Je peux acheter une boussole ?

— Ce que tu veux. Mais pour le moment, il faut dormir.

— J'y arrive pas.

— T'es trop excité, je parie. Et bourré de sucre.
— Tu peux me raconter une histoire ?
Sylvia éteint la lampe et s'assied au bord du lit.
— On en était où ?
— Le lapin était avec l'ours.
Sylvia rit.
— Ah, oui, je me rappelle. Bon, eh bien, le petit lapin est couvert de merde, on en était bien là ? L'ours s'est tiré parce que les ours sont comme ça. Ils s'attardent pas là où on a besoin d'eux. Non. Les ours estiment qu'ils sont les seuls à avoir le cœur brisé ou à rencontrer des épreuves. Le petit lapin aurait bien besoin d'un ami, mais non, un ours pense qu'à lui. Impossible de faire changer un ours d'avis. Ce sont des égoïstes et quand ils ont obtenu ce qu'ils veulent, ils retournent dans la forêt et on ne les voit plus.

Sylvia se tait comme si elle essayait de se rappeler la suite. Elle respire un grand coup et reprend :
— Bon, mais ce lapin sautille à droite et à gauche dans la forêt en répandant une odeur horrible. Il sait qu'il pue et que les autres bêtes sont gênées par son odeur, même les oiseaux. Il cherche désespérément un moyen de se laver. Chaque fois qu'il s'approche d'un animal pour lui demander où est la rivière, l'animal se bouche le nez et se sauve vite fait. Finalement, après avoir couru très très longtemps, il arrive au bord d'une rivière dont l'eau fraîche et bleue gazouille sous les arbres. Il se précipite et, là, tombe sur un cochon qui se tient sur la berge. Le lapin s'attend à ce que le cochon se sauve comme les autres, mais en le regardant mieux, il s'aperçoit qu'il a une jambe de bois. « Bonjour, cochon », dit le lapin. « Oh, bonjour, mon petit lapin », dit le cochon à la jambe

de bois. Le cochon renifle bruyamment le lapin et dit : « Oh là là, tu ferais mieux de te baigner dans la rivière. » Et c'est ce que fait le lapin, tout en se disant à part lui, mais pourquoi ce cochon a-t-il une jambe de bois ? En fin de compte, sa curiosité prend le dessus et il demande au cochon : « Qu'est-ce qui est arrivé à ta jambe ? » « C'est toute une histoire, dit le cochon. J'ai pour maître un fermier et, une nuit, j'ai remarqué que l'écurie était en feu. Alors j'ai crié aussi fort que j'ai pu et j'ai réveillé le fermier qui a pu sauver tous les chevaux. » Le lapin est sidéré. « C'est comme ça que tu t'es brûlé la patte ? » « Non, répond le cochon. L'incendie a gagné le poulailler et j'ai dû courir jusqu'à l'écurie pour alerter mon maître. » « Quelque chose t'est donc tombé sur la patte ? » demande le lapin. « Oh, pas du tout, le feu s'est propagé à la maison du maître et j'ai dû courir réveiller ma maîtresse et faire sortir les enfants. Je suis entré dans leur chambre et je les ai tirés du lit les uns après les autres. J'ai permis au plus petit de monter sur mon dos jusqu'au jardin où il n'y avait plus rien à craindre. » « Bravo, dit le lapin. Tu te seras cassé la patte en descendant l'escalier alors. » « Pas du tout, réplique le cochon, mais le fermier a dit qu'un animal pareil, ça se mange pas en une seule fois, ça se déguste. »

Leon se promet de ne plus jamais demander à Sylvia de lui raconter une histoire et se retourne vers le mur.

— Bonne nuit, mon canard, dit-elle en refermant la porte.

31

Le lendemain, Leon n'arrive sur son carré qu'après l'heure du goûter. Avant, Sylvia l'emmène avec un autre garçon voir *Les Aventuriers de l'Arche perdue*. Le garçon s'appelle Timmy et il est retardé. La maman de Timmy travaille au supermarché avec Sylvia et, chaque fois qu'elles se voient, elles n'arrêtent pas de répéter combien Timmy est gentil, « un vrai cadeau du ciel », « sage comme une image ». Mais Leon est obligé de s'asseoir à côté de lui au cinéma. Timmy parle tout le temps pendant le film, il se retourne et saute sur son siège. Et puis il crache. Tout le monde dévisage Leon et demande à Timmy de se calmer. Sylvia se met en colère et leur dit de la fermer et de se mêler de ce qui les regarde. Les autres enfants rient et disent des gros mots. Leon aimerait pouvoir aller s'asseoir à l'écart tout seul, parce qu'il a peur que les gens pensent que Timmy est son frère.

Il est obligé de dire merci à Timmy et de le laisser jouer avec son TB-TT. Le temps qu'il parvienne aux jardins partagés, il ne fait pas encore tout à fait nuit, mais c'est le moment où il y a de l'excitation dans l'air. Ses outils sont toujours dans son sac. Il pédale aussi vite qu'il peut et, une fois aux jardins, il pousse son vélo jusqu'à son carré.

Quelqu'un a arraché toutes les mauvaises herbes de son potager. Quelqu'un a bien nettoyé les sentiers et quelqu'un a construit un wigwam au bout de la parcelle.

Leon enfonce la main dans la terre grumeleuse. Elle est fraîche et noire. Il en fait une boule. Le parterre surélevé n'attend plus que d'être semé. De minuscules insectes s'enterrent pour fuir la lumière et une petite araignée traverse un caillou. Sous les pieds de Leon, il existe tout un monde d'insectes auquel personne ne pense jamais. Leon s'allonge sur le sol et les sent qui marchent, qui creusent, qui chassent, qui font leurs nids, qui se rentrent parfois dedans. Salut, araignée. Salut, scarabée. Il regarde le velours bleu pâle du ciel et ferme les yeux. Il sent les racines de tous les arbres et de toutes les fleurs qui s'entremêlent en une toile géante à partir de laquelle la sève et la pluie montent jusqu'aux feuilles afin que se développent des pommes et des roses et ces étranges légumes qui poussent dans les magasins asiatiques. Leon va avoir le plus beau potager de tous. Il fera pousser la plante aux fleurs jaunes et des petits pois et des mange-tout et des haricots d'Espagne Empereur écarlates. Pour cela, il va lui falloir plus de graines.

Leon s'assied et ébouriffe ses cheveux pour se débarrasser de la terre. Tufty n'est pas dans les parages. Comme sa cabane est fermée à clé, Leon ne peut pas aller inspecter ses graines. En revanche, la porte de M. Devlin est grande ouverte. Leon va voir.

M. Devlin est affalé dans son fauteuil. Il tient à la main un petit verre bleu et ses paupières sont fermées.

Leon entre sur la pointe des pieds. La pièce sent la bière et les vêtements sales. À chaque expiration, M. Devlin fait une petite bulle de bave. Elle s'agrandit, redevient petite, grande, petite, grande, petite. M. Devlin ronfle et bave, ronfle et bave. Parfois, M. Devlin a la même odeur de vieille dame que Sylvia. Leon a remarqué qu'il porte toujours les mêmes vêtements, sous le soleil comme sous la pluie. Ses cheveux sont gris et longs, comme son visage, et il arrive à Leon de se dire que M. Devlin est peut-être un clochard.

Leon se faufile sans faire de bruit pour inspecter les objets intéressants de M. Devlin. Il y a des bouteilles d'alcool dans le coin près de la porte, du whisky par exemple et d'autres boissons que son papa aimait autrefois. Leon soulève avec précaution une bouteille et dévisse le bouchon. L'odeur lui rappelle son papa à Noël et sa mamie noire qu'il n'a vue qu'une seule fois, juste avant sa mort.

La maison de sa mamie était remplie de meubles et de bibelots. Sur la cheminée, il y avait plein de petits chiens en porcelaine et des oiseaux et une dame rose avec un parapluie. Les murs disparaissaient sous les tableaux et une immense carte d'Antigua dans un cadre argenté. Il flottait dans l'air des arômes de ragoût épicé et il faisait tellement chaud à l'intérieur que Leon en avait mal au cœur. La vieille dame était installée dans un fauteuil, les genoux sous une couverture. Le papa de Leon lui avait dit qu'on lui avait coupé les pieds à cause du diabète mais qu'elle refusait d'arrêter de manger des gâteaux. Leon n'avait pas pu s'empêcher de penser aux moignons sous la couverture et de se demander à quoi ils ressemblaient.

« C'est lui, Byron ? avait dit la vieille dame en regardant Leon.

— Oui, maman », avait répondu le papa de Leon en le poussant devant lui.

La vieille dame avait pris Leon par le poignet pour le tirer vers elle. Elle avait un visage sombre et des yeux enfoncés dans leurs orbites avec un point d'un noir absolu au milieu qui bougeait dans tous les sens. Des tresses africaines étaient plaquées sur son crâne comme des rangées d'os blancs et Leon faisait très attention où il mettait les pieds, au cas où il marcherait sur ses moignons.

« C'est le portrait craché de ton père », avait-elle dit en tournant Leon à droite puis à gauche.

Elle lui avait souri.

« Leon ? C'est ton nom ?

— Oui.

— Tu ressembles à ton grand-père, Leon. Il était aussi joli que toi, le même nez. Tu ressembles aussi à ton père. Il vient juste de me parler de toi. La semaine dernière. Il sait que je suis en train de mourir. Je sais que je suis en train de mourir. Alors ton père vient de me dire qu'il avait un fils. Toutes ces années et je savais même pas que t'existais. On aurait pu être amis. »

Elle parlait avec lenteur en approchant son visage tout près du sien ; son haleine sentait le médicament. Elle lui avait posé toutes sortes de questions sur son école et ses émissions de télé préférées et ce qu'il voulait faire plus tard, alors Leon avait répondu pompier parce qu'il ne voyait pas quoi répondre d'autre. De toute façon, elle n'écoutait pas vraiment et ses yeux se fermaient tout le temps.

Puis elle s'était mise à tousser et le papa de Leon avait dû aller lui chercher de l'eau. Dès qu'il était sorti de la pièce, la mamie de Leon l'avait attiré encore plus près.

« Tu es un bon fils. J'ai jamais rencontré ta mère mais je sais ce que c'est qu'un bon fils. Je sais qu'un bon fils vous rend la vie merveilleuse et un mauvais fils vous brise le cœur. Alors sois gentil avec ta mère. Occupe-toi bien d'elle. J'aurais préféré ne pas vous quitter, Leon. J'espère que tu te souviendras de moi. »

Elle avait lâché son poignet et glissé un billet de cinq livres dans sa main. Leon avait reculé de quelques pas. Sa mamie s'était tournée vers son papa et avait hoché la tête.

« Oh, Byron.
— Pardon, maman. »

Leon n'avait jamais entendu cette voix sortir de la bouche de son papa. Il n'avait jamais entendu son papa parler comme un petit garçon.

Leon avait été obligé de manger du riz et de la viande, puis son papa l'avait ramené à la maison. Leon n'avait jamais revu sa mamie. Le lendemain, son papa lui avait dit qu'elle était morte. Il portait un costume noir avec une chemise blanche et une cravate noire. Il était soûl. Il répétait sans cesse la même chose.

« J'ai plus personne. J'ai plus personne. J'ai plus personne. »

Il avait pris Leon dans ses bras et s'était mis à pleurer. Il avait pleurniché jusqu'à ce que Carol lui dise d'arrêter.

« Tu lui fais peur, Byron. Va dormir, c'est ce que tu as de mieux à faire. »

Leon sait que dormir, c'est ce que M. Devlin a de mieux à faire. Il le sent dans l'air.

Leon tend l'oreille, mais il n'y a personne. M. et Mme Atwal ne bavardent pas dans leur langue, la dame à la jupe longue n'est nulle part en vue. Il n'y a que le bruit de la respiration de M. Devlin. Leon se coule jusqu'à l'endroit où il range ses couteaux. Il ne peut pas prendre le grand, vu que M. Devlin s'en sert tous les jours et qu'il remarquerait son absence, mais il peut le tenir dans sa main et caresser le bord de la lame et voir comment ça fait de frapper l'air avec. Il a les doigts à quelques millimètres du manche du coutelas quand la main de M. Devlin s'abat sur sa nuque.

— Laisse ça.

Leon laisse son geste en suspens. Il est pétrifié.

M. Devlin le tire brutalement en arrière et le pousse par terre.

— Assieds-toi.

Leon s'assied en tailleur comme pendant la période avant les cours à l'école. M. Devlin se tient le dos droit dans son fauteuil. Il remplit son verre bleu et le boit d'un trait. Ses yeux sont petits et tout rouges.

— Je croyais qu'on était des amis, dit-il.
— Je voulais juste le toucher.
— Bouge pas.

M. Devlin pose son verre et tend le bras vers l'établi. Sa main se déplace comme une araignée. Il ne lâche pas Leon des yeux. Finalement, sa main se referme sur un petit couteau et un bloc de bois. Il se met à tailler le morceau de bois avec le couteau en regardant tour à tour ses mains et Leon.

— J'étais bon autrefois, dit-il. Tu as aussi un front

large. Je t'ai bien observé. J'ai commencé de mémoire il y a quelques semaines.

Des copeaux tombent sur les genoux de M. Devlin et sur le tapis marron. Leon en ramasse un.

— Du pin, hélas, rien que du pin, dit M. Devlin en plissant les yeux. Un bois trop mou, mais je me fais vieux. Je n'ai plus la dextérité que j'avais avant. Je ne suis plus celui que j'étais.

Il tend le bras pour inspecter le morceau de bois et dévisage de nouveau Leon.

— Autrefois, je me servais de noyer ou d'acajou ou de ziricote. J'étais très habile. Regarde.

Il désigne le mur dans son dos et, pour la première fois, Leon note la présence de toutes sortes d'objets sculptés, un lion et un éléphant, un camion et une tête de femme grandeur nature, avec des tresses. Et, tout devant, des petites têtes d'enfant. Toutes de garçons.

— Miguel, Lorenzo, Gustavo, José, Enzo. Et Gabriel, énumère-t-il en prenant un accent différent, comme s'il parlait une autre langue.

M. Devlin regarde derrière lui et montre du doigt les têtes.

— Pedro Gabriel Devlin. C'est moi qui voulais Gabriel. Elle voulait Pedro. Un enfant sur deux au Brésil s'appelle Pedro.

Il rit et Leon constate qu'il ne s'est pas bien brossé les dents. M. Devlin continue à tailler son bout de bois. Leon l'observe. M. Devlin a intérêt à se dépêcher car il commence à avoir mal aux fesses assis par terre, et puis il a soif. Tufty lui donne toujours quelque chose à boire, lui.

— C'est vos enfants ?

M. Devlin glousse. Son ventre remue en premier,

puis ses épaules, sa gorge et son nez. Finalement, il rit tellement que ses mains se mettent à trembler et qu'il est obligé d'arrêter de sculpter.

— Quoi ? Tous ? Quarante-sept enfants ?
— Pourquoi vous les avez sculptés alors ?
— Après la classe. Je retenais un ou deux garçons. J'avais un atelier. Comme ici. J'étais apprécié. Ils m'aimaient.

M. Devlin recommence à tailler le bois. Sous le fil tranchant du petit couteau, les copeaux se détachent aisément.

— Approche un peu ici, dit M. Devlin.
Leon obtempère.
— Tu crois que tu peux y arriver ?
— Oui.
— Tiens.

M. Devlin lui donne le couteau et le bloc. Leon s'apprête à entailler le bois quand M. Devlin couvre sa petite main de la sienne. Il guide son geste le long de la courbure du front.

— Comme ça. Doucement mais fermement. Dans le sens du fil du bois. Lentement.

Une boucle de bois se détache et tombe au sol. Leon lève les yeux. M. Devlin serre sa main plus fort.

— Je ne regrette rien, dit-il. Il vaut mieux avoir aimé.

Le manche s'enfonce dans la paume de Leon et la lame entaille la tête en bois où elle laisse une marque. M. Devlin grince des dents et s'écrie :

— Suis les règles, putain ! C'est pas ce que j'ai dit ? C'est pas ce que je lui ai dit ? Non ? Doucement, j'ai dit. Je lui ai répété je ne sais combien de fois.

Il se penche en avant et Leon a l'impression d'étouffer sous le poids de son amertume.

— Ne te sauve pas !

Il se lève d'un bond. Leon lâche le couteau et le morceau de bois. M. Devlin recule en titubant contre l'étagère, soulève une des têtes sculptées et la presse contre sa poitrine.

— Regarde-le ! Regarde !

Leon se lève et lui prend la tête des mains. C'est une tête de bébé qui dort. Leon la rend à M. Devlin, lequel la range sur l'étagère à côté d'une sculpture du même bébé un peu plus vieux. Il soulève la tête et montre son nez.

— Tu trouves qu'il me ressemble ?

En tout il y a quatre têtes du même bébé de plus en plus vieux.

— C'est ma faute, dit-il. Je n'aurais pas dû crier. Il ne regardait pas. Ma faute. Ce sera toujours ma faute. Maintenant et pour l'éternité, Amen.

M. Devlin prend la plus grosse des têtes de bébés. Elle est différente des autres ; elle a plus de cheveux et les yeux sont ouverts. Il se rassied dans son fauteuil en cuir. Il pose le bébé sur la table devant lui, attrape son verre bleu, le remplit de whisky et le boit d'une traite.

— Celle-ci est ma préférée. J'aime sa compagnie. Je lui raconte des histoires.

Il remplit son verre et montre la porte à Leon.

— Rentre chez toi, dit-il. Allez. Va-t'en.

Leon sort en reculant. Sur le seuil, il regarde M. Devlin vider son verre. M. Devlin lâche le verre qui roule sur le tapis, il ferme les yeux et s'affaisse dans son fauteuil.

Leon se dirige à pas lents vers son potager.

Il comprend à présent pourquoi Tufty n'aime pas M. Devlin. C'est sûrement Tufty qui a nettoyé le carré de Leon.

Les jardins partagés sont silencieux. Ce serait le moment idéal pour aller cacher ses affaires dans sa cabane secrète. Il regarde autour de lui. Il y a une ou deux personnes dans un coin éloigné mais elles ne remarqueront rien. En revanche, M. Devlin risque de sortir et de le surprendre. Il ramasse son sac à dos et marche lentement. Si quelqu'un lui demande où il va, il répondra qu'il cherche des idées pour ses plantations. Lorsque Leon arrive près de la cabane, il s'accroupit dans les hautes herbes. Il ouvre la porte, plonge à l'intérieur, referme derrière lui. Il fait noir. Il entend des oiseaux battre des ailes tout près, puis un grattement sur le toit. Leon ramasse les boîtes de conserve qu'il a laissées et les entasse dans le coin à côté des haltères de M. Devlin. Il a oublié le balai. Maureen dirait de sa cabane que c'est une porcherie. Elle l'obligerait à ranger et à nettoyer jusqu'à ce que tout brille. Il se sert d'un plateau de semis pour ratisser les feuilles et la terre qu'il entasse à côté de la porte. Il redresse la chaise et s'assied dessus. Il reste encore beaucoup de choses à apporter. Un lit, de la vaisselle, des cuillères, un bol et une assiette, et à manger. Il compte sur ses doigts puis sort de son sac les deux paquets de préparation pour gâteaux qu'il pose sur la chaise. Il empile les boîtes de conserve sous la chaise et plie la couverture sur le tout. Il réparera la fenêtre un autre jour. Il sort et referme la porte derrière lui.

Leon se sert de la petite fourche et de la pelle assortie pour retourner la terre de son potager. Il plante ses graines de haricots d'Espagne Empereur écarlates au pied de chaque tige en bambou comme l'a fait M. Devlin. Il les dépose au fond du petit trou et les recouvre de terre qu'il tasse doucement. Il les arrose avec l'eau de la citerne de Tufty en prenant soin de ne verser qu'un mince filet. Une opération qui exige un grand nombre d'allers-retours. Une fois terminé, il s'aperçoit qu'il a encore plein de place pour planter d'autres graines. S'il faisait pousser des carottes, il les rapporterait à la maison pour les montrer à Sylvia et elle serait bien étonnée parce que ses carottes à elle sortent toutes d'une boîte. Et il les montrerait à Maureen quand elle irait mieux, elle sourirait et lui dirait qu'il est un garçon très futé. Et s'il revoyait Carol, il lui en cuisinerait pour qu'elle guérisse. Mais voilà, il ne lui reste plus une seule graine de haricots d'Espagne Empereur écarlates et il n'a pas envie de dépenser son argent en graines de carottes pour la bonne raison qu'il va en avoir besoin pour autre chose. Il regarde le cadenas sur la porte de Tufty et se demande s'il pourrait se glisser à l'intérieur. Ça ne dérangerait pas Tufty.

La porte n'est pas verrouillée. Le cadenas n'est accroché au loquet que pour dissuader les gens. Leon ouvre le battant. Quelqu'un l'attrape et le tire à l'intérieur. C'est Castro.

— Ferme la porte, chuchote-t-il.

Il pousse Leon contre le mur avec une force telle que la porte se claque toute seule.

— Et ferme-la ! Silence, tu m'entends ?

Ça sent très mauvais. Et il n'a pas la même allure que la première fois où Leon l'a vu. Sa tignasse rousse est hirsute sous un bonnet de laine poussiéreux, ses vêtements sont crasseux, mais c'est son visage qui est le plus changé. Il a du sang sur la bouche et un œil poché qu'il garde fermé. Les cannettes de soda de Tufty ont roulé dans tous les coins. Castro s'est fabriqué un lit avec les vêtements de Tufty.

Castro frotte le carreau sale et regarde dehors.

— T'as vu Tufty ?
— Non, dit Leon.
— T'habites où ?
— College Road.
— Où est Tufty ? Je croyais qu'il venait ici tous les jours ? Il vient pas tous les jours ?

Castro se retourne pour regarder Leon et désigne du doigt son sac à dos.

— T'as à bouffer là-dedans ?
— Non.

Leon, le dos à la porte, tient son sac serré contre lui. Il pense à toutes les affaires précieuses qu'il y a à l'intérieur et à ce qu'il fera si Castro tente de les lui prendre.

Castro se frictionne le visage.

— J'ai besoin d'un verre.

Castro est tout près. Son pantalon sent le pipi.

— Je sais où il y a une bouteille de whisky, dit Leon.
— Où ça ?

Leon tend l'index.

— Dans la cabane là-bas.
— Y a quelqu'un dedans ?
— Il dort.
— Cours me la chercher. Vite.

Leon se retourne pour ouvrir la porte, mais Castro l'agrippe par le col et le tire en arrière.

— Si jamais tu reviens pas, si jamais tu dis à

quelqu'un que tu m'as vu, si jamais les flics viennent me cueillir, si jamais t'ouvre la bouche... dit-il tout bas.

Leon ne répond rien.

— Tu piges ?

Leon sort et referme derrière lui. Il se dirige vers la cabane de M. Devlin en se demandant ce que Castro pourrait bien lui faire s'il se dépêchait de rentrer à la maison. Lequel était le pire, de Castro ou de M. Devlin ?

La porte de M. Devlin est ouverte. Leon prend soin de ne pas se montrer. Il entend ronfler à l'intérieur. Très lentement, il se penche pour regarder. M. Devlin dort la bouche grande ouverte ; Sylvia dirait qu'il gobe les mouches. Le verre bleu est toujours sur le tapis et il a la tête sculptée de Leon sur ses genoux. Le plateau d'alcool est juste à côté de la porte. Si Leon avait des bras plus longs et en caoutchouc, il pourrait rester là où il est, et son bras se glisserait à l'intérieur sans que Leon soit forcé de marcher sur la pointe des pieds en espérant que les lattes du plancher ne craqueront pas ni de choisir la bouteille la plus pleine qui se trouve au milieu, ni de la soulever toute droite pour pas qu'elle cogne les autres, alors qu'elle est tellement lourde qu'il a peur de la lâcher et qu'elle se fracasse en mille morceaux, ce qui réveillera M. Devlin qui l'ayant déjà grondé une fois risque de le tuer avec son Kanetsune.

Leon entend son cœur qui bat sous son tee-shirt et sa colère contre Castro qui gargouille au fond de sa gorge. Ça lui donne envie de jeter la bouteille contre le mur. Ça lui donne envie de réveiller M. Devlin en lui disant : « Regardez ! » Ça lui donne envie de s'emparer du grand coutelas et de foncer vers la cabane de

Tufty, d'enfoncer la porte d'un coup de pied et de poignarder Castro, de lui dire d'aller se faire foutre. Toute cette rage lui donne envie de casser la figure à Castro pour avoir fichu le bordel dans la cabane de Tufty et bu tout le soda.

M. Devlin ne bouge pas. Ses ronflements sont une sorte de sifflement mêlé de marmonnements. Il continue de pioncer pendant que Leon vole la bouteille, puis Leon voit la serpette à côté de la tête du bébé, celle à laquelle M. Devlin parle, celle qu'il aime. Celle à laquelle il raconte des histoires. Il agit vite, sans bruit, à pas comptés, jusqu'à ce qu'il mette la main dessus, puis, vite, sans bruit, il ressort. Il enfonce la tête et la serpette dans son sac qu'il referme en se bagarrant avec le zip, puis il court retrouver Castro avec le whisky.

— Bravo, Man ! s'exclame Castro en débouchant la bouteille.

Il plisse les yeux en buvant et après il tousse.

— Ouais, putain de merde, Man. C'est bon, ça.

Entre deux gorgées, il n'arrête pas de jacter et de regarder par la fenêtre.

— Si Tufty se pointe pas bientôt, faudra que t'ailles le chercher.

Leon recule. Il s'apprête à ouvrir la porte.

— Bouge pas, tu m'entends, putain de merde ?

Mais avant que Castro puisse l'attraper, Leon est dehors. Il commence à faire nuit. Il s'enfuit à toutes jambes, sans même s'arrêter pour récupérer son vélo, car il sait que Castro est sur ses talons avec sa mauvaise haleine et son œil unique. Leon court, court, court, et son sac lui laboure le dos à chaque enjambée, mais il continue de courir et soudain quelque chose le frappe en plein visage. Il bascule en avant. Il trébuche et roule par terre, il s'écorche les coudes sur des cailloux pointus.

— On y va mollo, Star !

Tufty descend de son vélo et le laisse tomber sur le côté. Il remet Leon sur ses pieds mais il ne tient pas debout, ses jambes ne le soutiennent plus.

Tufty s'accroupit et le prend par les épaules.

— Qu'est-ce qui se passe ? Qu'est-ce que t'as ?

Leon aime la voix de Tufty et la pression de ses mains sur ses épaules. Il aime l'expression inquiète de Tufty, la façon dont il plisse le front et la façon dont ses sourcils se rejoignent quand il les fronce.

— Quelqu'un t'embête, Star ?

Tufty regarde du côté de la cabane de M. Devlin.

— Il t'a touché ? C'est à cause de lui que tu te sauves ?

— J'ai soif, dit Leon.

Mais Tufty continue à fixer la cabane. Comme s'il pouvait voir M. Devlin affalé dans son fauteuil à l'intérieur, comme s'il pouvait entendre sa respiration sifflante et ses marmonnements puant le whisky.

— Viens, finit par dire Tufty. Je vais te donner un soda.

Leon ne bouge pas.

— Qu'est-ce qu'il y a ?

Leon se tait.

— Allez, viens.

Tufty ramasse le sac à dos qu'il place sur le guidon de son vélo. Puis il prend Leon par la main comme s'il était un petit garçon qu'il accompagnait à l'école. Plus ils se rapprochent de la cabane de Tufty, plus

Leon tente de ralentir. Il traîne des pieds et résiste, mais Tufty le tire en avant.

— Tu veux monter sur ce vélo ? Il est trop grand pour toi mais tu peux toujours essayer.

— Je veux rentrer à la maison, dit Leon. J'ai mal au dos.

— Ah, d'accord, mais prends d'abord un soda. T'as pas bonne mine. Cinq minutes et tu seras prêt à reprendre la route.

Avant d'atteindre la cabane, Tufty se met à ralentir. Leon le surveille, il ne sait pas comment il va réagir en voyant le désordre que Castro a mis. Il voit le regard de Tufty passer du vélo de Leon couché sur le sol, au cadenas qui est tombé par terre. Tufty demande d'une voix calme :

— Il y a quelqu'un, Star ?
— Oui.
— Tu es rentré ?
— Oui.
— Les flics ?
— Non.
— Un Blanc ?
— Non.
— Un Noir ?
— Castro.

Tufty se fige.

— Castro, répète-t-il en inspectant les jardins. T'as vu quelqu'un d'autre ? La police ?

— Non, et M. Devlin est soûl. Il dort.

— C'est bien.

Ils franchissent les derniers mètres rapidement. Tufty ouvre. Castro se tient à l'intérieur, armé d'une fourche qu'il brandit en l'air.

— Putain de merde, Tufty, Man. Un peu plus et je te tuais !

Tufty tire Leon à l'intérieur et ferme la porte.

— Ta gueule, Castro. Fais pas autant de bruit.

— Je voyais que dalle, il fait noir. Je te guettais.

— Tu me guettais ? C'est pas moi qui suis en cavale, Castro.

Tufty regarde autour de lui.

— Qu'est-ce que tu fous ici, Castro ? Tu peux pas rester.

Castro hausse les épaules et s'empare de la bouteille de whisky sur l'étagère.

— Tu crois que ça me botte de crécher dans un taudis, Tufty ? T'as vu ça ?

Il lui montre son œil poché.

— Tu crois que ça me botte d'être aveugle ? Tu crois que j'ai le choix. Tufty ? Tu crois que je peux réserver une chambre au Hilton ? Tu crois que je peux aller aux urgences et leur dire : « Les flics m'ont passé à tabac ? » Tu crois que je peux aller chez ma vieille et mettre les pieds sous la table ? Dis-moi, Tufty.

Tufty fait claquer ses lèvres.

— T'es soûl, Castro. Ferme-la.

Castro se laisse tomber sur le tas de vêtements qui lui sert de lit. Il tète la bouteille de whisky. On dirait Jake quand il a faim. Tufty lui confisque la bouteille et la pose à l'écart.

— Qu'est-ce qui t'est arrivé, Man ?

— Ils m'accusent de rébellion. Je me prends un avocat commis d'office à The Cross. Le gars cause vice de procédure. Du coup ils sont obligés de me relâcher. Le juge dit non-lieu. Le lendemain, les mêmes flics me rattrapent devant le cabinet des avocats.

J'attendais pour entrer. Un avocat m'avait dit que je pouvais faire un procès à la police pour ce qui s'était passé la dernière fois. Tu te rappelles quand ils ont saccagé ma baraque et que leur chien m'a mordu ? Ouais, alors comme l'avocat m'a dit que je pouvais obtenir réparation, j'allais le voir. Trois flics ont débarqué dans un panier à salade. Et là, dans la rue, comme ça, ils me sont tombés dessus. Ils ont même pas dit « monte », ils ont même pas essayé de m'embarquer. C'est rare qu'ils vous démolissent la tronche avant d'arriver au commissariat. Tufty, ces gars-là, ils sont fous à lier. Ils m'ont jeté par terre, m'ont fouillé, m'ont bourré de coups. À trois sur moi. Y en a un à qui j'ai flanqué mon poing dans la gueule. Boum ! Alors l'avocat est sorti de l'immeuble et ils m'ont relâché. Ils ont dit que c'était une fouille de routine et je me suis cassé.

— Putain de merde, Man.
— Ça tu peux le dire, c'est la merde.

Tufty se tourne vers Leon.

— Tu devrais rentrer chez toi, Star. Et, écoute...
— Je dirai rien à personne, Tufty.

Tufty pose la main sur l'épaule de Leon et la serre un peu.

— La nuit tombe. Fais gaffe en vélo.

32

La maison sent le pain grillé. C'est le jour des courses au supermarché mais depuis que Leon est réveillé, il pleut. Le vent tourbillonne dehors et secoue les fenêtres. On dirait qu'il va pleuvoir jusqu'à la fin des temps. Il n'y a plus rien d'autre à manger que du pain. Sylvia a fait des toasts au petit déjeuner et Leon a fini les Weetabix, puis ils ont de nouveau préparé des toasts pour le déjeuner ; Leon en a pris un avec de la confiture de framboise et un deuxième avec un triangle de fromage.

Leon écarte le voilage et regarde les gouttes argentées qui pleurent sur la vitre. Certaines restent sur place longtemps alors que les autres, dès qu'elles frappent les carreaux, se mettent aussitôt à faire la course. Elles entraînent de plus petites gouttes et deviennent de grosses rivières qui coulent jusqu'au rebord de la fenêtre et puis un peu sur le sol. Leon essaye de deviner quelle goutte va commencer à bouger en premier. Il en choisit deux l'une à côté de l'autre, une pour lui et une pour Jake. Celle de Jake démarre tout de suite. Elle coule en ondoyant et glisse peu à peu vers la droite, ramasse en chemin des gouttelettes miniatures, s'attarde près d'un ruisseau, essaye de s'y jeter mais le courant est trop rapide. Lorsque la goutte de Leon se met à vaciller, elle coule en ligne droite, seule, elle brille et tremblote dans le vent, tout droit, vite et sans dévier, jusqu'en bas. Il gagne haut la main. Le jeu est fini.

Il n'y a rien à la télé. Une course de chevaux sur une chaîne, du cricket sur une autre, et Sylvia a pour principe qu'ils doivent se mettre d'accord sur l'émission qu'ils veulent regarder. Elle choisit un film en noir et blanc avec de la danse. Une petite fille avec des cheveux bouclés n'arrête pas de marcher en chantant. Leon n'est pas d'accord pour regarder mais Sylvia dit que cela devrait l'intéresser, puisqu'il y a un enfant qui joue dedans. Leon s'assied par terre avec son TB-TT.

— Si tu me refais ce coup-là, Leon, je revends ton vélo.

Depuis le week-end dernier, elle lui rebat les oreilles de cette histoire de retard. Lorsqu'il est rentré, elle l'attendait devant la porte. Elle l'a fait descendre de force, l'a tiré à l'intérieur et s'est mise à lui poser des questions sans lui laisser le temps de répondre, ce qui l'arrangeait en fait.

« J'étais malade d'inquiétude. Où t'étais passé ? J'étais sur le point d'aller te chercher. T'as vu l'heure ? La nuit tombe. Une heure, t'as dit. Je vais t'acheter une montre. Une heure, mon cul. Où tu es fourré comme ça aussi tard ? Tout ce qui aurait pu t'arriver… Tu penses à quoi ? J'ai regardé les infos tout à l'heure. T'as vu ce qui se passe ? J'ai eu peur que tu te sois fait agresser. Dieu sait où t'étais. Où t'étais parti aussi longtemps ? Y a une espèce d'émeute sur Nineveh Road. T'étais pas par là-bas ? T'as vu quelque chose ?

Tu peux pas être au parc à une heure pareille. Où t'étais ? »

Elle s'est tue et l'a dévisagé.

« Qu'est-ce qu'il y a ?

— Je suis tombé de vélo. Je me suis fait mal au dos. »

Sylvia l'a forcé à se retourner et a soulevé son tee-shirt. Elle a inspecté les égratignures sur ses coudes et les marques rouges là où son sac avait tapé.

« Nom d'un chien », a-t-elle dit, et après ça, elle a été gentille et ne l'a plus grondé. Mais depuis, tous les jours, elle lui serine :

« Tu rentreras plus en retard, d'accord ? Ou bien tu peux dire au revoir à ton vélo. »

Leon se tait.

— Demain, c'est dimanche, dit Sylvia. Une semaine de plus qui mord la poussière.

Il sent son regard sur lui. Elle ne regarde pas la petite chanteuse, elle le surveille, lui. Ce n'est pas la première fois, mais en général, c'est quand il est à table ou quand il tombe de sommeil. Elle l'inspecte comme s'il était une photo ou quelqu'un qu'elle voyait pour la première fois. Des fois, elle a une expression tendre qui lui rappelle sa maman.

— C'est mon anniversaire bientôt, tu sais. En août, dit-elle.

Il se retourne. Elle a la tête penchée sur le côté comme si elle essayait de le mesurer.

— J'avais treize ans quand on m'a dit que j'étais une grande fille. J'avais quatorze ans quand j'ai commencé à travailler et dix-sept ans quand je me suis mariée. J'étais pourtant qu'une enfant. On se marie pas à dix-sept ans.

Leon se tourne vers le poste.

— Elle a quel âge, ta maman, Leon ?

Leon hausse les épaules.

— Il paraît que l'âge veut rien dire, que c'est qu'un chiffre, dit-elle en allumant une cigarette. C'est vrai. Rien qu'un putain de chiffre pour chaque année que tu passes sur terre.

Leon se rappelle sa mère, quand elle recevait des cartes d'anniversaire, disant qu'elle était vieille mais que, comme elle était très jolie, personne ne s'en apercevait. Sylvia n'est plus jolie et c'est pour ça qu'elle est triste.

— Je peux aller faire du kung-fu sur Carpenter Road ?
— Du kung-fu ?
— C'est pour apprendre à se battre.
— Du kung-fu, je vois pas d'endroit comme ça sur Carpenter Road.
— Y en a un, quelqu'un me l'a dit.
— Qui ça ?
— Le papa d'un garçon de l'école. Il en fait.

Sylvia hausse les sourcils et souffle sa fumée vers le plafond.

— Comme ça au moins tu serais occupé et tu ferais pas de bêtises. C'est le truc où ils cassent des briques, c'est ça ?
— Ça te rend fort, comme ça personne peut te mettre K-O.
— Ah, bon ? Je devrais peut-être y aller aussi. Je vais en parler à ton assistante sociale. Mais tu sais quoi ? On va mourir de faim si on reste ici plus longtemps. Viens. Mets ton manteau.

Leon garde sa capuche. Ils prennent le bus à cause de la pluie et alors qu'ils vont traverser au feu, Sylvia le prend par la main.

— Dépêche-toi ! dit-elle.

Elle le serre contre lui et ne le lâche plus même quand ils sont en sécurité dans le nouveau supermarché. Comme il ne veut pas qu'on pense que Sylvia est sa maman, il court chercher un caddy. Devant l'entrée, il y a un type déguisé en ours brun qui distribue des bons d'achat aux gens. Sylvia et Leon pensent en même temps à l'histoire du petit lapin et ils échangent un sourire. Sylvia lui tapote un peu les fesses.

Le rayon jouets est gigantesque. Leon demande à y rester un moment pendant que Sylvia fait les courses.

— Je suis de retour dans dix minutes. Bouge pas d'ici surtout.

Il y a tant de choses que Leon voudrait et tant de choses qu'il n'a jamais vues. Il regarde même les jouets des filles à cause d'une poupée qui a la taille d'un bébé, si on lui appuie sur le ventre, sa bouche s'ouvre et on dirait qu'elle va parler. Il regarde les Lego et les jeux et les ballons et les vidéos et les poupées et les tubes de peinture et les stylos et le papier et les soldats et les pistolets et les poignards en plastique mais il ne trouve rien d'aussi génial que ce qu'il y a dans la cabane de M. Devlin. Il se met à déambuler dans les travées à la recherche de Sylvia. Il y a plein de trucs qu'il pourrait voler. Des tas de trucs dont il aurait besoin pour sa cabane. Il parcourt les allées dans tous les sens et, soudain, il entend la voix de Sylvia. Elle est en train de parler à quelqu'un.

— Je me suis habituée au p'tit gars, je dois dire, Jan. Tu sais, je cuisine plus pour moi toute seule.

L'autre dame demande des nouvelles de Maureen.

— Elle sera plus jamais la même, c'est ce qu'ils m'ont dit. Elle a eu une espèce d'attaque et après ça une infection qu'elle a attrapée à l'hôpital. Plus une pneumonie par-dessus le marché. C'est moche mais elle a perdu un peu de poids. Je voudrais qu'elle vienne habiter chez moi quand elle sortira pour que je puisse m'occuper d'elle et l'empêcher de se bourrer de gâteaux. Et c'est aussi fini pour elle, tout ce cirque, cette ribambelle de gamins. Je l'en empêcherai. Ce sera ma priorité. Elle rend son tablier. Elle doit penser d'abord à elle. Ça fait vingt-deux ans qu'elle se dévoue et les services sociaux prennent ça pour argent comptant. Ils abusent de sa gentillesse, voilà ce que je dis. Ils lui collent toujours les gosses à problèmes. Quand elle était jeune, ça allait encore, mais plus maintenant. Elle s'est usée à la tâche.

Leon entre dans une autre allée et regarde les boîtes de céréales, les dessins humoristiques imprimés dessus, puis il passe aux boîtes de flocons d'avoine et de muesli en se demandant quand Jake sera assez grand pour manger des Choco Pops, des Rice Krispies et des Sugar Puffs. Il continue jusqu'au rayon nourriture pour bébé et regarde combien ça coûte. Les petits pots sont ce qu'il y a de plus cher. Il y en a un qui a une étiquette « Poulet aux légumes » et un autre une étiquette « Bœuf sauté », pourtant ils sont identiques. Les lingettes sont chères, les couches aussi. Il faut aussi penser à la crème. Quand Leon s'occupait de lui, il faisait en sorte que Jake n'ait jamais les fesses rouges. Leon se rappelle comme il se tortillait quand il lui essuyait le derrière. Il donnait des coups de pied et la couche était toujours mise de travers. Leon se rappelle le poids de Jake quand il le soulevait et les petits bras de son frère autour de son cou, ses doigts quand il lui tirait les cheveux, son odeur.

Les petits pots pour bébé pèsent lourd dans ses poches.

Sylvia le pousse dans le dos.

— Te voilà ! Je croyais t'avoir dit de rester aux jouets.

Leon marche à côté de Sylvia jusqu'à l'arrêt de bus en dressant une liste dans sa tête de toutes les autres choses qu'il volera.

33

Aux jardins, Leon appuie son vélo contre la cabane de Tufty. Tufty porte un gilet qui paraît taillé dans du filet. Le gilet est serré et fait ressortir ses muscles. Et puis il porte son short en jean et des tongs. Seules les filles mettent des tongs mais Leon garde ça pour lui. Leon va inspecter son propre potager pour voir si les Empereurs écarlates pointent leur nez. Il remue un peu la terre au pied d'une tige de bambou et il constate que la graine fendue a laissé le passage à un germe blanc recourbé sur lui-même qui se hisse vers le soleil. Il se dépêche de le recouvrir. Puis il avise deux feuilles vertes sur une tige blanche à deux centimètres du sol. Il les inspecte de plus près. Les feuilles sont repliées l'une dans l'autre, comme si elles se tenaient par les bras, trop effrayées pour mettre le nez dehors. Elles sont si fines et délicates, Leon se demande si elles vont survivre. Son souffle les fait tressaillir.

— T'as vu quelque chose ? crie Tufty.

Leon fait oui de la tête.

— Ça pousse, Tufty ! Elles commencent à sortir !

Tufty sourit de toutes ses dents.

Plus Leon regarde autour de lui, plus il voit de pousses et de feuilles ; chaque graine va devenir une grande plante solide. Il lève les yeux vers le sommet du wigwam et les imagine s'enrouler autour des bambous et grimper jusqu'au ciel.

Que pourrait-il planter d'autre ? Leon se rappelle les sachets de graines sur l'étagère de Tufty.

— J'aimerais bien avoir d'autres graines, dit-il, comme celles que t'as dans ta cabane.

Tufty rit d'un bon gros rire.

— T'en veux ? C'est un peu tard dans la saison pour planter, mais viens, on va aller voir ce qu'on peut trouver.

Ils sortent la boîte de graines de Tufty et s'installent sur deux chaises pliantes chacun avec une cannette de soda. Tufty une boisson au gingembre et Leon une boisson énergisante Tango qui lui pique la langue et lui fait mal aux dents.

Tufty fouille dans le tas de sachets et en jette plusieurs par terre.

— Des carottes pour voir la nuit.

Pouf.

— Des courgettes pour tromper l'ennui.

Pouf.

— Des pois parce que c'est fun.

Pouf.

— Du brocoli pour rester jeune.

Pouf.

— Tiens, Star. Regarde. Voilà les tomates. Que dirais-tu pour les tomates ?

— Des tomates parce que pour les sauces c'est idéal.

— Bravo ! dit Tufty et il lâche le sachet pour en prendre un autre.

— Maintenant, plus dur. Les poivrons. Qu'est-ce qui rime avec idéal ?

Leon lève les yeux au ciel.

— Des poivrons aussi hauts qu'un cheval.

Tufty renverse la tête en arrière et découvre toutes ses dents. Quand il rit, il secoue les épaules et tape dans ses mains.

— Ouais, Man ! T'es un poète.

— Tu écris des poésies pour les enfants, Tufty ?

— Quelquefois, quand ça me prend.

— Tu travailles dans une école ?

— Moi ? Nan, Man. Dans un magasin de vélos. Je répare des vélos pour M. Johnson. Tu te rappelles M. Johnson ? Il a un petit magasin à The Cross. J'allais chez lui après l'école et il a fini par me refiler un job. C'est lui qui m'a tout appris. Il n'y a plus que moi maintenant que M. Johnson est vieux, très vieux même. Plus vieux que mon père.

— T'as des enfants, Tufty ?

— Oui, oui.

Tufty ramasse les sachets et les dépose sur les genoux de Leon.

— Plante-les. C'est pas trop tard. Mets une graine par trou et ensuite croise les doigts.

Leon ne bouge pas.

— Où ils habitent ?

— T'as un sacré paquet de questions aujourd'hui, pas vrai, Star ? C'est leur mère qu'en a la garde. On s'entend pas trop tous les deux, alors je les vois pas très souvent. Elle vit loin d'ici.

— Ce sont des bébés ? Des garçons ?

— Des filles, sept ans et cinq ans. Deux filles.
— J'ai un frère.
Mais Tufty ne l'écoute plus. Il a les yeux fixés sur les arbres qui se balancent et plient dans le vent. Leon sait où il est parti. Il est parti jouer avec ses filles, il les pousse sur la balançoire du parc ou les rattrape à la descente du toboggan. Il sent l'odeur de leurs cheveux quand il les tient dans ses bras. Il sent leurs bras autour de son cou alors qu'il les soulève. Leon laisse Tufty penser à ses enfants pendant un long moment avant de ramasser ses graines.
— J'ai un frère, Tufty.
Tufty se tient totalement immobile. Il a les yeux ouverts mais il est toujours dans le parc ou en train de border ses filles dans leurs lits.
Leon emporte ses nouvelles graines dans son potager et en enfonce une dans chaque trou profond de trois centimètres, tous alignés au cordeau. Puis il arrose avec la bouteille en plastique. S'il avait un arrosoir, il aurait l'air d'un vrai jardinier. Lorsqu'il a terminé, Tufty n'a toujours pas bougé de sa chaise. Il est en train de lire quelque chose. Quand il aperçoit Leon, il plie le papier en deux.
— Bien. Assieds-toi, dit-il. J'ai écrit un nouveau poème : « L'Ode à Castro ». Je l'ai écrit hier soir mais je ne suis pas sûr que ça soit bon. Assieds-toi, dis-moi ce que t'en penses. Tu m'écoutes ?
Tufty se lève et, tout en parlant, il fait un pas à gauche puis un pas à droite, avec souplesse et sur la pointe des pieds.

Je ne veux pas être un guerrier
Je suis pas là pour faire la guerre

Je suis pas là pour me quereller
Et par des flics me faire injurier

Je suis pas là pour les enfin et les surtout
Pour les doctrines et la haine
Dont vous m'accablez jour après jour
Avec une cruauté inhumaine

C'est vous qui m'avez arraché à ma terre,
M'avez volé mon nom, mes coutumes, ma langue
M'avez vendu dans votre commerce triangulaire,
Avez fait de moi un esclave exsangue.

Nous on n'est pas des guerriers,
Nous on est nés Africains licites,
Nous on a pour nous la vérité, le droit et Dieu,
Nous on a la dignité et le mérite.

Nous on a perdu notre vie d'autrefois
Et les vieux rites de notre passé
Nous on est la conséquence de l'Histoire
Nous on est les guerriers que vous avez fabriqués.

De retour à la maison, Leon essaye de se rappeler les paroles de « L'Ode à Castro » et d'imiter les intonations de Tufty, de bouger comme lui, d'ouvrir ses bras en grand, de marcher d'un pas élastique. Il tourne autour de sa chambre en parlant à voix basse pour que Sylvia n'entende pas.

— On a la dignité et le mérite, dit-il.

Quelquefois, quand Tufty parle, Leon pense à son papa. Tufty et le papa de Leon ne se ressemblent pas et ne parlent pas pareil mais ils penchent tous les deux la tête de côté et dessinent des formes dans l'air avec leurs mains. Ça rappelle à Leon la dernière fois qu'il a vu son papa, avant la naissance de Jake.

C'est la veille de Noël. Le papa de Leon est debout sur le seuil de la porte d'entrée et Carol a descendu la braguette de son jean à cause du nouveau bébé. Le papa de Leon l'inspecte de la tête aux pieds et siffle doucement entre ses dents, ce qui veut dire qu'il est fâché et qu'il s'empêche de crier. Il tient à la main un sac-poubelle noir et Leon se demande si son cadeau est dedans. Carol dit à son papa qu'il ne peut pas entrer.

« T'as ton amant avec toi, hein, Carol ?

— S'il te plaît, Byron. Je veux pas...

— J'ai entendu dire qu'il t'a plaquée. C'est vrai ? Il est retourné avec sa grosse.

— Je sais pas. Ça te regarde pas.

— Paraît que tu lui cours après. Tu te ridiculises. T'as donc pas de fierté, Carol ?

— Je cours après personne. Qui t'a raconté ça ? »

Ils remarquent tous les deux en même temps Leon qui écoute à la porte. Carol lui ordonne de retourner dans le séjour. Il obéit. Si elle met son papa trop en colère, il risque d'oublier le sac-poubelle.

Le papa de Leon fait de son mieux pour baisser la voix mais sans beaucoup de succès.

« Il t'a plaquée. Tu sais que c'est vrai. Il a juste pris du bon temps avec toi. C'est ce que les gens racontent. Ce type-là a une femme et un gosse. Il veut pas de toi, Carol. Tu le sais au moins ? Vaut mieux, parce que j'ai pas envie qu'un Blanc vienne s'installer ici et maltraite mon fils.

— Quoi ? Tu veux en venir où ? Tu parles de quoi, là ? Il a même jamais vu Leon. Et tu peux toujours causer, toi. Toutes les fois que tu rentres bourré. C'est toi qui le maltraites, figure-toi. »

Son papa émet un faux rire.

« Ouais, ouais, Carol, d'accord. Je veux pas m'engueuler avec toi. Je suis pas venu pour ça. Je voulais juste t'informer qu'on m'a donné une date. La semaine prochaine, au tribunal. Si je reviens pas, tu donneras ça à Leon. C'est des babioles. Laisse-moi le voir avant de partir.

— Leon ! »

Carol s'écarte pour laisser le passage à Leon. Son père le prend dans ses bras et le presse à l'étouffer contre sa poitrine. Il sent le tabac froid, le traiteur chinois et la bière. Leon et son papa ont le même genre de cheveux mais ceux de son papa sont courts ; des boucles serrées hérissées autour de son crâne, on dirait un hérisson. Le papa de Leon a la peau noire comme du chocolat, celle de Leon est marron clair et il ressemble à Carol. Mais pour l'heure, son papa a juste l'air fatigué et triste.

Son papa le relâche et lui confie le sac-poubelle. Il s'agenouille et prend les mains de Leon dans les siennes.

« Tu dois pas l'ouvrir avant Noël, d'accord ? Regarde, j'ai fait un nœud. Tu dois pas le défaire. À Noël seulement, Leon, c'est-à-dire demain soir. C'est d'accord ? »

Il dévisage longuement Leon et bégaye un peu comme s'il essayait de dire quelque chose mais que les mots ne sortaient pas. Puis il serre de nouveau Leon contre lui et l'embrasse deux fois en frottant son visage râpeux contre ses joues.

« Maintenant, file, dit-il enfin. Va le mettre sous le sapin. »

Leon avait pris le sac. Il était lourd. Il contenait au moins deux cadeaux, il les entendait s'entrechoquer. Leon ne demandait qu'à être heureux mais quand il avait vu son père s'éloigner, il avait eu envie de courir après lui.

Son père s'était déjà rendu un jour au tribunal et après il n'était plus revenu pendant très longtemps. Sa maman avait pleuré sans arrêt et répété qu'il lui manquait, mais cette fois, elle s'en fichait.

34

Sylvia est au téléphone. Elle parle et en même temps elle se vernit les ongles des pieds. Sa voix sonne pas pareil. Des veines bleues lui grimpent sur les jambes et disparaissent sous sa robe de chambre. Elle devrait rabattre sa chemise de nuit mais elle ne remarque pas ces choses-là. Ses lunettes perchées sur le bout de son nez, le téléphone coincé sous son menton, un flacon de vernis dans une main, le pinceau dans l'autre, elle ne peut pas tirer sur sa chemise de nuit et couvrir sa culotte bleu pâle.

Leon détourne les yeux mais il continue à écouter parce qu'elle parle avec Maureen et qu'elle parle de sa guérison.

Sylvia a une voix nasillarde.

— Alors qu'est-ce qu'il a dit à la fin ?

Leon, qui n'entend pas ce que répond Maureen, fait appel à son imagination.

Je vais pouvoir rentrer à la maison, Sylvia.

— Vraiment ?

Oui, Sylvia.

— Quand ça ?

Demain, Sylvia.

Sylvia se tait et ne bouge plus.
— Demain ?
Oui, Sylvia.
— Demain comme dans demain ?
Oui, Sylvia, demain lundi.
— Lundi ?
Le matin, Sylvia.
— Lundi matin ?
Je prendrai un taxi pour venir chez toi, tu es d'accord, Sylvia ?
— Oui, très bien. Prends un taxi et je t'attendrai.
Sylvia croise le regard de Leon et lève un pouce en l'air.
— On t'attendra tous les deux. Il t'embrasse.
Embrasse-le pour moi, Sylvia.
— Elle t'embrasse, Leon.
On ne m'a pas encore donné l'heure. On nous dit rien ici, Sylvia.
— T'inquiète pas pour l'heure, j'attendrai toute la journée s'il le faut. Comme tu dis, ils racontent ce qui les arrange.
Il faut que je te quitte, Sylvia.
— Oui, oui. Vas-y. On t'attendra.
Alors qu'elle n'a que huit ongles vernis, Sylvia se lève et se lance dans une petite danse idiote en gardant les orteils retroussés. Elle a l'air d'une folle et Leon ne rit pas, même si Sylvia est contente. Au fond de lui, Leon est content aussi.
Ensuite, le reste de la journée, il enchaîne les corvées. Sa chambre est très bien, pourtant il est obligé de la ranger. Elle lui fait essuyer le bord de la fenêtre avec un chiffon propre et aligner ses jouets, regonfler son oreiller et disposer ses chaussures par paires.

Puis il doit laver la glace de la salle de bains, soi-disant parce qu'il le fait mieux qu'elle, mais c'est un mensonge. Il doit verser de l'eau de Javel dans les toilettes, puis un truc vert censé sentir le sapin mais qui sent juste comme à l'école.

Et pendant tout ce temps, Sylvia trotte par-ci par-là avec ses huit ongles vernis et deux sans rien. Elle se met des bigoudis dans les cheveux et reste en robe de chambre.

— Nettoyage de printemps, dit-elle en enfilant des gants en caoutchouc jaunes.

Une fois de plus, elle se trompe. On est en été.

Ils ouvrent en grand toutes les fenêtres et la porte, ils balayent les deux allées, celle qui traverse le jardin et celle qui donne sur la rue. Puis Sylvia met son jean et remplit une bassine d'eau chaude savonneuse. Elle sort une brosse de sous l'évier et emporte le tout dehors devant la maison.

Elle regarde des deux côtés de la rue.

— Quelle belle journée, tu trouves pas ?

Leon acquiesce.

— C'est un art qui se perd, dit-elle en trempant la brosse dans la bassine et en s'accroupissant devant la porte d'entrée. Le rituel du récurage du seuil... ou, si tu préfères : nettoyer devant chez soi.

La brosse gratte le ciment et la mousse devient noire. Sylvia parle toute seule et hoche la tête comme s'il y avait une autre personne, invisible, qui était d'accord avec elle.

— Oui, dit-elle, chaque vendredi matin, avant le week-end. Ou bien c'était le samedi ? Oui, le samedi. À l'aube, on entendait notre mère avec son seau en fer-blanc. Tac, tac, tac, sur toute la longueur. Qu'il pleuve ou qu'il vente. Oh, si ça vous poussait pas hors du lit, rien que le bruit. Ouaip, samedi matin à sept heures. J'avais pourtant juré de pas devenir comme elle et me voilà à quatre pattes pour accueillir notre Mo qui en a rien à foutre d'abord. T'es un peu fêlée, Sylvia Thorne née Richards, voilà ce que t'es, ma pauvre. Les voisins vont te prendre pour une folle. Mo pense que tu l'es de toute façon. Tu le sais d'ailleurs très bien toi-même. Mais c'est comme ça et c'est pas maintenant que ça va changer. Tu voudrais pas que ça change. Ah, mais, cette fichue marche est en train de revenir.

Elle frotte si fort qu'elle se balance d'un côté et de l'autre.

— Mo ne remarquera même pas, si ? Non, elle verra rien. Mais toi, tu sauras, Sylvia. Tu sauras que t'as récuré le seuil comme si on était à Leighton Buzzard en 1952. Voilà !

Elle s'essuie le front du revers de la main et vérifie si ses bigoudis sont toujours bien en place.

— Fais-nous un bon café, Leon, mon cœur. Ne reste pas là à me regarder comme si j'étais un Martien. C'est considéré comme une activité normale là d'où je viens.

Leon lui prépare un café dans son mug préféré et dispose deux biscuits sur une assiette. Il met le tout sur un plateau, et ajoute une cuillère au cas où le biscuit s'émietterait une fois qu'elle l'aurait trempé dans le mug. Quand Sylvia le voit sortir avec le plateau, elle lui fait un gentil sourire et se remet debout en se cambrant puis en se courbant en avant pour s'étirer.

— Qu'est-ce que je ferais sans toi, hein ? Tu es adorable, voilà ce que tu es.

Sylvia a un vieux visage mais ses yeux sont jeunes et il arrive à Leon de penser qu'elle a été jolie. Quand la télé était en noir et blanc, disait-elle, c'était à cette époque qu'elle était jolie, quand tout coûtait dix balles et qu'elle allait danser au Locarno. Sylvia était plus jolie que Maureen mais Maureen était plus gentille et Maureen rentrait à la maison. Ce qui voulait dire que Leon retournerait dans sa deuxième chambre. Sa première était celle de l'appartement où il vivait avec Carol et Jake. Sa deuxième était celle où il dormait avec Jake chez Maureen. Il se rappelle le papier peint et l'abat-jour et le filet de jour dans l'interstice des rideaux. Sa maman était venue dans cette chambre, elle avait vu la photo de Jake et s'était sentie mal. Sa troisième chambre était celle à côté de la chambre de Sylvia. Il ne lui faudra pas longtemps pour faire ses bagages.

Sylvia va prendre sa douche et, quand elle sort de la salle de bains, elle a changé de coiffure.

— Comment tu trouves ? dit-elle.
— Plus haute.
— Plus haute et... ?
— Plus large, dit Leon.
— Plus large et plus haute, résume-t-elle.
Leon opine.
— Et selon toi, c'est bien, Leon ?
Comme elle n'a pas l'air contente, Leon ne dit rien.
— Tu vas avoir une baby-sitter ce soir. Je sors.

Rose la cinglée vient le garder.
— Bonsoir, Pete, dit-elle.
— Leon, Rose. Son nom c'est Leon. Leon. Il est

prêt à se coucher, c'est à toi de lui dire quand. C'est un garçon très sage. Il ne fera pas d'histoires.

— J'aime ta coiffure, Sylv ! dit Rose la cinglée en tournant autour de Sylvia pour la regarder sous tous les angles. T'as fait ça toute seule ?

— Moi et les bigoudis et une bombe de laque fixation extraforte.

— Ça le fait en tout cas.

— Tu trouves ? dit Sylvia en relevant ses cheveux sur sa nuque. C'est pas trop haut ?

— Ça va bien avec ta robe et tes chaussures.

— Dix livres quatre-vingt-dix-neuf aux British Home Stores, annonce Sylvia en avançant la jambe, pied pointé, à la manière d'une danseuse. La robe était en solde. Je l'ai juste un peu retouchée. J'ai toujours eu la taille fine.

— Amuse-toi bien, alors. On va bien s'entendre tous les deux, pas vrai, Pete ?

— Leon, corrige Sylvia.

Rose la cinglée allume la télé. Ils regardent un film sur un requin. Comme elle s'endort, Leon éteint le poste. Il ne dort toujours pas quand Sylvia revient.

— Rose ? Rose ?

Sylvia est obligée de la secouer encore et encore pour la réveiller.

— Oooh, dit-elle. Je dormais ? J'ai dormi combien de temps ? Où est Pete ?

Sylvia fait un petit geste avec le pouce pointé et dit à Leon d'aller se coucher.

— Viens, Rose. J'ai gardé le taxi pour toi. Il attend dehors.

Leon reste sur le canapé. Il a prélevé soixante-dix pence dans le sac de Rose la cinglée et il les a déjà glissés dans son sac à dos. Il a aussi pris sa lime à ongles dans un étui en plastique violet. Il a vu un film un jour où un prisonnier s'échappait grâce à une lime à ongles. On la glisse dans la serrure et la porte s'ouvre.

Après le départ de Rose la cinglée, Sylvia commence à ôter des pinces et des épingles du gros champignon au-dessus de sa tête. Le tout s'effondre : une tignasse ébouriffée. Du noir a coulé sous ses yeux.

— Ce salopard m'a posé un lapin, si tu veux savoir, Pete, dit-elle.

Leon se lève.

— On va déménager au bord de la mer, c'est ce qu'on va faire. Mo et moi. À Hastings. Ou à Rye. Je vais l'obliger. On va laisser tomber tout ça et prendre notre retraite à la mer. Un petit cottage à côté d'un pub.

Elle vacille et allume une cigarette.

— Qu'ils aillent tous se faire foutre, dit-elle en agitant les bras.

Elle se laisse tomber sur le canapé et lâche un rot sonore.

— Pardon. Fais-moi un de tes merveilleux cafés, Pete.

Elle glousse.

— Pete ! Pete ! Quelle cinglée cette Rose.

Leon lui prépare son mug et ajoute un sucre supplémentaire parce qu'il trouve que Sylvia a l'air triste. Il le lui apporte sur le plateau avec les biscuits et une cuillère.

Il pose le tout sur le sol et s'assied à côté d'elle sur le canapé. Elle ne dit pas merci. Il ne dit rien non plus. Le silence est si profond qu'il entend les voitures dans la rue, quelques rares voitures et une sirène au loin.

Sylvia fond en larmes. Elle lève une main devant ses yeux alors que l'autre, celle qui tient la cigarette, se met à trembler. Leon lui retire la cigarette qu'il pose sur le cendrier avant de se rasseoir. Les pleurs de Sylvia se changent en sanglots. Ses cheveux montent et descendent. Il lui prend la main parce que c'est ce qu'elle a fait quand il a pleuré au moment de sa maladie.

— Pardon, chuchote-t-elle. Pardon.

Leon lui passe le bras autour des épaules.

— Pleure pas, lui dit-il. Maureen revient à la maison demain.

35

Leon sait que Sylvia ne se réveillera pas tôt pour la simple raison qu'elle ne se lève jamais tôt quand elle a bu. Dès qu'il est debout, il fait l'inventaire de tout l'argent qu'il a collecté ainsi que du contenu de son sac à dos.

Il a neuf livres et quarante-sept pence plus les cinq livres de sa mamie qu'il a économisées, une lime à ongles, un carnet et un stylo, quatre Raider quoique l'un deux soit cassé, un ouvre-boîte, deux petites boîtes de haricots blancs qu'il pourra réchauffer, ses graines risque-le-coup, ses outils de jardinage cadeau de M. Devlin, une BD, la broche préférée de Sylvia au cas où il serait à court d'argent, une cannette de soda cabossée, le pistolet, un porte-clés en forme de pistolet, un pistolet en plastique vert, la tête, une hache avec un manche branlant, un plan de Bristol, un plan de Londres, une savonnette craquelée, des petits pots pour bébés, la photo de Jake avec l'adresse au dos, une miniboîte de corn-flakes et une miniboîte de Rice Krispies, des pièces de monnaie qui ne sont pas anglaises, un couteau, la lettre de Jake, son plus bel Action Man coiffé de son béret *Big Red Bear*, deux couches et une tototte, un torchon trouvé dans le placard de Sylvia et une couverture pour bébé.

Il range le tout dans son sac à dos, tellement plein qu'il peut à peine le zipper jusqu'en haut. Il ne pourra jamais porter tout ça d'un seul coup. Maureen lui demandera ce qu'il y a dedans et il devra faire semblant qu'il n'y a que des jouets. Quand il sera de retour chez elle, il cachera certaines choses sous son lit. Il faudra bien qu'il laisse derrière lui ce qu'il a entreposé dans sa cabane, mais quand Maureen le ramènera pour rendre visite à Sylvia, il ira voir comment ses plantes ont poussé et il récupérera ses affaires. Leon devra peut-être attendre un peu pour mettre son plan en œuvre, maintenant que Maureen est de retour. Il ne pourra peut-être pas du tout faire ce qu'il avait projeté.

Il a préparé son petit déjeuner quand Sylvia entre en traînant des pieds. Elle met en marche la bouilloire et resserre la ceinture de sa robe de chambre. Elle s'assied et joint les mains sur la table. Son visage compte encore plus de plis que d'habitude et le mascara a maintenant coulé jusque sur ses joues. Mais ses cheveux sont tout plats.

— Écoute, Leon, je suis désolée. Vraiment. Qu'est-ce que j'ai raconté hier soir ? J'ai dit n'importe quoi ? Même si ma vie n'est pas gaie, c'est pas juste de m'en prendre à toi. Elle est pas plus gaie pour toi.

Elle sort ses cigarettes de sa poche et en allume une. Leon commence à lui préparer une tasse de café.

— Mo sera là tout à l'heure. J'espère qu'elle restera ici quelques jours. Ou même pour de bon.

Leon fait gicler un peu d'eau bouillante sur lui et manque de lâcher la bouilloire.

— Attention, Leon !

Rapide comme l'éclair, elle lui prend la bouilloire des mains.

— Ça va ? Montre.

Mais Leon s'éloigne d'elle et se rassied.

— Tu t'es pas fait mal ?

Leon fait non de la tête. Sylvia est laide le matin au réveil et elle sent fort la vieille dame. Elle n'a qu'à se préparer son café toute seule. Elle a tort pour plein de choses, elle s'est sûrement trompée pour Maureen. D'ailleurs elle le dit elle-même, elle raconte parfois n'importe quoi.

Ils doivent attendre Maureen pendant des heures et des heures. Il est le premier à l'entendre. Au bruit d'une voiture, il se précipite pour ouvrir la porte. Maureen descend d'un taxi noir. Elle a une valise équipée de petites roulettes et Leon court la lui prendre.

Maureen ouvre grand les bras.

— Le voilà !

Elle attrape Leon et le serre contre elle, et lui la serre aussi dans ses bras.

— Arrête, murmure-t-elle. Arrête de grandir comme ça ! Tu vas devenir un géant et tu pourras plus passer la porte.

Elle ne le lâche plus.

— Oh, j'avais besoin d'un bon câlin. C'est le meilleur médicament du monde.

Sylvia arrive à son tour et Leon doit s'écarter.

— Prends sa valise, Pete. Viens, Mo. Viens t'asseoir. Tu devrais pas porter cette valise.

Sylvia donne des ordres à Leon et prépare du thé. Elle a acheté un gâteau rond pailleté de sucre coloré et fourré à la confiture. Elle le dépose sur un plat et coupe des tranches.

— Super ! dit Maureen en faisant un clin d'œil à Leon. T'es devenue riche pendant que j'étais pas là ?

— Ça, dit Sylvia, c'est ton dernier gâteau, Mo. Tu m'as promis pour le sucre et la boisson.

— Moi ? Je bois ?

— Alors juste le sucre, les gâteaux. Tu sais très bien ce que je veux dire.

— D'accord, d'accord, ça va comme ça, Sylvia.

Leon adore quand Maureen fait la grosse voix avec Sylvia. Ils mangent le gâteau en silence. Puis Maureen se lève et coupe une autre tranche, sans quitter Sylvia des yeux.

— T'en veux encore, Pete ? dit Sylvia.

— Qui c'est, Pete ? demande Maureen. Pourquoi t'arrêtes pas de l'appeler Pete ?

— Oh, c'est une blague. C'est Rose la cinglée qui a commencé.

Maureen se tourne vers Leon et hausse un sourcil.

— C'est pas une lumière, cette Rose. Elle s'est pas mise à piquer du nez au milieu d'une phrase, la langue pendante ?

Maureen fait une grimace si rigolote que Leon se met à rire. Maureen et Sylvia se joignent à lui. Quand le gâteau est presque terminé, Leon demande la permission d'aller faire un tour à vélo.

— J'ai beaucoup entendu parler de ce vélo, dit Maureen. Où tu vas ?

— Au parc.

— Lequel ?

— Celui avec la grille.

— Tous les parcs ont des grilles, Leon. Par où tu passes pour y aller ?

— Je monte la côte.

— Hum, dit Maureen, tu me montreras ce parc demain. D'abord tu vas aller te débarbouiller. Tu as des miettes collées partout.

Leon va dans le couloir, ouvre la porte de la salle de bains, puis change d'avis et revient sur ses pas. C'est Sylvia qu'il entend en premier.

— ... brave garçon, tout bien considéré. Je me suis habituée à lui.

— Où est ce parc où il va ?

— Oh, un peu plus haut dans la rue principale. On passe devant avec le bus. Ça va, Mo. Regarde comme il est grand. Il se débrouille. Tu devrais pas t'angoisser.

— Il est devenu bien silencieux.

— Les gosses sont toujours comme ça à cet âge.

— Il va faire plus d'un mètre quatre-vingts, celui-là, dit Maureen. Et beau garçon, en plus.

Leon sourit et tâte ses biceps. Sylvia reprend :

— Écoute, toi et moi, il faut qu'on discute de notre avenir, Mo.

— Encore ! Sylvia, pour l'amour du Ciel. Je viens de rentrer.

— Et tu restes ici. Tu emménages avec moi. C'est logique. Je pourrai t'avoir à l'œil. T'as pas de mec, moi non plus maintenant. On pourra partager les factures. J'ai deux chambres vides. Pas d'escalier. J'ai bien réfléchi. C'est pour ton bien. Tu n'as pas envie d'avoir une autre attaque, Mo. Ça a failli m'achever. Tu viens habiter avec moi.

— Ah, bon ? T'as décidé ça ? C'est gentil. J'ai pas mon mot à dire, je suppose.

— On n'est pas obligées de s'arrêter là. Qu'est-ce qui nous empêche de changer de crèmerie ? Rien. Mo, qu'est-ce que tu penses de Hastings ?

— De quoi tu parles ?

— De vendre. On réunirait notre argent. Combien tu crois qu'on aurait ? Assez pour un cottage avec deux chambres, pour sûr. La mer, Mo. Tu adores la mer.

— Hastings ?

— Au bord de la mer.

— Si seulement.

— Pourquoi pas ? Tu adores la mer, Mo.

— Ça fait tellement longtemps que je me suis pas reposée vraiment, c'est tout ce que je sais.

— Qu'est-ce qui nous en empêche ?

— Je peux te citer deux ou trois petites choses.

— Donne-toi le temps de réfléchir, Mo. Essaye de pas penser à toutes les difficultés.

Sylvia a haussé le ton. Maureen garde le silence une éternité et, quand elle reprend, sa voix a changé, elle est devenue tendre et douce comme quand elle racontait une histoire à Jake.

— C'est vrai, j'adore la mer. J'ai toujours rêvé d'avoir une maison au bord de la mer. Marcher sur la plage. Les lumières qui s'allument sur la jetée. J'aurais un chien, un springer anglais par exemple. Je perdrais du poids, n'est-ce pas, avec toute cette marche ? J'adore la façon dont la baie s'étire comme un sourire géant. Et puis il fait doux là-bas, même en hiver et il y a toujours le spectacle de la mer. Le murmure de la mer. C'est quoi qui nous charme autant ? Pourquoi quand on regarde la mer, on se sent calme ? Hastings... Mais ça a dû changer depuis qu'on y allait.

— Seulement toi et moi, Mo, dit Sylvia.

— Ou un lakeland terrier. Ou... c'était quoi le chien des Turner ?

— Un bedlington terrier.

— Quand ils ont un pedigree, ça coûte cher quand même. Et les bedlington sont turbulents. On pourrait adopter un chien dans un refuge, Sylv. Un petit bâtard, ça m'irait mieux. Tranquille, bien élevé. Si ça ne tenait qu'à moi, j'aurais des poutres apparentes et une porte d'écurie à l'arrière de la maison. Bon, j'aime pas les rues pavées, à cause de mes chevilles. Je me vois au bout d'une ruelle bordée des deux côtés de roses trémières. C'est celles qui ont de grandes tiges, non ? On n'a pas vraiment besoin d'un jardin quand on a la mer et j'ai jamais eu de chance avec les plantes. Un pub au coin de la rue. Une friterie. Le bruit des vagues me bercerait dans mon lit.

— Juste toi et moi, Mo.

Leon retourne à la salle de bains et tire la chasse. Il regarde l'eau tournoyer, devenir bleue, puis stagner dans le fond de la cuvette. Il tire de nouveau la chasse, crache dans l'eau et observe sa salive tourbillonner avant de disparaître. Il se sèche les mains sur son pantalon et va dans sa chambre.

Jake le regarde et lui tend les mains sur la photo. Il essaye de lui tirer les cheveux ou de lui prendre son camion ou de s'asseoir sur ses genoux. Leon s'allonge sur son lit, ferme les yeux et pose ses mains sur son estomac, au cas où il aurait envie de vomir. Il a l'impression que de l'argile coule dans ses veines.

Les projets de Sylvia se fixent au fond de sa poitrine comme une ancre, il ne respire plus qu'un filet d'air à travers un mince tuyau d'acier, sa poitrine se remplit du parfum aigrelet de Sylvia, de son odeur intime. La chair de ses paumes garde l'empreinte des doigts de sa mère, de ses messages secrets, de son délabrement physique, de ses absences, de ses doigts tachés, aussi bruns qu'un fruit pourri. Et dans les zones profondes de son cerveau, il entend des cris et des lamentations : la prise de conscience que Maureen n'est pas différente des autres.

Il ramasse son sac à dos et le soupèse. Oui, il sera capable de le porter sur son vélo jusqu'aux jardins partagés. Il pourra laisser les trucs les plus lourds dans la cabane. Oui, il est sûr de lui quand il est sur son vélo, il est fort. Oui. Castro n'aura pas déniché sa cachette. Oui, il peut le faire. Il peut le faire. Du moment que personne n'entre dans sa cabane pour le cambrioler pendant qu'il n'est pas là. Oui.

Quand il revient dans le séjour, elles sont toujours en train de parler du bord de mer. Maureen prend la main de Leon dans la sienne.

— Je crois que je vais venir avec toi me promener au parc, dit-elle.

— J'y vais pas tout de suite, réplique-t-il en s'asseyant sur le fauteuil.

— Tu as changé d'avis ?

— Oui, répond Leon. J'ai changé d'avis. Je préfère rester à la maison avec vous.

Il sourit. Tout comme Maureen quand elle prend sa voix tendre, tout comme Sylvia qui en a trois ou quatre différentes, lui aussi peut prendre une voix mensongère.

C'est alors qu'elles se mettent à chuchoter. Elles vont à la cuisine mais il les entend quand même, seul son visage regarde la télé, le reste de sa personne se tient entre elles, pendu à leurs lèvres. Maureen a sûrement les bras croisés.

— Tu lui as rien dit, alors ?
— Non, dit Sylvia.
— Bien. Laisse-moi faire. Je veux lui parler avant les assistantes sociales. Mais j'attendrai le moment propice.
— Quand ce sera officiel ?
— D'un jour à l'autre, mais tu sais comme ils peuvent être lents. Les services sociaux sont jamais pressés.
— Et ce sera définitif ?
— En ce qui me concerne, oui. À part ça, j'arrête de bosser.

La suite est noyée dans le bruit de la bouilloire. Elles boivent encore du thé et du café, mangent du gâteau et des sandwiches, parlent de gens qu'il ne connaît pas et du bord de mer pendant qu'elles font des projets pour lui, des projets sans lui. Puis Sylvia remet sur le tapis la question de la maison et combien de chambres elles peuvent s'offrir. Maureen hoche la tête. Elles répètent que ce sera pour de bon. Leon voit à quel point Maureen est grosse et Sylvia laide et qu'elles préfèrent prendre un chien plutôt que de le garder, lui.

Soudain, elles déboulent toutes les deux dans le séjour et se précipitent sur la télé.

— Qu'est-ce qui se passe ? demande Maureen.

Comme Leon ne faisait pas attention, il ne dit rien.

— Attends voir, dit Sylvia. Si c'est aux nouvelles,

ce sera aussi sur ITV. Change de chaîne, change de chaîne.

Maureen change de chaîne.

« ... un quartier très défavorisé. D'après les derniers bulletins, il y aurait des incendies et des affrontements entre des bandes de jeunes et des policiers à la suite de la mort d'un homme gardé à vue... un habitant du quartier d'Union Road. Ce qui avait commencé comme une manifestation pacifique devant le commissariat de Springfield Road a dégénéré en bagarre de rue entre les forces de l'ordre et les manifestants. Plusieurs policiers et civils ont déjà été hospitalisés. D'après des témoins, on aurait cassé des vitrines et pillé plusieurs magasins. La police attend des renforts qui sont en chemin en provenance des quatre coins de la région. Nous restons avec vous ce soir pour vous tenir informés de la suite des événements. »

36

L'air sent comme la nuit autour d'un feu de camp. On a l'impression qu'il va se passer quelque chose d'extraordinaire. Que quelque chose d'extraordinaire s'est déjà passé. Leon se félicite de son courage. Il est un cambrioleur. Il est James Bond. Il est sorti par sa fenêtre en faisant si peu de bruit qu'il n'en revient pas lui-même. Il a eu du mal à hisser le sac à dos mais il a fini par y arriver.

Il tourne au coin du pavillon et détache son vélo du tuyau de descente de la gouttière à côté de la barrière au fond du jardin. Il le pousse entre les maisons en se baissant comme si le vélo roulait tout seul. Le sac pèse très lourd et lui écrase le dos mais, dès qu'il est dans la rue, il se redresse. Il peine en montant la côte. Sylvia et Maureen ne remarqueront pas son absence puisqu'elles regardent les informations à la télé. Et quand elles s'en apercevront, de toute façon, elles s'en ficheront.

Il transpire mais tient bon. Son visage n'est pas comme d'habitude et il a les lèvres gonflées d'avoir pleuré. Il pense à Maureen entrant dans sa chambre le matin et versant des larmes comme quand ils avaient perdu Jake. Maureen qui court avertir Sylvia et les deux sœurs qui se mettent à sangloter parce qu'il est trop tard. Il a la gorge qui pique et il est obligé de s'essuyer les yeux sur sa manche pour voir où il va. Si on le remarque, on croira que c'est à cause de la fumée.

Des gens sont attroupés au coin des rues et quelqu'un lui crie d'arrêter mais il fait la sourde oreille. Il n'a jamais entendu autant de sirènes de police. On se croirait au cinéma ou à la télé. Leon voudrait bien voir où est le feu, mais il doit faire attention parce que Dovedale Road est loin, très loin, et ensuite il doit aller jusqu'à sa cabane puis jusqu'à Bristol. Deux heures de voyage, a dit l'assistante sociale, mais ça, c'était en voiture. Il a un plan dans son sac et avec l'argent qu'il vient de prendre dans le porte-monnaie de Maureen, il a en tout vingt-trois livres.

En général, quand il pense qu'il va revoir Jake, il se sent heureux. Pourtant là, il ne sait pas pourquoi, il pleure et se demande si Jake se souviendra de lui. Les bébés changent énormément quand ils grandissent. Comment réussira-t-il à le reconnaître et comment parviendra-t-il à pénétrer dans la maison où ils le gardent ? Bien sûr, il pourra se servir de la lime à ongles de Rose la cinglée.

Il regarde derrière lui pour évaluer la distance qui le sépare à présent de Sylvia et de Maureen. Il déposera les choses les plus lourdes dans sa cabane des jardins partagés et ne prendra que l'essentiel pour se rendre à Dovedale Road : des bonbons pour lui, des petits pots pour Jake, l'argent, le plan et la photo.

Quand il aura Jake avec lui, si quelqu'un l'arrête en disant « Où t'emmènes ce bébé ? », Leon lui montrera la photo pour lui prouver que Jake est son frère. Quand on est noir et qu'on a un frère blanc, certaines personnes ne veulent pas croire qu'on est de la même famille. Il espère que Jake sait marcher, sinon il faudra le porter. Il se demande s'il tiendrait dans le sac à dos. Il a vu des Africaines porter leurs enfants sur leur dos, donc ça doit être possible. Il est rassuré d'avoir un plan b au cas où il échouerait à voler la poussette ou si Jake ne sait pas encore marcher ou s'il est trop lourd pour qu'il le porte dans ses bras ou sur le vélo.

Retrouver Carol promet d'être plus difficile, mais il s'occupera de ce problème en temps voulu. S'il y a une chose dont il est sûr, c'est que sa maman veut revoir Jake. Il imagine sa tête lorsqu'il frappera à sa porte et qu'il lèvera Jake devant lui. Elle fondra en larmes et le prendra dans ses bras, le serrera très fort contre elle et dira : « Mon bébé, mon bébé » et sans doute s'effondrera-t-elle comme elle l'a déjà fait mais cette fois ce sera de bonheur et Leon est assez fort pour l'aider à se relever. Les assistantes sociales lui ont toujours dit que sa maman adorait ses enfants mais qu'elle n'était pas capable de s'en occuper. Eh bien, ça va changer. Leon a appris tellement de choses depuis ses neuf ans. Il a fait des courses dans un hypermarché avec Sylvia, il a appris à choisir la qualité pour le meilleur prix. Il a appris le prix des choses et comment se les procurer quand on n'a pas assez d'argent pour se les payer.

S'occuper de Jake ne sera pas un problème, ça ne l'a jamais été. S'occuper de Carol, c'est une autre paire de manches et s'il s'y était mieux pris autrefois, il ne serait pas là en train de pédaler comme un fou avec un sac qui pèse une tonne alors que la nuit commence à tomber, que les jardins sont encore loin et qu'il a un peu peur. Il s'en veut d'être allé trouver Tina pour lui quémander de l'argent. C'est sa faute si sa maman a été hospitalisée et que tout a aussi mal tourné. On ne l'y reprendra plus. Vingt-trois livres, c'est beaucoup d'argent. Avec ça, deux personnes et un bébé peuvent survivre pendant des semaines à condition de rester ensemble.

Il descend de vélo à l'entrée des jardins. Il s'attendait à trouver le portail fermé et à devoir escalader les grilles. Il avait même apporté son antivol. Mais le portail est grand ouvert. En plus, un des battants pend sur le côté, à moitié arraché de ses gonds.

Il avance lentement. Il entend des voix, des cris, des gros mots. Il se fige. Maureen a peut-être remarqué son absence et appelé la police. Ils sont peut-être à sa recherche, dans ce cas il vaudrait mieux rebrousser chemin. Les insultes qui fusent lui donnent envie d'enfourcher son vélo et de retourner se glisser chez Sylvia par la fenêtre, mais ce ne serait pas une preuve de courage et s'il baisse les bras au premier obstacle, il n'arrivera jamais jusqu'à Bristol. De toute façon, alors qu'il se rapproche, il reconnaît les voix de Tufty et de M. Devlin. Ces deux-là se sont toujours détestés. Qu'ils se disputent n'a rien d'étonnant. Cela ne veut rien dire de spécial.

Il doit faire bien attention de ne pas se faire remarquer. Il distingue tout juste leurs silhouettes, debout devant la cabane en brique de M. Devlin. Le faisceau de la lampe de M. Devlin est pointé vers le sol mais celle de Tufty danse dans tous les sens et dessine des formes dans la nuit. Leon pousse son vélo tout doucement sur le sentier derrière le potager de

M. et Mme Atwal. Comme d'habitude, c'est Tufty qui parle mais M. Devlin semble en dire autant avec moins de mots.

— Vraiment ? dit-il. Montrer au gouvernement ? Vous m'en direz tant.

Tufty hurle. Leon sait qu'il menace M. Devlin de son index.

— C'est ce que vous faites, hein ? Vous et votre IRA. C'est une manifestation. Vous avez compris ? Sauf que nous on pose pas des bombes pour tuer des gens dans leur lit comme vous autres les Irlandais.

— Ah, bon, parce que tous les Irlandais sont des terroristes. C'est ça que vous êtes en train d'insinuer ?

— Vous passez votre vie à vous soûler dans votre cabane. Vous savez même pas ce qui se passe dans le monde.

— Ah, vraiment ?

— Vous trouvez ça drôle peut-être ? Pourquoi vous souriez ? Ça vous fait marrer que des flics tuent des Noirs ?

— Ne faites pas le...

— Le quoi ? Le quoi bordel de merde ? Vous me croyez pas. Il y a des centaines de personnes qui manifestent ce soir. Et vous savez pourquoi ? La police a tué un Noir hier, quelqu'un que je connaissais. Ouais, mon ami Castro, Man. Ils l'ont emmené au poste pour une connerie et ils l'ont assassiné à coups de pied.

— Écoutez...

— Ouais, alors riez pas quand vous parlez avec moi. Riez pas.

— Je ris pas...

À sa voix pâteuse, Leon sait qu'il a bu.

— ... Je suis désolé pour votre ami, continue

M. Devlin, mais ça ne les autorise pas à prendre les jardins pour un champ de course. Regardez un peu le travail.

Leon voit à présent que les plantes ont été piétinées et les citernes renversées. Les sillons entre les plantations ne sont plus droits.

— Vous avez jamais été en colère ? réplique Tufty. Pas seulement parce que vous aviez plus de whisky et que les magasins étaient fermés. Je veux dire dans vos tripes. Vous avez jamais été en colère dans vos putain de tripes ?

Un long silence s'ensuit. Tufty et M. Devlin doivent être en train de se regarder dans le blanc des yeux en attendant que l'un d'eux batte des paupières. Leon ne bouge pas non plus. Il est si proche d'eux qu'ils pourraient facilement l'entendre. Il espère que ceux qui ont mis le bazar dans le potager ne se sont pas approchés de sa cabane.

— Bien sûr que oui.

— Ah, oui ? On a fait de vous un esclave ? On vous a forcé à porter des chaînes ?

— Oh, pour l'amour du Ciel ! dit M. Devlin. Une leçon d'histoire maintenant. Aidez-moi plutôt à réparer le portail, si vous voulez bien ? Le portail. Vous vous conduisez comme un gamin.

— À qui vous croyez que vous parlez ?

— Alors ne leur trouvez pas d'excuses. Ce sont des sauvages.

— Des sauvages ? Vous appelez les Noirs des sauvages ? Espèce de…

Leon entend des bruits de bagarre mais ne voit rien. Les deux hommes grognent et halètent, les faisceaux de leurs lampes balayent la poitrine de Leon comme des rayons laser. Leon pousse lentement son vélo jusqu'à la cabane de Tufty. Il s'apprête à continuer son chemin quand il entend M. Devlin crier, puis un bruit de chute.

— Ouais, dit Tufty. Je préfère être un sauvage qu'un pervers. Vous croyez que j'ai pas vu vos photos et vos poupées ? Vous croyez qu'on n'a pas vu ce que vous avez là-dedans ? Tout le monde aux jardins est au courant. On sait à quoi vous jouez.

— Salaud !

M. Devlin a dû se relever et foncer sur Tufty parce que, tout d'un coup, les deux hommes percutent le mur de la cabane de M. Devlin. Une lampe de poche roule à terre. Si Leon parvient à s'en saisir, il aura moins peur de s'enfoncer tout seul dans les jardins. S'il arrive à mettre la main dessus, il l'éteindra et la cachera jusqu'à ce qu'ils aient arrêté de se battre.

Ils continuent à se bagarrer et à crier de plus belle.

— Je vous ai vu avec le garçon qui vient ici. Vous faites ami-ami. Vous cherchez à vous faire aimer. Vous allez le prendre en photo bientôt ? C'est ça ?

— Ferme ta sale gueule.

— Je vous ai vu lui donner des trucs. Des petits cadeaux. Je l'ai vu entrer chez vous.

— J'ai jamais...

— T'as pas de femme. T'as pas de mômes...

— Une femme ? hurle M. Devlin. Ma femme ? Comment oses-tu ?

Leon ouvre de grands yeux dans le noir. Il distingue les silhouettes des deux hommes semblables à des épouvantails noirs qui se découpent sur le ciel violet. Il les entend haleter, il sent un courant électrique passer entre eux qui lui donne la chair de poule et fait battre son cœur à toute vitesse.

— Ouais, continue Tufty, t'as pas de gonzesse mais tes murs sont couverts de photos de petits garçons. Les photos te suffisent plus ? C'est ça ? Tu veux y goûter en vrai maintenant ?

— Ferme ta gueule, sale nègre.

Malgré le coup qu'il se prend, M. Devlin continue à parler.

— Tu vas voir, enfoiré !

Leon appuie son vélo contre la cabane de Tufty, s'accroupit et court quelques mètres puis il s'avance lentement vers eux. Il se couche à plat ventre et rampe en s'aidant de ses coudes comme il l'a vu faire dans les films de guerre. Il cherche à tâtons la lampe de poche. Sa main se referme sur quelque chose de mou et spongieux. Il étouffe un petit cri et essuie sa main sur l'herbe. Il palpe le sol autour de lui mais ne trouve rien. Il s'accroupit derrière la citerne. Soudain, M. Devlin se rue à l'intérieur de sa cabane.

— Viens ! crie-t-il. Entre donc si tu oses ! Toi et ta mentalité de merde ! T'auras plus qu'à la fermer après ça !

Tufty se tient sur le pas de la porte. Il braque le faisceau de sa lampe à l'intérieur. Leon voit par la fenêtre M. Devlin qui s'agite comme un forcené. Toutes ses jolies choses tombent de l'étagère et se cassent. Il titube, trébuche, hurle. Tufty recule d'un pas.

— T'es dingue, Man. J'ai pas de temps à perdre.

— Non, non, non. Je ne suis pas dingue. Je suis un pervers. C'est ce que t'as dit. Un pervers. Je vais te montrer. Viens, entre dans l'antre du monstre.

M. Devlin se met à jeter des objets par terre. Leon

sait ce qu'il cherche. Et ce qu'il cherche se trouve dans son sac qui, à cet instant, est sur son dos.

— Où il est ? Gabriel ! Où il est ? Où il est passé ? Leon entend toutes les choses préférées de M. Devlin se briser et M. Devlin se briser lui aussi.

— Mon bébé, mon fils, où es-tu ?

— Putain, mon vieux, faut se calmer, dit Tufty.

Il entre dans la cabane et, dès qu'il a disparu, Leon se met à courir. Il ne voit pas où il va mais il court. Le sac lui tape dans le dos, avec la tête de bébé sculptée qui rebondit à l'intérieur. Il trébuche et tombe, se relève, trébuche et tombe de nouveau, et le temps qu'il arrive à la cabane il a le dos trempé de sueur.

Il fait noir dans la cabane. L'air est comme un sirop chaud qui lui colle à la gorge. Il jette le sac par terre et s'effondre à genoux. Il enlève son tee-shirt. Le coton lui colle à la peau. Sa tête le démange, son dos le démange, ses pieds dans ses baskets sont humides et brûlants, et ça cogne tellement fort dans sa poitrine qu'il a l'impression qu'elle va s'ouvrir et que son cœur va s'en échapper. Il sera mort et quand Maureen le retrouvera, elle sera triste, sa maman pleurera parce qu'elle ne l'a jamais aimé autant qu'elle aime Jake, et à son enterrement, ils diront tous qu'ils sont désolés de n'avoir pas été plus gentils avec lui, mais lui il s'en fichera puisqu'il sera mort.

Il regarde par le carreau sale du côté de la cabane de M. Devlin. Ses cris sont presque noyés par les hurlements des sirènes mais Leon l'entend encore et il se demande si Tufty est toujours en train d'essayer de le calmer ou s'ils se disputent, à moins que Tufty ne soit rentré chez lui. Quelque chose bouge à ses pieds. Quelque chose qui gratte le sol. Leon remarque combien les ténèbres sont épaisses. Des bêtes doivent vivre ici, des araignées, des rats, des papillons de nuit, des souris, des gens, des fantômes... Le vent siffle à travers la vitre brisée. S'il y a des créatures dans la cabane avec lui, il ne peut pas les voir. Elles pourraient refermer leurs griffes sur lui et lui faire mal comme dans ses cauchemars. Le tuer. Le manger. Lui arracher les membres. Leon se rue hors de la cabane et la porte claque derrière lui. Une fois, deux fois.

Le silence s'installe tout d'un coup. M. Devlin et Tufty se sont tus. Ils ont dû entendre le bruit de la porte. S'il y a un monstre dans la cabane, il se tient tranquille. L'argent, son sac, son tee-shirt, l'adresse de Dovedale Road, Leon a tout laissé à l'intérieur avec la créature qui gratte. Leon se rappelle son papa en train de pleurer après l'enterrement et l'expression sur son visage. « J'ai plus personne. J'ai plus personne. J'ai plus personne. » Leon a de la peine pour son papa. Il n'y a que les filles qui pleurent et laissent les larmes couler sur leurs joues devant les gens. Si seulement ç'avait été son papa qui grattait dans la cabane. Ils auraient pu aller chercher Jake ensemble. Mais son papa n'aimait pas Jake même avant sa naissance et s'il n'avait pas été tout le temps en prison, sa maman n'aurait pas aimé le papa de Jake à sa place, elle n'aurait pas eu Jake et il ne lui aurait pas dit toutes ces choses horribles qui l'ont fait pleurer. Alors tout aurait été comme avant.

Les sirènes des pompiers et de la police déchirent la nuit mais Leon entend quelque chose qui s'approche tout doucement, avec mille précautions. Il distingue un bruit de pas, des chuchotements. Tout ce qu'il peut faire, c'est se réfugier dans la cabane. Castro est mort, c'est ce que Tufty a dit. Mais si Castro était sorti de sa tombe, si c'était lui qui revenait hanter les jardins ? Le gravier crisse. Il entend des voix graves, rauques, au débit rapide.

Ils viennent l'arrêter. C'est les mêmes flics qui ont emmené Castro, qui ont tué Castro, qui l'ont tué à coups de pied. Ils sont de retour. Ils sont venus pour lui. Leon ouvre la porte. Rampe à l'intérieur. S'accroupit dans un coin, son dos collant contre les planches rugueuses du mur.

Ils sont dehors. Il entend leur respiration. Des murmures. Dans l'obscurité, il distingue seulement son sac à dos. Il tend la main. La porte s'ouvre à la volée.

37

Tufty. M. Devlin. Les faisceaux de leurs lampes balayent l'intérieur de la cabane comme deux projecteurs, et finissent par tomber sur lui.

— Bordel de merde ! dit Tufty. Qu'est-ce que tu fiches ici, Star ?

— Ah, lui ! dit M. Devlin.

Tufty le prend par le bras et l'oblige à se lever.

— Qu'est-ce que tu fiches là-dedans ?

Leon détourne les yeux de la lumière. Il voit que son sac s'est ouvert et que la tête de bébé a roulé sur le sol. Elle regarde M. Devlin comme si elle était vivante.

M. Devlin la ramasse et la presse contre son cœur.

— Toi ? C'est toi qui l'avais prise, dit-il. Quand est-ce que tu l'as prise ? Pourquoi ?

Tufty tient toujours Leon par le bras.

— C'est mon fils ! hurle M. Devlin. Tu me l'as volé. La seule chose qui me reste de lui.

— Qu'est-ce que tu fous, Star ? On fait pas ces trucs-là, on prend pas les affaires des autres, Man.

M. Devlin tient la tête dans le creux de ses bras

comme s'il y avait encore un corps de bébé dans son prolongement.

— T'aimerais que quelqu'un vienne prendre quelque chose qui t'appartient ? Une chose à laquelle tu tiens ? Un de tes jouets ?

— Ouais, dit Tufty. Allez, dis que tu demandes pardon.

Leon regarde tour à tour Tufty et M. Devlin. Ils ont des visages étranges dans la lumière des lampes de poche. Ce sont des diables. Ce sont des assistantes sociales, des médecins, les petits amis de Carol et son papa quand il est allé en prison et ses maîtresses à l'école qui veulent qu'il rattrape et le marchand de bonbons et l'homme à la voiture de sport et Tina et son petit ami et Boucle-d'oreille avec son crayon et les gros policiers qui ont piétiné les fleurs et Rose la cinglée et Sue qui parle la bouche pleine de gâteau et Castro le mort. Tous les visages qu'il a vus dans sa vie peuplent soudain la cabane. Il les entend respirer et penser à ce qu'ils vont faire de lui, il les entend gratter du papier et se demander en chuchotant comment se débarrasser de lui pour pouvoir adopter un chien. Leon se libère de la poigne de Tufty.

Il se penche et enfile son sac à dos. Tufty lui bloque le passage.

— Allez, Star. Demande-lui pardon et je te ramène chez toi.

— J'ai pas à m'excuser, dit Leon.

Il essaye de bousculer Tufty.

— Quoi ? s'écrie M. Devlin. Qu'est-ce que tu as dit ? Tu te rends compte de ce que ça représente pour moi ? Mon fils est mort. Mort, tu m'entends ? Il est mort alors qu'il était plus jeune que toi aujourd'hui. Tu n'as pas honte...

— Bon, bon, dit Tufty. Laisse tomber. Le gamin a pas l'air dans son assiette. Laisse-le, viens, on y va.

Mais M. Devlin empoigne Leon par le bras et le tire brutalement en arrière.

— Tu n'iras nulle part avant de m'avoir présenté des excuses.

— Laisse-le, déclare Tufty. Tu vois pas l'heure qu'il est ? Qu'est-ce qu'il fiche ici si tard ? Où sont tes vêtements ?

Mais M. Devlin n'écoute pas.

— Tu dois respecter les affaires des autres. Il est à moi. Pas à toi.

— Qu'est-ce que tu fiches ici, Star ? répète Tufty. Il est trop tard pour traîner par ici. C'est dangereux. Où est ta chemise ? Rhabille-toi. Je te ramène chez toi.

Leon sent que ses mâchoires sont serrées et que ses dents frottent entre elles. Il entend un grincement derrière ses tempes, ça gronde dans ses oreilles.

— Je m'en fiche, dit-il.

— Quoi ? s'exclament Tufty et M. Devlin.

— Je m'en fiche, répète Leon.

— Tu peux pas dire ça, lui reproche Tufty.

— Je m'en fiche ! hurle Leon. Personne en a rien à foutre !

— Bon, bon...

Mais Leon n'a pas dit son dernier mot. Il serre le poing très fort et lève le bras en l'air comme sur l'affiche *Black Power*.

— Personne en a rien à faire de moi. Personne en a rien à faire de mon frère. Moi aussi j'ai un bébé. C'est mon bébé. C'est un vrai bébé, il est pas en bois. Mais tout le monde s'en fout. J'ai pas le droit de le voir. Je demande tout le temps mais vous vous intéressez qu'à vous. Tout le monde me vole des choses.

M. Devlin braque sa lampe au plafond et la pièce s'illumine. Leon sait qu'ils peuvent voir ses yeux mouillés et qu'ils penseront qu'il pleurniche comme une fille mais, comme d'habitude, ils se tromperont. Il est comme son papa, il laissera couler ses larmes et ne les essuiera pas même si elles lui piquent les joues. Il se frappe la poitrine avec la paume de ses mains.

— Pourquoi je peux pas garder ce qui est à moi ? Tous les autres gardent ce qui est à eux. Les gens me mentent tout le temps. Ils font semblant de s'intéresser à moi mais en fait ils s'en fichent.

Ils le regardent fixement, immobiles comme des statues. Leon laisse glisser son sac de ses épaules et le tient d'une main. De son autre main, il fouille à l'intérieur.

— De toute façon, je m'en fiche parce que je sais me débrouiller tout seul. Et je peux m'occuper de mon frère. Je l'ai déjà fait. Alors je m'en fiche si je peux pas aller au bord de la mer.

Leon sent qu'il devient plus fort. Il voit dans leurs yeux qu'ils le croient. Ils échangent un regard puis se tournent de nouveau vers lui. Il est grand. Maureen a raison, il devient comme un géant. Et ça fait très longtemps qu'il se prépare à cette mission.

— J'ai plein d'argent et de trucs à manger pour nous, alors j'ai pas besoin de vos affaires et, de toute façon, votre tête ressemble même pas à Jake.

M. Devlin ouvre la bouche mais Leon sort la serpette du sac et fend l'air devant lui.

— Non ! crie-t-il. C'est pas la peine de parler, j'écoute pas. Personne m'écoute alors je vois pas pourquoi je vous écouterais.

Il est temps qu'ils se rendent compte à qui ils ont affaire. C'est agréable de voir que deux hommes adultes ont peur de lui. La serpette glisse un peu dans sa main, elle est lourde ; il s'aperçoit que Tufty et M. Devlin ont peur, ils se sont rendu compte qu'il est grand et qu'il est capable de leur faire mal s'ils l'empêchent de sortir. Leon balance la serpette d'un côté et de l'autre et les deux hommes reculent.

— Tout doux, mon vieux, dit Tufty. Du calme, Star.

— C'est moi qui commande maintenant, dit Leon. Et je suis pas obligé d'écouter. J'ai pas besoin de me calmer.

Il continue à fendre l'air avec la serpette jusqu'à ce que Tufty s'écarte à reculons de la porte.

— Attends, Star ! Allez, Man, tu peux me parler.

Tufty garde les mains en l'air comme si c'était un braquage mais M. Devlin, lui, recule. Les sirènes de la police et des pompiers continuent leur raffut. Il y a aussi des cris, dans le lointain. On dirait un match de foot ou une fête.

M. Devlin reprend la parole, avec douceur, d'une voix lente.

— Laisse-le. Le gamin a raison. C'est lui qui commande. Il est armé, pas nous.

Leon approuve d'un signe de tête. La peur fait vibrer l'air entre lui et les deux hommes. Entre lui et le reste du monde.

— Ouais, c'est moi qui commande.

— Oui, dit M. Devlin. C'est toi. Ça se voit.

M. Devlin et Tufty échangent un coup d'œil. M. Devlin tend les mains.

— Qu'est-ce que tu veux faire maintenant ? demande-t-il à Leon.

— Je vais à Dovedale Road chercher mon frère.

— Je vois, dit M. Devlin. Dovedale Road.

— Ouais, dit Leon. Et ensuite je vais retrouver ma maman parce qu'elle a besoin de lui.

— Oui, je comprends, dit M. Devlin. Ta mère. Je vois. Tu connais son adresse ?

— Bristol. La maison de repos.

Tufty ouvre la bouche et la referme. M. Devlin opine.

— Bien. D'abord Dovedale Road puis Bristol ? C'est un long trajet. N'est-ce pas, monsieur Burrows ?

— Ouais, Man. T'as besoin d'avoir quelqu'un avec toi, Star.

Ils le prennent pour un idiot.

— J'y vais maintenant, dit Leon.

M. Devlin recule encore un peu plus au fond de la cabane et tire Tufty en arrière pour dégager la sortie.

— Oui, bien sûr. On va pas te barrer le passage...

Tufty fronce les sourcils.

— ... D'abord, continue M. Devlin, tu devrais te rhabiller. Ou peut-être as-tu un peu faim. Ou soif. Dovedale, c'est pas tout près.

— Non, dit Leon.

Il les menace de la serpette et ouvre la porte avec son pied. Leon a vu faire ça plein de fois dans *Shérif, fais-moi peur*. Si on veut s'échapper, il ne faut pas baisser sa garde devant l'ennemi. Sinon il vous prend de vitesse. Il sort une arme dissimulée dans une chaussette. Ou il appelle des renforts. Il faut bien tenir son arme dans sa main. Ne pas les lâcher du regard une seconde. Avoir du courage.

Ils ne bougent pas. Ils se tiennent l'un à côté de l'autre dans le fond de la cabane. Leon a les choses en main. C'est lui le chef.

La porte est ouverte. Il sort à reculons avec la serpette en l'air. Il les regarde encore quelques secondes, puis il se met à courir. Il les entend qui se lancent à sa poursuite. Il entend le bruit de leurs pas derrière lui sur le sentier alors que les faisceaux de leurs lampes sautillent çà et là. Leon longe les buissons qui font le tour des jardins. De temps à autre, il marque une halte, plie les jambes et s'assoit sur ses talons. Des branches et des ronces cherchent à le retenir mais il continue à foncer. Régulièrement, il s'accroupit quelques secondes. Il les entend qui se parlent en criant, ils le poursuivent, furieux parce qu'il a volé un couteau et la tête du bébé, et parce qu'il a refusé de demander pardon. M. Devlin ne l'aime plus. Leon s'accroupit de nouveau un instant.

— Star ! Sors de là. Allez. C'est dangereux.

Tufty sait qu'il vole des choses et il veut le ramener chez Maureen et Sylvia, mais elles ne veulent pas de lui non plus. Elles veulent un chien qui ne leur posera pas de problème, un petit bâtard bien dressé. Il s'accroupit encore une fois. Tufty et M. Devlin sont arrivés au portail. Ils cherchent partout avec leurs lampes de poche et continuent de se parler.

— Yo, Star !

— C'est quoi son nom ?

Tufty ne répond pas.

— Merde, tu sais pas comment il s'appelle ?

— Danny. Non. Ian. Non, Leo, quelque chose comme ça.

— Merde, répète M. Devlin.

— C'est toi qui as passé du temps avec lui dans ta cabane. Alors garde tes remarques. Je lui ai juste montré quelques trucs de jardinage.

— Il t'aimait bien.

M. Devlin se met soudain à hurler :

— Ohé ! Ohé ! *Boy* !

— Pas *boy*, dit Tufty. T'appelles pas un Noir *boy*. Jamais.

— Quoi encore ? C'est ce qu'il est, non ? Un garçon. Tu appelles bien les gens *Man*, non ? Je t'ai entendu.

— *Boy* veut dire autre chose.

— Nom de Dieu, je les appelais tous *boy* dans ma classe quand je voulais qu'ils fassent attention. Ça veut rien dire.

— Ah, ouais ? Ça dépend à qui tu parles.

— À des garçons des bidonvilles de São Paulo. Les petits Brésiliens à qui j'enseignais dans l'école que je dirigeais avec ma femme brésilienne, espèce d'imbécile. Des garçons noirs, des garçons bruns. Des garçons tout simplement.

— D'accord, d'accord. On perd du temps.

Tufty fait mine de s'éloigner.

— Éclaire par ici ! crie M. Devlin. Je vais passer par le jardin des Atwal, puis le long des grilles. On ratisse large. Regarde bien vers le bas. Il se cache.

— S'il est encore là.

Leon reste planqué. On croirait que les arbres et les buissons ont imprimé leurs formes à l'encre noire sur le ciel violet. De temps à autre, leurs feuilles murmurent dans le vent, elles essayent de lui chuchoter un secret, un avertissement, des instructions. Des choses invisibles courent près de ses pieds, s'arrêtent, repartent. Comme Leon, elles savent ne pas se faire attraper. Leon sent une odeur de feux d'artifice et de plastique brûlé. Il y a un réverbère dans la rue devant le portail. S'il se relève trop tôt, ils le verront. De toute façon, il doit commencer par récupérer son vélo près de la cabane de M. Devlin. Il n'a aucune envie de se rendre à pied à Dovedale Road. Il les entend qui approchent. Il se roule en boule derrière une citerne en métal pleine d'eau croupie.

— Il est rentré chez lui, dit M. Devlin.

— Chez lui ? dit Tufty. Tu l'as pas entendu dire que sa mère habitait Bristol ?

— Et son frère. C'est quoi cette histoire de frère ?

— Aucune idée.

— Cet enfant devrait être dans son lit à cette heure-ci.

— Écoute, dit Tufty, son vélo est près de ta cabane. Il va pas partir sans son vélo.

— Peut-être, dit M. Devlin. Mais il est désespéré.

— Ouais, quand t'es désespéré tu fais des trucs désespérés.

— Bien, monsieur Burrows. Je vois où vous voulez en venir.

— Ces gens qui manifestent...

M. Devlin grogne comme un chien.

— Bon, assez parlé des manifestations. Vous autres vous êtes vraiment trop stupides ! Incapables de vous organiser.

— Qui est-ce que vous traitez de stupides ?

— Ce que vous faites est ridicule. Vous n'avez aucun plan, aucune organisation, aucun état-major...

Leon doit attendre, un point c'est tout. Ils finiront par arrêter de se disputer et ils l'oublieront. Mais à cet instant, Tufty se met à rire. Un rire à la Sylvia, un rire sans joie, un rire amer et las.

— J'ai rien contre toi, Man...

C'est Tufty, il prend de profondes inspirations.

— ... T'es un vieil homme et je suis pas comme ça. Je cherche pas la bagarre. Je déteste pas les gens. Je laisse tomber.

M. Devlin essaye de répliquer mais Tufty crie :

— Fais ce que tu as à faire, Man ! Vas-y. Répare le portail. Je vais chercher mon ami. Il va sortir de sa cachette pour moi. Vas-y. Rentre chez toi.

Tufty marche en direction du vélo de Leon. Leon a laissé passer le bon moment. Il aurait dû foncer pendant qu'ils étaient encore en colère. Il distingue Tufty qui ramasse le vélo et le pousse vers le portail. M. Devlin n'est pas loin, on entend le bruit de sa respiration. Il balaye les jardins du faisceau de sa lampe de poche. Leon n'a pas le choix, il doit risquer le tout pour le tout.

Il se redresse et file comme une flèche le long de la haie. Une fois sur le sentier, il est à découvert. Il doit arracher à Tufty son vélo puis foncer jusqu'au portail. Il a toujours la serpette.

— *Yo ! Yo !* appelle Tufty.

Leon court et tente de s'emparer du vélo, mais Tufty est trop fort pour lui.

— *Yo*, Star ! Attends.

Leon s'enfuit à toutes jambes en faisant des embardées pour que Tufty ne l'attrape pas. Il entend

M. Devlin qui court derrière lui, ses pas se rapprochent.

— Arrête-le ! crie-t-il. Cours !

Mais Leon a disparu. Ils sont vieux. Ils ne peuvent pas le rattraper. Il est libre.

38

Dans le corps de Leon, tout est sens dessus dessous. Il a faim et en même temps c'est comme s'il avait trop mangé. Son sang brûle et bouillonne dans ses veines et lui donne envie de courir, pourtant il a froid et tombe tellement de fatigue qu'il pourrait se coucher sur le trottoir et s'endormir. Il a envie de se battre. Des hommes et des garçons plus vieux que lui courent au milieu de la rue en se criant des choses. Ils ne le voient même pas. Leon voudrait se battre contre eux tous. Il voudrait qu'ils s'arrêtent et se portent à son secours.

L'odeur de fumée s'insinue partout, dans les pores de sa peau, dans le tissu de son pantalon, dans son cuir chevelu, sur son dos nu, ses cheveux. S'il était à la maison, Sylvia l'enverrait se changer et prendre un bain. Elle fermerait les fenêtres, allumerait une cigarette et la télé, et lui donnerait un sachet de chips et un soda. Maureen s'inquiéterait de l'origine de toute cette fumée et voudrait savoir à qui appartenaient les maisons incendiées, mais pas Sylvia.

Il a couru jusqu'à la rue suivante. Dovedale Road est encore loin ? Quel bus il pourrait prendre ? Combien vaut un ticket ? Il fait halte devant un magasin et sort son plan. Il est trempé et se déchire en deux quand il l'ouvre. La cannette de soda cabossée a explosé à l'intérieur du sac. Le plan est inutilisable maintenant. Il respire par saccades au rythme de son cœur qui cogne trop fort. Derrière lui, il entend une explosion et un bruit qui le frappe comme un coup de poing. Il s'accroupit au cas où un projectile tomberait du ciel, puis il se dépêche de gagner le renfoncement de la porte du magasin dont toutes les vitrines sont cassées.

Un spectre de fumée noire furieux dévale la rue. Si Leon reste où il est, il sera englouti, avalé, mangé tout cru. Il sent le soda qui dégouline du sac et coule à l'arrière de ses jambes. Ça lui donne envie de faire pipi et voilà qu'il se remet à pleurer.

— Je sais pas où je suis, dit-il.

Courir ! Ne pas laisser le spectre l'attraper ! Courir jusqu'à Dovedale Road. Frapper à la porte de la maison où Jake vit. Leur demander s'il peut rester. Ils veulent peut-être d'un autre garçon. Personne ne leur aura posé la question. Plus de larcins. Plus de mensonges. Il n'écoutera plus aux portes. Il regardera toujours la télé avec le son bas. Promis, juré.

Au coin de la rue, il voit une voiture couchée sur le flanc. Des bras de fumée blanche sortent des fenêtres brisées et lui font signe. Dans la voiture, quelque chose grésille comme de la graisse dans une poêle à frire. Leon tourne les talons et repart dans l'autre

sens. La rue suivante est déserte. Les éclairages ont été cassés mais des lumières brillent aux fenêtres des maisons et une femme pleure, les deux mains sur le visage. Deux hommes à la tête enturbannée lui crient :
— Restez pas là ! Vous voyez pas ? Rentrez chez vous !
— Non ! Venez avec nous. Par ici.
Leon s'avance vers eux.
— Je suis perdu, dit-il.
— Il faut le mettre à l'abri.
Leon recule.
— Dovedale Road ! hurle-t-il.
— Te sauve pas, disent-ils.
Mais Leon est trop rapide pour eux. Il détale dans une ruelle et shoote dans les bouteilles et les briques sur son passage. Il doit retourner aux jardins récupérer son vélo. C'est facile de pédaler jusqu'à Dovedale Road. Il est fort. Il est capable de le faire. Le passage est un boyau interminable au bout duquel brille une lueur très vive. Il court vers la lumière, trébuche et se cogne au mur de brique. Il entend le bruit de sa propre respiration et des paroles qui jaillissent de sa bouche alors qu'il n'y a personne pour les entendre. Il voudrait arrêter de parler tout seul mais il a trop peur.
— Je suis perdu. Je sais pas où je suis. À l'aide !
Le boyau débouche sur un boulevard et, brusquement, le son est coupé comme si on avait fermé un robinet.
La chaussée est couverte de briques, de tessons de bouteilles, de bris de verre, de morceaux de fer. Au milieu, un vélo est couché sur le côté. Il pourrait

l'emmener à Dovedale Road. Il avance d'un pas puis d'un deuxième.

— À bas Babylon !

Un objet passe en sifflant au-dessus de sa tête et explose en s'écrasant au sol. La flaque prend feu et les flammes montent en dansant vers le ciel. Leon pivote sur lui-même et alors qu'il court, il les voit. Une foule immense d'hommes noirs massés en travers du boulevard. Ils avancent et reculent dans un mouvement de va-et-vient qui fait penser à un lion s'apprêtant à bondir sur sa proie. Leon les regarde mais leurs regards à eux sont fixés sur quelque chose dans son dos. Une muraille de boucliers et de matraques : des centaines de policiers en position de combat.

Un porte-voix crachote rageusement :

— Dégagez la rue. Dispersez-vous.

Leon s'essuie le visage. Il ne veut pas que les policiers voient qu'il a pleuré. Il est en train de s'éloigner quand une brique atterrit à ses pieds. Il se tourne vers la foule. Les hommes se mettent à entonner d'une seule voix :

— Justice ! Justice ! Justice !

Une voix solitaire s'élève :

— À bas Babylon ! À bas Babylon. À bas SUS[1] !

— Sales porcs ! À bas la brutalité policière ! Assassins !

— Racistes ! Tueurs !

Le porte-voix de la police gueule :

— Dispersez-vous ! Dégagez la rue !

---

1. La loi SUS permettait à la police d'arrêter toute personne soupçonnée de crime. Elle était utilisée par la police pour persécuter les Noirs et en particulier les jeunes.

Leon met ses mains en entonnoir autour de sa bouche et hurle :

— Dovedale Road ?

Sa question est noyée dans le vacarme. Les voix en colère enflent et s'unissent en un rugissement sortant de la gueule d'un monstre qui fait claquer ses crocs au-dessus de la tête de Leon, au-dessus des bris de verre, des flammes, des bouts de métal, des boucliers des flics. Personne ne regarde Leon. Personne ne l'écoute. Comme d'habitude. Personne ne sait qu'il est là.

Leon enlève son sac à dos et le pose à ses pieds. Il l'ouvre par le haut et en sort le pistolet de M. Devlin. Les policiers ont des matraques et des boucliers. Les hommes en colère ont des briques et des mot sales. Leon a un pistolet. Il le braque sur la police. Il se tourne et le braque sur les hommes noirs.

Un silence s'installe. Leon se redresse, redresse la tête, tend le cou.

— Hé ! crie-t-il.

Le porte-voix hurle.

— Pose cette arme !

Leon se tourne vers la police et la met en joue, l'œil dans l'alignement du pistolet. M. Devlin a bien entretenu son arme. Le bois sombre brille. Il y a le crochet de la détente par-dessous et au bout du canon une petite saillie.

— Dovedale Road ! crie-t-il. Emmenez-moi à Dovedale Road !

Les hommes en colère se rapprochent par-derrière.

— Il a un pistolet !

— Ce gosse a un pistolet !

— Va lui prendre son pistolet, Man !

Alors qu'ils se rapprochent, Leon entend un bruit de pas précipités.
— Pas tous sur lui en même temps !
— Attrapez-le !
Puis à l'oreille de Leon résonne une voix, plus claire et plus belle que toutes les autres.
— *Yo*, Star !

39

Tufty ! C'est Tufty ! Tufty agite les deux bras en l'air.
— Star !
Leon lève le pistolet pour lui répondre et tout le monde se jette à plat ventre par terre. Certains se carapatent du côté des maisons obscures et des magasins aux vitrines cassées.

Les flics s'accroupissent derrière leurs boucliers.

C'est au tour de M. Devlin de courir au milieu de la rue. Il fait de grands gestes en direction de la foule et de la police.

— Il est en bois ! crie-t-il. C'est pas un vrai. Il est en bois !

Il court en rond, sans cesser de faire des moulins avec ses bras, il se rapproche peu à peu de Leon.

Il tend la main vers le pistolet.

— T'es un brave garçon. Donne-le-moi. Donne. Pose-le.

Leon recule. Il ramasse son sac à dos et recule encore de quelques pas.

— Donne ce pistolet. Tu n'y es pas du tout. Donne-le-moi.

Soudain, il se jette en avant et agrippe Leon par

le bras. Une bouteille éclate aux pieds de Leon. Une deuxième bouteille et une brique volent et quelque chose frappe M. Devlin à la tête. Leon le voit qui vacille sur ses jambes.

— Porc ! crie la foule. À bas les porcs !

Une pluie de bouteilles s'abat maintenant sur eux et des tessons rebondissent partout. Un caillou atteint la jambe de Leon, un objet pointu lui égratigne le dos. Il pousse un cri.

— Cours ! dit M. Devlin.

Un filet de sang coule dans les yeux de M. Devlin. Il bat des cils avant de recevoir un projectile sur l'épaule.

M. Devlin s'écroule dans un cri.

— Cours ! dit-il en repoussant Leon qui s'est précipité à son secours.

Leon sent le tonnerre gronder sous ses pieds. Ce sont les bottes des policiers. Ils avancent en tapant des pieds, penchés derrière leurs boucliers. De l'autre côté, la foule des hommes en colère s'élance en poussant des acclamations et des hurlements. Ils ne sont plus qu'à quelques mètres de distance.

Tufty soulève M. Devlin par le bras.

— Lève-toi, Man !

Mais M. Devlin est groggy, il ne se lève pas.

— Aide-moi, Star ! crie Tufty. Il faut qu'on se casse d'ici. Vite !

Mais ils n'arrivent pas à relever M. Devlin. Une marée humaine déferle de chaque côté de leur petit groupe. Tufty fait un rempart de son dos pour protéger M. Devlin, mais tout ce que ce dernier est capable de faire, c'est de geindre. Il a du sang plein le visage maintenant, et sur sa veste verte.

— Donne-moi un coup de main ! crie Tufty. Attrape son bras.

Leon jette le pistolet et glisse les mains sous l'aisselle de M. Devlin. Il a beau tirer, M. Devlin est vraiment très lourd et il ne fait rien pour aider. Tufty prend M. Devlin par la taille et le hisse sur ses pieds.

— Lève-toi, Man !

Ils se font bousculer par les gens qui courent. M. Devlin s'effondre de nouveau.

— Lève-toi, monsieur Devlin ! hurle Leon. Il faut que tu te lèves !

Il fait de son mieux. Leon voit bien qu'il y met du sien. Il tend les mains à Leon et Tufty, le sang qui lui coule dans les yeux l'empêche de voir.

— Allez ! dit Leon en posant le bras de M. Devlin sur son épaule.

Tufty s'y met aussi. M. Devlin réussit à se redresser. Leon le prend par la main.

— Par là, dit Tufty. Par là-bas.

— Marchez, monsieur Devlin, l'enjoint Leon.

Tufty cherche à les ramener vers la ruelle. Ils progressent non sans mal dans la mêlée. Des boucliers heurtent des bras, des têtes, des poitrines. L'air retentit de bruits de bataille. Tufty, Leon et M. Devlin se frayent un chemin à coups de griffes. Ils cherchent un espace vide sur les bords. Il faut qu'ils repèrent l'ouverture de la ruelle. Vite. Puis, soudain, Tufty s'écroule en laissant échapper un mugissement terrible. Leon se retourne et voit un policier qui brandit une matraque.

— Sale nègre ! vocifère le policier.

Il se penche sur Tufty et abat sa matraque sur son dos, encore et encore. Tufty se tortille sur le sol en se protégeant le visage avec ses bras. Le policier le frappe de façon tellement frénétique qu'il en perd son casque. Le casque roule loin de lui.

— Laissez-le ! crie Leon.

Il pousse le policier de toutes ses forces.

— Laissez-le tranquille !

Le policier trébuche et manque de tomber mais, quand il se redresse, il hurle à la figure de Leon.

— Espèce de sale petit métis !

Il lève sa matraque, essoufflé, la bouche ouverte déformée par une hideuse grimace. Leon se tient immobile et le dévisage. Il n'y a personne pour le défendre. M. Devlin gît à l'entrée du passage. Tufty est allongé par terre. Il est peut-être mort. Voilà venu le moment où il est vraiment seul au monde. Le policier cligne des yeux et un filet de bave lui coule de la bouche. Leon ouvre grand les bras.

— Nous on n'est pas des guerriers, nous on a la dignité et le mérite.

Le policier ouvre un peu plus la bouche, une bouche beaucoup plus molle. Il tient sa matraque en l'air, comme un élève qui lève le doigt. Leon hoche la tête.

— Nous on fait pousser des plantes. Des Empereurs écarlates. C'est ça qu'on fait, nous.

Le policier continue à le regarder fixement. Un peu plus loin, des gens crient et lancent des insultes. Ils rugissent autant que les flammes dans les poubelles, dans les voitures, dans les magasins. Les sirènes des pompiers et des ambulances se joignent à la cacophonie. Il y a des hommes qui passent en courant, d'autres qui sont couchés sur le bitume. Mais ici et maintenant, Leon est seul au monde.

On dirait que Leon et le policier se dévisagent pendant des heures. Leon devine que le policier a peur. Il lit la peur dans ses yeux. Le policier a envie de lui demander : « Tu peux m'aider ? » Alors Leon le dit à sa place.

Il marche jusqu'au casque du policier, le ramasse et le lui rend.

— Vous pouvez m'aider ?

Le policier laisse retomber son bras au bout duquel la matraque se balance un moment puis se fige. Il arrache le casque des mains de Leon et s'en coiffe.

— Fiche le camp. Allez, rentre chez toi et emmène ton papa.

Le policier retourne en courant, la matraque levée, vers la foule qui se bagarre. Leon doit aider Tufty à se relever.

— Viens, Tufty. M. Devlin a besoin de nous.

Il le tire par le bras et Tufty pousse un cri de douleur. Il le tire par l'autre bras et réussit à le tourner sur le dos. Il le prend par la chemise et tire, tire, tire, jusqu'à ce que Tufty soit assis.

— Lève-toi, Tufty, lève-toi !

Tufty se penche d'un côté, plie les genoux et se lève en titubant.

Il marche comme s'il était soûl, en se tenant à l'épaule de Leon. Ils pénètrent dans la ruelle. Il ne pleure pas mais laisse échapper des bruits qui ressemblent à des sanglots. À eux deux, ils relèvent M. Devlin.

Une bouteille se fracasse contre le mur du passage.

— En avant, dit Tufty. En avant.

Ils s'engouffrent dans la ruelle. Il n'y a pas d'air,

seulement de la fumée, il n'y a pas de lumière sauf – tout au bout – du gris au lieu du noir. Ils progressent, trébuchent, chancellent, se carambolent, s'effondrent les uns sur les autres. Leon avance à tâtons, s'écorche les coudes aux briques du mur, froides et humides contre sa peau. Ses pieds se tordent sur les pierres glissantes. M. Devlin marche derrière eux, tant bien que mal. Tufty ne lâche pas l'épaule de Leon. Ils émergent dans la rue où règne un silence pesant ; la voiture incendiée fume. M. Devlin s'assied lourdement sur un muret et un rideau de la maison bouge.

Le visage de M. Devlin est rouge sang. Du sang coule de la tête de Tufty. Il a un œil à moitié fermé. Il tient son crâne à deux mains et parle à travers ses doigts.

— Où on est là ? C'est quoi cette rue ?

Leon montre du doigt un panneau.

— Moreton Street.

— Moreton Street, Moreton Street, répète Tufty. Il faut qu'on se casse d'ici. Grouillez-vous.

Ils relèvent M. Devlin et l'entraînent avec eux. M. Devlin marmonne et grommelle comme quand il est dans sa cabane. Leon le prend par le bras.

— Tu crois qu'il faut appeler une ambulance, Tufty ?

— Non, dit M. Devlin. Non, ça va.

Tufty le jauge de son œil valide.

— On est comme deux estropiés, tous les deux.

Ils tournent le coin de la rue, puis un autre coin, et soudain Leon sait où il est.

— C'est College Road.

Tufty grogne. Il passe de l'autre côté de M. Devlin parce qu'il a le bras fatigué.

— J'habite ici, dit Leon.

Il désigne du doigt le tronçon de rue pentue où se trouve le petit pavillon de Sylvia.

— Là. Juste là.

40

Leon frappe à la porte. Il essaye de calculer depuis combien de temps il est parti. Très longtemps, en tout cas. La porte s'ouvre. C'est Sylvia.

— C'est lui ! Mo ! C'est lui, Mo !

Elle se tait brusquement et regarde tour à tour M. Devlin et Tufty.

— Bon sang ! Mais qu'est-ce qui se passe ?

Elle attire Leon vers elle, tient son visage entre ses mains et l'inspecte de tous les côtés.

— Tu es blessé ? Mo ! Vite ! C'est qui lui ?

Sylvia prend M. Devlin par le bras.

— Vous feriez mieux d'entrer.

— Désolé, marmonne-t-il.

— Attention. Par là, dit Sylvia en le soutenant.

Puis Maureen arrive. Elle est en manteau et elle a son porte-monnaie à la main. Son visage est tout rouge. Ses lèvres bougent mais aucun son ne sort de sa bouche. Leon prend soin de rester près de Tufty parce qu'il ne sait pas si elle sera en colère à cause de son départ ou en colère à cause de son retour. Qu'elle lui fasse le moindre reproche, et il demandera à Tufty la permission de dormir chez lui, une seule nuit, en attendant qu'il trouve Dovedale Road. Il a toujours son sac, mouillé et sale, et son argent, mais il aura besoin d'un nouveau plan. Maureen hoche la tête, s'apprête à dire quelque chose et se ravise.

Tufty passe sa main sur sa nuque puis regarde sa paume pleine de sang. Avec un grognement, il se tourne pour repartir.

— Vous feriez bien de le surveiller, dit-il.

— Et vous êtes ? crie Maureen en fourrant son porte-monnaie dans sa poche.

— Il s'appelle Tufty Burrows, l'informe Leon. Il est jardinier.

Maureen regarde fixement Leon, puis demande à Tufty de revenir.

— Ohé ! Où vous croyez aller dans cet état ? Allez, entrez donc. Je vais jeter un œil à votre tête. Où vous l'avez trouvé ? Non, ne me dites pas. Je crois pas que je pourrais le supporter.

Elle n'arrête pas de parler entre le moment où Tufty entre dans la maison et celui où elle l'emmène à la cuisine.

— On a vu aux informations. J'ai jamais connu une affaire pareille. C'est terrible. Un policier entre la vie et la mort et un pauvre type battu à mort dans une cellule de prison. Ça me dépasse, vraiment.

Elle fait asseoir Tufty sur une chaise de la cuisine et tord un linge mouillé.

— C'est une guerre civile, c'est vrai. Qu'est-ce qui s'est passé ? Vous étiez des leurs ? Non, me dites pas.

Elle tamponne l'arrière de la tête de Tufty, sans cesser de parler et sans regarder Leon.

— Je vous suis reconnaissante, c'est vrai. Vous l'avez ramené et c'est tout ce qui compte.

Elle n'adresse pas la parole à Leon. Elle ne le gronde pas. On dirait qu'elle ne le voit même pas. Sylvia s'occupe de M. Devlin. Elle lui parle, elle désinfecte, elle cause points de suture, urgences, avertir la police.

— Surtout pas, dit M. Devlin, dont un œil ne s'ouvre pratiquement plus. Pas la police. J'ai vu ce qu'ils lui ont fait.

Il se tourne vers Tufty.

— Merci.

Leon s'attarde sur le seuil. Il enlève son sac à dos et le pose sur le sol. Il sait que Maureen l'a vu.

— Je peux aller aux toilettes, s'il te plaît ?

— Je sais pas, lui répond Maureen. Je suis pas chez moi. Demande plutôt à Sylvia.

Mais Sylvia ne lui répond pas. Elle fait son autoritaire comme d'habitude et n'arrête pas de hocher la tête en regardant d'abord Maureen puis M. Devlin. Elle remplit un bol d'eau chaude et continue à faire des chichis.

Leon va aux toilettes au bout du couloir. Il se lave les mains et inspecte sa figure dans la glace. Les larmes ont laissé des sillons plus clairs sur ses joues crasseuses. Quelques feuilles sont accrochées à ses cheveux et il a des égratignures sur les bras aux endroits où les ronces l'ont griffé. Il a même du sang sur la poitrine, celui de Tufty ou de M. Devlin. Maureen a sûrement remarqué mais elle n'a rien dit. Il fait un bon et long pipi puis il tire la chasse. Il ferme l'abattant et s'assied dessus. Il a une jambe qui tremble toute seule et il sent de nouveau les larmes lui brûler les yeux : il ne veut pas les laisser couler.

Il fait trop noir à présent pour partir. Il pourrait

recevoir un caillou ou un coup de matraque sur la tête. Même avec un plan, rien n'est plus facile que de se perdre. Son vélo est resté dans les jardins et il est trop effrayé pour aller le chercher. Il retourne dans le séjour. Maureen tente de persuader Tufty de s'installer dans le canapé.

— Asseyez-vous. Allez. Je vais vous faire une tasse de thé. Vous n'êtes pas en état d'aller vous promener dans les rues. Allez, asseyez-vous. Vous n'avez rien à craindre ici.

Tufty tient un linge sur sa tête. Il appuie son dos contre le dossier du canapé. Maureen le domine de toute sa hauteur.

— Bien, c'est ça. Et toi, dit-elle à Leon, va t'asseoir à côté de lui. T'as fait ton pipi ? Tu vas avoir besoin d'un bon sandwich avant d'aller te coucher. T'es affamé, je parie ?

Il ne distingue pas son expression, car elle est déjà en route pour la cuisine, mais sa voix lui paraît faible et tremblante.

— Oui, répond-il.

Et soudain la voilà qui revient d'un pas lourd. Les mains sur les hanches, elle se campe devant le poste de télévision.

— Tu joues à quoi, enfin, Leon, nom d'un chien ?

Ils se taisent tous. Sylvia a cessé de jacasser et Tufty baisse la tête.

— Tu sais quel souci je me suis fait ce soir ? Je savais pas où t'étais. J'ai été trouver la police cinquante fois mais ils étaient trop occupés. Apparemment. Trop occupés pour s'intéresser à la fugue d'un gamin de dix ans. J'ai pas téléphoné aux services sociaux, parce que j'ai pas envie que tu échoues dans un centre pourri, tu entends ? J'ai pas envie de les voir débarquer ici en m'accusant de ne pas être capable de te tenir.

Elle s'essuie la figure avec un torchon, la poitrine haletante, la respiration rauque, douloureuse, comme déchirée.

— Où est-ce que t'allais et pourquoi ? Pourquoi es-tu à moitié nu ? Qu'est-ce qui t'a pris, au nom du Ciel ? De quoi est-ce qu'il s'agit, Leon ?

Sylvia sort de la cuisine et prend Maureen par les épaules.

— Mo, ma chérie. Calme-toi. Tu viens de sortir de l'hosto, Mo. Calme-toi.

Mais Maureen la repousse.

— Je vais très bien. Je suis calme. Je suis rentrée.

Elles disparaissent toutes les deux dans la cuisine. Tufty hausse les sourcils.

Maureen revient avec une montagne de sandwiches sur une assiette qu'elle pose sur la table basse, plus une cannette de Coca pour Leon et une tasse de thé pour Tufty.

— Le sucre est ici, indique-t-elle.

Elle s'assied dans le fauteuil de Sylvia et ferme les yeux.

— Tu es de retour. N'en parlons plus pour l'instant.

Tufty pousse Leon du coude et lui désigne Maureen du menton.

— Demande-lui pardon, chuchote-t-il.

Leon a la bouche pleine de pain et de fromage. Il se tourne vers Tufty pour lui signifier qu'il n'a pas envie de s'excuser. De toute façon, il ne sait pas ce que projettent Maureen et Sylvia.

Tufty lui redonne un coup de coude en fronçant les sourcils.

— Dis-lui, souffle-t-il.
— Pardon, Maureen.
Elle entrouvre les yeux.
— Quand t'as terminé, tu files au lit. Non, avant ça, tu vas te laver, et comme il faut. Tu dors par terre dans ma chambre. La fenêtre est collée par la peinture. Et je pousserai ma coiffeuse contre la porte. Tu crois que tu vas essayer de fuguer cette nuit, Leon ?
Il fait non de la tête.
— Tu l'as dit, soupire-t-elle avant de fermer de nouveau les yeux.

Un mince filet de soleil se faufile entre les rideaux, pile dans les yeux de Leon. Sur l'écran rosé de ses paupières, des points de couleur et de lumière lui rappellent le kaléidoscope qu'il possédait autrefois. Il entend des bruits de casserole dans la cuisine et la radio qui joue la musique de Sylvia. Il entend Sylvia rire. Il se rappelle avoir pris un bain et avoir entendu un brouhaha : des adultes discutant dans la cuisine. Il pense avoir entendu Tufty, M. Devlin, Sylvia et Maureen rire tous ensemble, mais ils se disputaient peut-être. Il ne se rappelle pas s'être mis au lit. Il n'a pas fait de rêve.

Il ouvre les yeux et se rend compte qu'il est couché sur des coussins par terre au pied du lit de Maureen. Sous le lit, il y a des moutons de poussière aux endroits où Sylvia a oublié de passer l'aspirateur. Il se lève et écarte un peu la coiffeuse pour se glisser dans le couloir. Il meurt de faim.

41

Maureen n'est pas dans son assiette. Elle n'est pas vraiment de mauvaise humeur mais elle est taciturne. Elle n'est pas malade puisqu'ils habitent toujours avec Sylvia qui l'oblige à manger de la salade. Maureen prétend que la laitue vous tue lentement alors que les pâtisseries vous tuent vite. Elle a réveillé Leon de bonne heure et lui a dit de mettre ses plus beaux habits. Elle enroule des bigoudis dans ses cheveux : des gros rouleaux qui laissent passer beaucoup de jour. Elle enfile un cardigan tout doux avec des boutons en forme de diamants et une paire de baskets de vieille dame avec des Velcro flambant neuve. Après quoi, elle n'a pas desserré les dents ou juste pour faire « Hum » et « Peut-être » ou encore « On va voir comment la journée se présente ».

Jusqu'ici, la journée a été tout à fait rasoir. D'abord, il a fallu se taper un interminable trajet en train au milieu de champs qui n'en finissaient pas. Maureen lui a acheté une barre de chocolat et ils ont joué aux cartes, mais elle ne faisait pas attention et Leon a gagné haut la main. Au bout d'un moment, ils se sont renfoncés dans leur siège et Leon a dormi jusqu'à Bristol.

Enfin le train s'arrête et tout le monde descend. Maureen le prend par la main comme s'il était un petit garçon, mais quand ils sortent de la gare, elle la lui lâche. Ils doivent attendre leur tour pour prendre un taxi et quand ils montent en voiture, Maureen consulte sans cesse le plan.

— Il faut les avoir à l'œil, dit-elle. Si on fait pas gaffe, ils vous font prendre le chemin le plus long.

Ils traversent un pont et descendent à pied des marches jusqu'aux berges aménagées d'une rivière. Sur la rive opposée, il y a un gigantesque navire de guerre. Leon demande à Maureen s'ils pourraient aller le regarder de plus près.

— Plus tard.

Décidément, c'est sa phrase préférée.

Elle s'arrête, regarde de tous les côtés, revient sur ses pas.

— C'est le bon endroit ?...

Elle consulte sa montre.

— ... Sûrement.

Ils s'asseyent sur un banc à côté d'un bâtiment en béton brut afin que Maureen reprenne son souffle. Elle ouvre un Tupperware plein de sandwiches.

— Tiens, pour toi, le jambon-fromage.

Leon voit ce qu'il y a dans son sac. Du chocolat, des chips, deux cannettes de Coca. Ce qui signifie qu'ils sont là pour un bon bout de temps. Maureen ne mange rien. Elle dit qu'elle n'a pas faim.

— Va là-bas au bord, va regarder la rivière. Vas-y. C'est ravissant.

Elle le pousse sur son cou du dos. Leon fait ce

qu'on lui dit. Il se penche par-dessus le muret. Des goélands gris et blanc font du rase-mottes sur les vagues pendant que d'autres s'envolent très loin et se camouflent dans les nuages bas. Une péniche qui a déjà bien servi, aussi large qu'une maison, avance avec lenteur chargée de centaines de conteneurs empilés comme un Lego géant. Un autre bateau passe, avec plein de fenêtres, sur le pont des gens montrent du doigt des bâtiments et prennent des photos, mais comparé au navire de guerre, toutes les autres embarcations ont l'air de jouets. Le navire est équipé de mâts, de drapeaux, d'énormes canons, de cheminées, de chaînes, de deux grandes antennes. Les marins doivent tous avoir leur propre télé.

S'il était marin, Leon habiterait sur ce navire et dormirait dans un hamac suspendu au plafond. Il aurait une ancre tatouée sur le bras et porterait un débardeur blanc rentré dans son pantalon, et quand le navire partirait faire la guerre, il serait responsable des munitions. Il a vu ça dans un film. La torpille commence par tomber d'un compartiment, puis on la fait glisser vers son collègue qui l'insère dans un tube de lancement. Il faut bien la bloquer dans le tube sinon le recul pourrait vous tuer, appuyer sur un bouton et compter jusqu'à cinq. Mais tout ça se fait à deux pour s'assurer qu'il n'y aura pas d'erreur. Leon s'imagine dans les entrailles du cuirassé, en sueur, couvert de cambouis. Il rouvre le tube de lancement et l'opération se répète jusqu'à ce que tous les sous-marins ennemis soient coulés. On sait qu'ils sont détruits lorsque le commandant le voit sur son radar ou regarde dans son périscope. Leon ferme un œil et abaisse le périscope. Il se tient la tête entre ses poings. Il regarde sur la grille dans le viseur le clignotement verdâtre du sous-marin allemand. Puis, *pouf*, plus rien. La lumière verte a disparu et des débris de métal émergent à la surface. Hourra ! Dans la salle des machines, la salle des torpilles, la salle de commandement et partout ailleurs, les marins poussent des cris de joie et tapent dans le dos de Leon : ils n'ont plus rien à craindre.

Lorsqu'il rouvre les yeux, Maureen est debout à côté de lui.

— Il y a quelqu'un ici qui voudrait te voir, mon cœur.

Elle s'écarte et Leon voit sa maman assise sur un banc. Il se tourne vers Maureen qui se lèche le doigt avant d'essuyer quelque chose sur sa figure.

— Elle t'attend. Vas-y.

Il court. Il y est en quatre secondes. Il se tient devant elle.

— Mon Dieu, dit-elle. Comme tu as grandi.

Carol écrase sa cigarette et se lève.

— Tu es plus grand que moi.

Elle agite la main en la passant au-dessus de leurs têtes.

— Comme mon père. Tu tiens ça de lui.

Elle prend sa main dans la sienne et la serre fort mais dès qu'ils s'asseyent, elle pose les deux mains à plat sur le banc. De ses doigts jaunes, elle caresse le bois, arrache des éclats, les aplatit. Ses bras sont plus maigres, ses jambes aussi, comme son visage et sa queue de cheval. Des petites mèches de cheveux se hérissent autour de sa tête comme les graines du pissenlit. Et elle a des taches de rousseur, des taches brunes qu'il n'avait encore jamais remarquées.

— Ça va, maman ?

— Moi ? Très bien. Oui. Bien sûr que je vais bien. De toute façon, c'est moi qui devrais te poser la question.

— On va aller visiter ce navire de guerre tout à l'heure.

— C'est bien. Comment ça marche à l'école ?

— On est en vacances, c'est l'été.

— Tu as eu un bon anniversaire ?

— Oui.

— Ah, oui ?

— Oui.

— C'est bien. Je me suis rappelé le jour, tu sais. Je me suis réveillée et j'y ai tout de suite pensé. J'ai dit à mon ami « C'est l'anniversaire de mon grand aujourd'hui » et je t'ai acheté un cadeau mais j'ai oublié de l'apporter. Je te le posterai.

Leon voit Maureen qui s'efforce de ne pas regarder de leur côté. Carol l'a vue, elle aussi.

— Elle est gentille avec toi ?

— Elle a été à l'hôpital mais elle va mieux. On doit habiter avec Sylvia, c'est sa sœur, jusqu'à ce qu'elle aille aussi bien qu'avant. Ou même mieux.

— Je ne viens jamais ici. Les rivières me font penser à la mort. Il fait toujours froid quand on vit au bord de la mer. Ou au bord d'une rivière. C'est l'eau qui donne froid. Tu savais ça ? Quelques degrés de moins.

Pendant que Carol parle, Leon lui reprend la main. Quelquefois, il est plus facile de serrer des doigts que de trouver les mots.

— Leon. J'ai quelque chose à te dire.

Il serre encore plus fort mais la main de sa maman reste inerte. Sa voix est étouffée, éraillée.

— Je suis pas capable de m'occuper de toi comme il faudrait, tu le sais, hein ?
— Pourquoi pas ?
— Je sais pas. Je peux pas.
— Pourquoi pas ?
— Je sais vraiment pas, Leon. S'il te plaît. J'en suis pas capable, voilà tout.

Carol a rapetissé depuis la dernière fois qu'il l'a vue. Elle n'a personne pour s'occuper d'elle. Leon se demande pourquoi elle ne vient pas vivre avec lui, Sylvia et Maureen. Elle pourrait partager sa chambre, manger tout ce qu'elle veut, dormir, elle irait de mieux en mieux. Maureen lui ferait sa lessive et lui montrerait comment faire pour avoir meilleure mine. Sylvia lui prêterait peut-être des produits de maquillage. Il sait qu'il ne devrait pas le dire, mais c'est plus fort que lui.

— Moi ? Vivre avec elle ?

Sa maman renverse la tête en arrière et pointe un doigt vers sa poitrine.

— Moi ? Vivre avec elle ? répète-t-elle.
— Et avec moi, dit Leon. Ça la dérangerait pas.
— Seuls les gosses ont des parents d'accueil, Leon, pas les grandes personnes. J'ai pas besoin d'une famille d'accueil. C'est ce que tu penses : que j'ai besoin qu'on me prenne en charge ou qu'on me garde à l'hôpital ? C'est ça que tu penses, que je suis malade ou quelque chose du genre, ou que je suis bonne à rien, c'est ce qu'on dit de moi ?

Elle a la tête qui tremble. Ses épaules tressautent.

— Je voulais seulement... On pourrait vivre ensemble, c'est tout. Toi et moi.

Maureen s'approche.

— Tout va bien ? Ça va, Carol ?

Carol s'assied sur ses mains et se balance d'avant en arrière, trois fois.

— Je vais très bien, affirme-t-elle.

Maureen sourit et lui tapote le dos. Carol s'éclaircit la gorge.

— Je lui disais juste que je pouvais pas m'occuper de lui. Je lui ai dit ce qu'on avait convenu. Tu as compris, hein, Leon ? Tu vas plus faire de fugue, d'accord ? Tu peux pas vivre avec moi mais la dame est d'accord pour que tu viennes me voir quand tu veux. Si tu me préviens assez longtemps à l'avance, je peux te retrouver ici bientôt. D'accord ?

Carol se lève et regarde autour d'elle comme si elle ne savait plus où elle était.

— Je dois rentrer.

Elle tend la main et Maureen la lui serre.

— Merci, Carol. C'est chic de votre part. Je vous tiens au courant.

Carol se penche pour embrasser Leon sur la joue. Elle sent le tabac et l'appartement où Leon a été obligé d'abandonner ses jouets. Maintenant il est trop vieux pour ces jouets-là, mais il voudrait quand même les récupérer, rien que pour voir s'ils sont conformes à son souvenir.

Il reste assis là à la regarder s'éloigner. Il la regarde hisser son sac sur son épaule. Il reste assis là. Le sol de la promenade est couvert de chewing-gums recrachés qui collent au béton. Leon se demande si Maureen lui en donnera un sur le chemin du retour. C'est ce qu'elle fait en général quand il s'est passé un événement important. Il perd de vue sa mère. Il reste assis un moment, puis, tout d'un coup, il court

comme un fou, il la rejoint, lui enlace la taille par-derrière et la tient tellement serrée qu'elle ne peut pas se retourner, qu'elle ne peut pas le voir. Elle ne dit rien mais elle s'arrête. Elle semble s'être détendue d'un coup. Alors Leon lui demande, finalement :
— Tu sais où il est, maman ?
— Non, mon amour, je sais pas.
— Tu l'aimes toujours ?
Elle se tait mais il sent qu'elle se vide de son air. Elle détache ses bras de sa taille et se retourne.
— Et toi aussi, murmure-t-elle. Je t'aime toujours.
Elle sourit comme autrefois et lui chatouille la poitrine. Elle l'embrasse et s'éloigne à reculons. Elle fait une petite révérence comme s'il était un roi et elle une servante. Puis elle lui tourne le dos et disparaît.

Après le navire de guerre, Maureen achète deux glaces et ils marchent un long moment parmi une foule de personnes, puis ils montent dans un bus et vont à la gare. Ils sont très en avance et sont obligés d'attendre sur un banc, un autre banc. Finalement, ils se retrouvent assis l'un en face de l'autre dans le compartiment, séparés par une table recouverte de mélamine beige, ce qui n'est pas confortable pour Maureen car le plateau lui rentre dans le ventre.
— Un petit creux ? dit Maureen en sortant une tablette de chocolat.
Elle se réserve deux carrés et pousse le reste vers lui. Leon n'en revient pas qu'elle ait prévu autant de friandises et qu'elle ne le gronde pas parce qu'il est trop gourmand. Il a eu mal à la dent toute la journée et le sucre n'arrange rien, mais il prend quand

même le chocolat. Pendant qu'il fond dans sa bouche, il appuie sa langue contre sa molaire et la douleur devient plus sourde, alors il arrive à ne plus y penser comme il ne pense plus au reste, à tout ce dont il n'a pas envie de se souvenir.

— J'ai quelque chose à te dire.

Maureen lui a parlé mais Leon regarde par la fenêtre. Le train longe l'arrière d'immeubles, des murs couverts de graffitis, des arbres squelettiques poussant dans le béton, du linge de corps mis à sécher dans des jardins, des petites piscines pour enfants, des frigos abandonnés, des friches, des vieilles usines, des maisons de nouveau. Il se demande comment c'est de vivre aussi près d'une gare ou d'une voie de chemin de fer. Mettons qu'il habite une de ces maisons étroites, est-ce qu'il ne serait pas tenté de courir au fond du jardin, d'escalader la palissade et de sauter sur le train en marche ? Il songe de nouveau à fuguer. Il se voit voyageant sur le toit d'un wagon avec son sac à dos.

— Tu m'écoutes ?

Leon fait oui de la tête. Maureen se penche en avant.

— Tu ne vas nulle part, lui dit-elle en insistant bien sur les mots comme s'il avait cinq ans. Tu restes avec moi.

Sa lourde poitrine repose sur la table.

— Au bord de la mer ?

— Leon, dit Maureen avec un léger hochement de tête, tu sais que c'est dangereux d'entendre seulement une partie d'une conversation.

Elle attend qu'il lui réponde. Il dit :
— Oui.

— On tire trop vite des conclusions. Tu sais ce que ça veut dire ?

— Qu'on se trompe.

— Exact. Je ne déménage pas au bord de la mer. Sylvia ne déménage pas au bord de la mer. Tu ne déménages pas au bord de la mer. Et je ne vais pas adopter un foutu chien. Tu me crois ?

— Oui.

— Alors, pour la dixième fois, nous n'allons pas au bord de la mer. Sauf peut-être pour une journée.

— Quand ça ?

— Je ne sais pas.

Elle s'adosse à son siège et se tait. Leon lit en elle. Il voit qu'elle réfléchit à ce qu'elle va ajouter et ça promet de ne pas être joyeux parce qu'elle a l'air de nouveau sur le point de pleurer et il en a marre des dames qui pleurent tout le temps. Lui, il pleure seulement quand ça va très mal mais elles, c'est permanent, parfois pendant des heures. Leurs lèvres sont toutes boudinées et elles ont des taches rouges sur la figure. Mais cette fois, les larmes de Maureen ne coulent pas. Au lieu de pleurer, elle lui fait un clin d'œil.

— Quand j'avais ton âge, bon, quinze ans, en fait, je me suis cassé le bras et j'ai porté un plâtre pendant une éternité. C'étaient les vacances d'été. Les terrains de sport de l'école se trouvaient juste derrière notre jardin. À l'époque, j'étais un vrai garçon manqué, oui, tu imagines, Leon. J'escaladais les grilles, je vidais à coups de pied le bac à sable où on faisait le saut en longueur, je me suspendais aux branches des arbres. On pouvait pas me tenir. J'étais toujours toute seule, à chercher les mauvais coups. Bref, je me suis cassé le bras en faisant le singe dans un arbre. Je suis tombée. Dieu que ça me grattait quand il faisait chaud. Je me servais des aiguilles à tricoter de ma mère. C'était facile d'en glisser une sous le plâtre mais j'arrivais jamais à atteindre le bon endroit. C'était pénible, je te le garantis. J'appelais Sylvia au secours. Elle tapait sur le plâtre, mais ça me faisait mal. Il m'arrivait de pleurer de rage en plus de la douleur. Ce fichu plâtre, c'était comme des chaînes, comme la prison. Avec ça, finies les explorations. Je sais que ça doit pas t'impressionner, mais j'étais très malheureuse. Comme j'ai détesté cet été-là.

— Oui.

— Ce que j'essaye de te dire, Leon, même si l'exemple que je t'ai donné n'est pas terrible, c'est que ta vie ne se résume pas à un moment. Ce que tu vis maintenant n'est qu'un bout de ta vie. C'est moche, je sais, avec ta maman et Jake et...

Elle sort de son sac un mouchoir en papier et le glisse dans la main de Leon. Elle ouvre un sachet familial de Mint Imperial et en verse une poignée sur la table : les bonbons ronds roulent dans tous les sens.

— Bon, il va falloir que tu me croies. J'ai négocié avec les services sociaux. Ça fait des semaines que j'y travaille mais je voulais rien te dire avant que ce soit officiel. Ça a pris un temps dingue, cette affaire. Bon, alors, tu vas rester avec moi jusqu'à la fin de tes études et même après si tu veux. Tu es à moi. Je suis à toi. C'est ce que j'ai obtenu. Mais il y a des conditions. Tu comprends ce que ça signifie ?

— Oui.

— Bien. Il faut que tu me fasses une promesse.

Et quand on fait une promesse, on ne peut plus jamais revenir en arrière. Deux promesses, en fait, Leon.

— Oui.

— Essuie-toi la figure.

Elle renifle et lève deux doigts en l'air mais pas celui qui sert aux insultes.

— Primo, tu dois me signaler chaque fois que quelque chose va de travers. N'importe quoi, même si ça vient pas de moi. Je prétends pas que je pourrai tout arranger. Je suis pas une magicienne, hein ?

— Non.

— Deuzio, tu ne te sauves plus.

— Oui.

— Pardon ?

— Je me sauverai plus.

— Bien. On a fait un pacte alors.

— Oui.

— Plus de bonbons pendant une semaine. Ni pour moi ni pour toi. Nous deux on a fait des excès aujourd'hui et demain, je dois monter sur la balance.

Elle se pince la graisse sur le haut des bras.

— Chenapan.

42

Le jour du mariage royal, M. Devlin se pointe incroyablement tôt le matin. Il sonne à la porte alors que Sylvia et Maureen sont encore au lit. Leon court ouvrir.

— Bravo. Il y en a au moins un de réveillé.

Il entre et met la bouilloire en marche.

— Sylvia a dit de venir tôt.

Leon court frapper à la porte de Sylvia. Il l'entrebâille.

— Sylvia. Il est là.

— Victor ? Merde, merde, merde... Dix minutes.

Leon retourne en courant à la cuisine.

— Bon, dit M. Devlin. Il y a des tonnes de choses à préparer pour ta fête.

— C'est pas ma fête.

— C'est pas la mienne non plus. Elle n'est pas ma reine, il n'est pas mon prince. Je crois pas en la royauté, point final.

— Pourquoi pas ?

— Ce serait une trop longue histoire, trop compliquée, et je n'ai pas encore bu mon café.

Leon sort un mug du placard et montre à M. Devlin

où est le café. Comme elle fait toujours le café de M. Devlin, elle ne râlera pas. Leon sort un bol pour lui-même et y verse ses corn-flakes.

— Votre reine est en Irlande ?

Leon a intérêt à sucrer ses céréales avant l'arrivée de Sylvia. M. Devlin s'adosse au plan de travail et croise les bras.

— Il n'y a ni rois ni reines, Leon. Il y a des gens. Ce mariage est une union entre deux personnes, un homme et une femme, rien de plus. Ils s'aiment peut-être, peut-être pas, mais c'est pas un conte de fées. C'est un mariage. Et aujourd'hui nous organisons une fête pour des gens qui croient aux magiciens et aux sorcières, au sauvetage de princesses retenues prisonnières dans des tours.

— Tu viens quand même ?
— Oui.
— Pourquoi ?
— J'ai été invité.

Il salue de la tête Sylvia qui, debout sur le seuil, noue la ceinture de sa robe de chambre.

— Bonjour, Vie. Un peu tôt, non ?

Sylvia a sa figure plissée. Elle n'arrête pas de se passer la main dans les cheveux. On dirait qu'elle est toujours endormie. M. Devlin se redresse.

— Désolé. Je pensais démarrer de bonne heure. Je peux revenir plus tard.

— Préparez-moi un café et on va réfléchir.

Elle le frôle en allant ouvrir la porte du jardin. Elle allume une cigarette et souffle la fumée dehors.

— Pas un mot, crie-t-elle sans se retourner. Je veux rien entendre. Celle-ci m'est indispensable.

— La pire est celle dont on ne peut pas se passer, réplique M. Devlin.

— Ça vaut aussi pour les hommes ?

Il rit.

M. Devlin est propre maintenant, et il a déniché d'autres vêtements. Leon l'a vu se laver les mains dans sa citerne avant de venir rendre visite à Sylvia.

Pendant que personne ne regarde, Leon saupoudre à nouveau du sucre sur ses corn-flakes. M. Devlin n'a rien remarqué parce que tout ce qui l'intéresse en ce moment, c'est Sylvia. De son côté, Sylvia cite l'avis de M. Devlin à tout bout de champ : « Victor pense qu'il y aura encore des émeutes » ou « Victor pense que l'Irlande du Nord est seulement le symptôme d'une maladie encore plus grave ». Maureen fait un clin d'œil à Leon puis lève les yeux au ciel. Sylvia a repéré à la télé une veste en cuir qu'elle veut acheter à M. Devlin pour qu'il ne soit plus obligé de porter sa veste militaire, mais Leon trouve qu'il aura l'air stupide, comme s'il l'avait empruntée à Tufty.

M. Devlin termine son café et pose le mug loin de lui.

— Bien, Leon et moi, on n'a qu'à commencer. M. Atwal apportera les tables à tréteaux dans sa camionnette. J'ai besoin que vous me passiez les triangles et les drapeaux à suspendre.

Sylvia éclate de rire.

— Les triangles ? Les guirlandes, espèce d'idiot, ce sont des guirlandes. Combien de fois faut-il que je vous le répète ?

— Ah, oui, des guirlandes.

Leon sait que M. Devlin taquine Sylvia.

Maureen entre en traînant des pieds dans ses nouvelles pantoufles violettes.

— Eh bien, elles sont à ma taille, annonce-t-elle en lissant sa robe de chambre sur son ventre. Merci, Leon. Mais je sais pas comment tu t'es débrouillé pour avoir assez d'argent, pour trouver ma boutique préférée et pour choisir la bonne taille...

— Je...

— Il a fait du débroussaillage pour moi, coupe M. Devlin en faisant un clin d'œil lui aussi à Leon. Une fois qu'on a eu le feu vert du comité, il a fallu préparer le terrain pour la fête. Il m'a donné un coup de main.

— Hum, fait Maureen en le chassant de là pour prendre sa place et mettre en marche la bouilloire. Je m'étais pas rendu compte que j'emménageais dans une maison de conspirateurs. Sylvia a décidé qu'on arrêterait d'acheter des pâtisseries, des biscuits, du chocolat, tout ce qui est bon, quoi, merci, Sylvia..., dit-elle en élevant la voix.

— ... Leon n'est jamais à la maison et il a toujours les ongles noirs, quand bien même il les nettoierait à la soude, le noir partirait pas. Quant à vous...

— Qu'est-ce qu'il a fait ? demande Sylvia qui revient du jardin.

— À cause de lui, tu te conduis comme une gamine de seize ans, voilà ce qu'il a fait.

— Boucle-la, Mo. T'es jalouse, ou quoi.

Elles se donnent des coups de coude et gloussent comme des petites filles. La cuisine devient trop petite. Leon va chercher son sac à dos et le pose à côté de la porte d'entrée. Puis il allume le poste de télévision.

— Pas touche, monsieur, hurle Maureen. Pas aujourd'hui.

Après, ils vont aux jardins et Leon enchaîne un boulot après l'autre. Personne ne se rend compte qu'il ne peut pas être partout à la fois. Tiens-moi ça, porte-moi ça, attends ici, glisse-toi là-dessous, pose ça en équilibre là-dessus, va me chercher ça, tiens ça droit, un peu plus à gauche, plus haut, où est mon machin, as-tu un truc... Et ainsi de suite toute la matinée jusqu'à la cérémonie du mariage. Alors tout le monde disparaît pour suivre l'événement à la télé. Leon, Tufty et M. Devlin préfèrent rester où ils sont. Pendant que le barbecue de M. Devlin chauffe, ils s'asseyent sur les chaises pliantes et Tufty sort des cannettes de Coca du baquet.

— Je me permets de vous demander si vous avez pensé à de la bonne musique, monsieur Burrows ? dit M. Devlin. Un peu de respect pour vos voisins, que diable. On n'est pas abonnés à la musique africaine.

— Du reggae, Man. Du reggae roots, rockers et dub.

— Exactement. On n'en veut pas aujourd'hui. Du moins les dames n'en veulent pas. Moi, ça m'est égal.

— OK, d'accord.

Leon aime bien quand ils font semblant de se disputer comme avant. Il se lève pour aller fourgonner le charbon avec les pinces métalliques.

— Qu'est-ce que t'en penses, Leon ?

— C'est presque prêt.

— Parfait, dit M. Devlin, et n'oublie pas d'arroser tes plantes avant que les invités arrivent. Ça va chauffer.

Leon vide sa cannette, prend son sac et se dirige

vers son carré. Cela a pris des semaines, mais certains Empereurs écarlates ont fini par mûrir. Il a toujours été un expert quand il s'agissait de prendre soin des choses. Quand Maureen viendra, il cueillera pour elle les plus beaux haricots, mais il laissera les plus petits profiter encore un peu du soleil. Tufty lui a dit qu'il devait en garder quelques-uns sur la tige grimpante jusqu'à ce qu'ils deviennent très longs et gras. À la fin de l'été, il devra les cueillir, les suspendre dans sa cabane pour les faire sécher et les enfermer dans un bocal pour l'année prochaine. M. Devlin lui a dit qu'au printemps prochain, il pourrait avoir une moitié de carré, au lieu d'un quart.

Une jeune gousse pend devant le visage de Leon. Il tire doucement dessus pour la détacher et l'ouvre en deux. Dedans, il y a cinq minuscules graines noires, plus petites que l'ongle de son petit doigt. Il en prend une et la lève vers le soleil. Sa surface brillante retient encore l'humidité de la gousse et elle est si légère qu'il la sent à peine sur sa paume. Elle est aussi noire que le centre des yeux de Jake, et tout aussi étincelante. Si Jake était là, Leon lui laisserait tenir un moment la petite graine, sauf qu'il devrait faire attention au cas où il mettrait encore tout à la bouche.

Leon fait rouler entre ses doigts la graine qui devient de plus en plus souple. C'est bizarre de penser qu'une petite graine noire deviendra une grande plante et que cette plante produira ses propres graines pour faire pousser d'autres plantes qui auront des graines et ainsi de suite pendant des années, et il se rappelle les paroles de Maureen à propos de Jake. Il n'est pas parti pour toujours.

Il ouvre son sac et sort ses outils de jardinage et des

sachets de graines. Il trace une ligne droite à l'aide de sa pelle, puis creuse dix petits trous. Il ramasse le sachet de risque-le-coup et verse son contenu dans le creux de sa main. Ce sont de petites graines marron à la peau plissée, personne ne sait ce qu'il y a à l'intérieur. Il les dépose avec soin dans les trous et les recouvre de terre. Il les arrosera et veillera sur elles en espérant que ça pousse. Il a encore plein de graines à semer mais aujourd'hui, il a trop d'autres choses à faire. D'ailleurs Maureen est en train de l'appeler. Elle va l'envoyer porter un truc ou chercher sa chaise.

— Leon !

Il se retourne et s'élance en courant.

— J'arrive !

Remerciements

Tant de personnes m'ont aidée au long du chemin. Vous vous reconnaîtrez, vous les consolatrices qui m'avez tenu la main et avez essuyé mes larmes, vous les cuisiniers, vous qui m'avez prêté une oreille attentive, vous qui m'avez critiquée ainsi que les conseillères et conseillers, les stratèges, les habilleuses, les esthéticiennes, les coachs, les architectes, les sages et les optimistes et je n'oublie pas ces merveilleuses personnes qui ont mis leur entière confiance en moi et n'ont jamais lésiné sur la tendresse, le thé et les petits biscuits. Merci à vous tous et toutes : Caroline Smith, Anna Lawrence, Steph Vidal-Hall, Elisabeth Charis, Rhoda Greaves, Bart Bennett, Justin David, Nina Black, Esther Moir, Lezanne Clannachan, Matt Hodgkinson, Renni Browne, Leslie Goldberg, Julia Bell, Annie Murray, James Hawes et tous les écrivains de l'Oxford Narrative Group, ainsi que Julia de Waal, Edmund de Waal et Alex Myers.

Merci aussi aux membres talentueux du groupe d'écriture Leather Lane Writers pour votre soutien, votre intelligence et votre érudition.

Je tiens à exprimer ma gratitude à Venetia

Butterfield et à l'équipe de chez Viking ainsi qu'à Millicent Bennett chez Simon & Schuster US pour leurs brillantes contributions éditoriales. Je remercie tout spécialement, et du fond du cœur, Jo Unwin, mon agente aussi avisée que futée, pour avoir été à mes côtés et m'avoir exhortée à aller de l'avant.

Merci à Marcus Gartner de Rowohlt Verlag en Allemagne, à Melissa van der Wagt d'Uitgeverij Cargo aux Pays-Bas et à Deborah Druba des Éditions Kero en France pour leur soutien instantané, énergique et enthousiaste à l'histoire de Leon.

À mes frères, Conrad et Dean, à mes sœurs, Kim, Tracey et Karen... Je n'ai pas de mots pour vous dire ce que je ressens mais je pense que c'est inutile. Mon amour est indéfectible.

Merci à John pour son amour et son soutien. Et enfin, merci à mes magnifiques enfants, Bethany et Luke, à qui je voue une profonde admiration, un amour inconditionnel et une reconnaissance infinie pour m'avoir donné envie de raconter l'histoire de Leon.

Composition et mise en pages
FACOMPO, Lisieux

Imprimé à Barcelone par:
BLACK PRINT
en février 2019